JOSEPH CONRADS WERKE
»ZÜRCHER AUSGABE«
in neu übersetzten Einzelbänden

JOSEPH CONRAD

Almayers Luftschloß

Die Geschichte eines östlichen Stroms

ROMAN

*Neu übersetzt und mit
einer Nachbemerkung im Anhang
von*

KLAUS HOFFER

HAFFMANS VERLAG

»Almayer's Folly –
A Story of an Eastern River«
erschien als Joseph Conrads erste Veröffentlichung
überhaupt bei T. Fisher Unwin,
London 1895.
Ein Foto von »Almayer's Folly«
findet sich auf Seite 268

Umschlagbild von
Michael Sowa

Copyright © 1992 by
Haffmans Verlag AG Zürich
Satz: LibroSatz, Kriftel
Herstellung: Offizin Andersen Nexö, Leipzig
ISBN 3 251 20126 3

Inhalt

Dem Andenken von T. B. gewidmet

Qui de nous
n'a eu sa terre promise
son jour d'extase
et sa fin en exil

AMIEL

Vorbemerkung des Autors

In einer Kritik an jener Spezies Literatur, die sich ferne Länder zum Revier auserkoren hat und fremde Völker als ihr Wild, das sie im Palmenschatten und im grellen Licht schutzlos der Sonne ausgesetzter Küstenstreifen jagt, die unter ehrenwerten Kannibalen spielt und unter geistig-seelisch anspruchsvolleren Vorstreitern unserer grandiosen Tugenden –, in einer solchen Kritik also (ließ man mich wissen) habe eine in der Welt des geschriebenen Wortes hochgeschätzte Dame, ihre Mißbilligung eben dieser Literatur mit den Worten Ausdruck verliehen, die Erzählungen, die sie hervorbringe, seien »entzivilisiert«. Und mit diesem Satz, so darf ich annehmen, wird aus verächtlicher Ablehnung nicht nur über diese Erzählungen der Stab gebrochen, sondern zugleich auch über die fremden Völker und die fernen Länder.

Das Urteil einer Frau: intuitiv, gescheit, zauberhaft treffsicher – ja unfehlbar. Ein Richtspruch ohne alle Gerechtigkeit. Die Richterin und Rezensentin scheint zu glauben, daß in jenen fernen Landen Freude nichts als Kampfgeschrei und Kriegstanz, Pathos nichts als Heulen sei und grausiges Blecken zugefeilter Zähne und daß man sämtliche Probleme mit Revolverlauf oder Assagaispitze löse. Dem ist jedoch nicht so. Aber die dergestalt irrende Richterin mag als Entschuldigung die irreführende Art des Beweismaterials anführen.

Das Gemälde des Lebens (hier wie dort) wird mit der gleichen Detailtreue gezeichnet und mit den gleichen Farbtönen gemalt. Nur daß das geblendete Auge in der grausamen Heiterkeit des Himmels, unter dem gnadenlosen Glanz der Sonne die zarteren Feinheiten übersieht, bloß die groben Umrißlinien wahrnimmt und die Farben ihm im unveränderlichen Licht grell und nuancenlos erscheinen. Nichtsdestoweniger ist es das nämliche Gemälde.

Und es gibt Bande zwischen uns und jenen fernen Menschen. Ich rede hier von Männern und Frauen aus Fleisch und Blut – und nicht von jenen betörenden, anmutigen Schattenwesen, die sich durch unsern Dreck und Qualm bewegen und auf denen der schwache Abglanz des Glorienscheins unserer Tugenden liegt, die sich alle Feinnervigkeit und Kultiviertheit und alle Weltklugheit zu eigen gemacht haben – und doch kein Herz ihr eigen nennen, weil sie bloß Schattenwesen sind.

Jene hegen (wahrscheinlich) nur für die Unsterblichen Sympathie, für die Engel in der Höhe und die Teufel in der Tiefe. Ich bin's zufrieden, daß meine Sympathie den Gewöhnlichsterblichen gilt – wo sie auch leben: ob in Häusern oder Zelten, unter einer Nebeldecke auf den Straßen oder im Dschungel hinter einer schwarzen Reihe düsterer Mangroven, die die grenzenlose Einsamkeit der See säumt. Denn auf ihrem Land – wie auf unserem auch – ruht der unergründliche Blick des Allmächtigen. Ihre Herzen müssen – wie die unsern – die Last der Himmelsgaben tragen: den Fluch der Tatsachen und den Segen der Illusionen, das bittere Kraut ihrer Weisheit und die trügerische Tröstung ihrer Luftschlösser.

1895   J. C.

Erstes Kapitel

K ASPAR! Makan!«

Die nur zu bekannte, durchdringende Stimme riß Almayer aus seinem Traum von einer grandiosen Zukunft zurück in die unerfreuliche Realität der gegenwärtigen Stunde. Und eine unerfreuliche Stimme obendrein. Er kannte sie schon seit vielen Jahren, und mit jedem Jahr gefiel sie ihm weniger. Gleichviel. All das würde nun bald ein Ende haben.

Er scharrte nervös mit den Füßen, nahm aber ansonsten keine Notiz von dem Ruf. Seine beiden Ellbogen lagen auf der Balustrade der Veranda auf, während er wieder starr hinaus auf den großen Strom sah, der – unbekümmert und hastig – unter seinen Augen dahinfloß. Zur Zeit des Sonnenuntergangs betrachtete er ihn gerne – vielleicht weil die sinkende Sonne zu dieser Stunde ein leuchtendes Gold auf die Wasser des Pantai warf, und mit Gold befaßte sich Almayer in Gedanken häufig: Gold, das ihm zur Seite zu schaffen mißlungen war; Gold, das andere zu beschaffen verstanden hatten – auf unredliche Weise, versteht sich – oder Gold, das er, durch sein eigenes redliches Bemühen, für sich und Nina noch zu beschaffen gedachte. Er tauchte ganz ein in seinen Traum von Reichtum und Macht, fernab dieser Küste, an der er so viele Jahre verbracht hatte – vergessen all die bittere Mühe und Plage, angesichts dieses Traums von nobler, großartiger Belohnung. Sie würden in Europa leben, er und seine Tochter. Sie würden reich und angesehen sein. Niemand würde in Gegenwart ihrer strahlenden Schönheit und seiner immensen Reichtümer an ihr Mischlingsblut denken. Und indem er zum Zeugen ihrer Triumphe würde, würde er noch einmal jung werden und die fünfundzwanzig Jahre kräftezehrenden Lebenskampfes an dieser Küste vergessen, wo er sich als Gefangener fühlte. Das alles war zum Greifen nah. Wenn nur endlich Dain wieder da wäre! Und er mußte bald wieder da sein – im eigenen Interesse, um seines eigenen Anteils willen. Er hatte sich nun schon mehr als eine Woche verspätet! Vielleicht kehrte er heute nacht zurück.

Solche Gedanken gingen Almayer durch den Kopf, während er von der Veranda seines neuen und schon wieder verrotteten Hauses – dieses jüngsten Mißgriffs seines Lebens – auf den breiten Strom hinausblickte. An diesem Abend war seine Oberfläche nicht wie aus Gold, weil ihn die Regenfälle hatten anschwellen lassen, und er wälzte unter Almayers zerstreuten Blicken die wütenden und schlammigen Wassermassen vor sich her, die zerkleinertes Treibholz und große, abgestorbene Baumstämme mit sich führten und ganze Bäume samt Wurzeln, Ästen und Blattwerk, zwischen denen die Flut Strudel bildete und wütend aufbrauste.

Einer dieser dahintreibenden Bäume war gleich neben dem Haus an dem sanft abfallenden Ufer gestrandet, und Almayer vergaß seinen Traum und beobachtete ihn mit schläfrigem Interesse. Der Baum schwang inmitten des zischenden und schäumenden Wassers träge herum, und nachdem er sich schon bald von seinem Hindernis gelöst hatte, glitt er wieder stromabwärts, drehte sich langsam um die eigene Achse, und dabei reckte er – wie eine Hand, die er in stummem Protest gegen die überflüssige Brutalität des Flusses zum Himmel erhoben hatte – einen langen, entblößten Ast in die Höhe. Almayers Interesse am Schicksal des Baumes nahm plötzlich zu. Er beugte sich vor, um zu sehen, ob er an der Landzunge weiter unten vorbeikommen würde. Er kam vorbei. Almayer richtete sich auf und überlegte, daß der Baum nun freie Bahn haben würde, bis hinunter ans Meer, und er beneidete dieses seelenlose Ding, das in der immer tiefer werdenden Dunkelheit immer kleiner und unkenntlicher wurde, um sein Schicksal. Als er es schließlich ganz aus den Augen verloren hatte, fragte er sich, wie weit es wohl in die See hinaustreiben würde. Würde die Strömung es nach dem Norden hinauftragen oder in den Süden hinunter? Wahrscheinlich nach Süden – bis in die Sichtweite von Celebes, vielleicht sogar bis Makassar!

Makassar! Almayers lebhafte Vorstellungskraft ließ ihn den Baum auf seiner imaginären Reise überholen, aber sein Erinnerungsvermögen, das an die zwanzig oder mehr Jahre hinter dem gegenwärtigen Augenblick zurückblieb, ließ vor seinen Augen das Bild eines jungen und schlanken Almayer wiedererstehen, wie er, bescheiden, ganz in Weiß, an der staubigen Anlegestelle von Makassar vom holländischen Postschiff an Land gegangen war – in der Absicht, in den Godons des alten Hudig um die Gunst des Schicksals zu buhlen. Das war ein wichtiger Abschnitt in seinem Leben gewesen – der Anfang einer neuen Existenz. Sein Vater, ein kleiner Bediensteter im Botanischen Garten von Buitenzorg, war selbstverständlich höchst erfreut darüber, seinen Sohn in einer solchen Firma unterzubringen, und der junge Mann war alles andere als abgeneigt, den todbringenden Küsten Javas und den kärglichen Annehmlichkeiten des elterlichen Bungalows den Rücken zu kehren, wo der Vater tagein, tagaus über die Dummheit der eingeborenen Gärtner murrte und die Mutter aus den Untiefen ihrer Chaiselongue dem verlorenen Glanz Amsterdams, wo sie aufgewachsen war, und ihrer gesellschaftlichen Stellung als Tochter eines ortsansässigen Tabakhändlers nachtrauerte.

Almayer hatte sein Zuhause leichten Herzens und noch leichterer Brieftasche zurückgelassen, gut in Englisch und in Arithmetik, ganz darauf aus, die Welt zu erobern, und ohne den geringsten Zweifel daran, daß ihm das auch gelingen würde.

Wie er nun, jene zwanzig Jahre später, in der dumpfen, erdrückenden, für Borneo so charakteristischen Abendhitze dastand, rief er sich in einem Gefühl wohliger Wehmut das Bild von Hudigs geräumigen und kühlen Lagerhallen in Erinnerung, mit ihren langen, geraden Alleen aus Ginkartons und Baumwollballen, dem großen Tor, das lautlos auf und zu schwang, dem nach der gleißenden Helle der Straße so angenehmen Halbdunkel im Inneren, den kleinen, von Geländern umgebenen Gevierten zwischen Bergen von Handelsgütern, in denen die chinesischen Bürokräfte – immer adrett, distanziert und mit trauerumflortem Blick – Aufzeichnungen machten, flink, schweigend inmitten der lärmenden Arbeitsbrigaden, die im Takt zu einer gesummten Melodie, die in einem verzweifelten Aufschrei ausklang, Fässer rollten oder Kisten umschichteten. Am oberen Ende, gegenüber dem großen Tor, hatte man einen größeren Platz durch ein Geländer abgetrennt, der hell erleuchtet und wo der Lärm auf Grund der Entfernung gedämpft war, so daß er vom zarten und unausgesetzten Geklimper von Silbergulden übertönt wurde, die andere verschwiegene Chinesen abzählten und unter der Aufsicht von Mr. Vinck, dem Kassier und Genius loci, der rechten Hand des Prinzipals, die hier die Geschicke lenkte, zu Stößen aufschichteten.

In diesem offenen Geviert arbeitete Almayer an seinem Tisch, unweit einer kleinen grüngestrichenen Tür, neben der immer ein Malaie mit roter Schärpe und Turban stand und von dessen Hand eine kurze, von oben herabbaumelnde Schnur mit der Regelmäßigkeit einer Maschine auf und ab bewegt wurde. Die Schnur betätigte auf der anderen Seite der grünen Tür, wo sich das sogenannte »Privatbüro« befand und wo der alte Hudig – der Prinzipal – auf seinem Thron saß und geräuschvolle Audienzen hielt, einen Punkah. Ab und zu flog die kleine Tür auf und gewährte der Außenwelt, durch einen Schleier bläulichen Tabakrauches hindurch einen Blick auf einen langen Tisch, der mit Flaschen unterschiedlichster Form und hohen Wasserkrügen beladen war, und auf Rohrsessel, in denen, hingelümmelt, lärmende Männer Platz genommen hatten, während der Prinzipal seinen Kopf herausstreckte und, die Hand auf der Türschnalle, Vinck vertraulich etwas zubrummte; oder aber er erteilte einen Befehl, der den Speicher hinunterhallte, oder er erspähte einen unschlüssig zaudernden Fremden, den er mit einem freundlichen Brüllen begrüßte: »Willkommen, Gapitan! Wo gommen herr? Bali, hä? Haben Bonies mitgebracht? Ich wollen Bonies! Wollen alle, die Sie haben – ha! ha! ha! Gommen Sie rein!« Dann wurde der Fremde hineingezogen, die Tür unter einem Schwall von Schreien geschlossen, und wieder füllte der übliche Lärm den Raum – der Gesang der Arbeiter, das Rumpeln der Fässer, das Kratzen eiliger Federn. Und über all dem ertönte das Geklimper schwerer

Silberstücke, die unablässig durch die gelben Finger wachsamer Chinesen glitten.

Zu dieser Zeit ging Makassar vor Leben und Betriebsamkeit über. Es war der Ort auf der Insel, wohin es alle jene Teufelskerle zog, die, nachdem sie ihre Schoner an der australischen Küste in Schuß gebracht hatten, auf der Suche nach Gold und Abenteuern den Malaiischen Archipel überfallen hatten. Draufgängerisch, gewissenlos und geschäftstüchtig, wie sie waren, und einem Scharmützel mit Seeräubern, auf die man hier noch an so mancher Küste stieß, keineswegs abgeneigt, dazu immer darauf aus, schnell zu Geld zu kommen – so fanden sie sich in der Bucht zu einem der üblichen »Rendezvous« ein, das dem Geschäft und dem Amüsement diente. Die holländischen Kaufleute nannten diese Männer englische Hausierer; unter ihnen gab es allerdings zweifellos auch ein paar Gentlemen, für die diese Art des Lebens ihren eigenen Reiz hatte, die meisten aber waren Seeleute. Der von allen anerkannte König hieß Tom Lingard – er, den die Malaien, ob nun Ehrenmänner oder Betrüger, schweigsame Fischer oder verwegene Galgenvögel, den »Rajah-Laut« – den König der Meere – nannten.

Almayer war noch keine drei Tage in Makassar und hatte schon von ihm gehört; er hörte von seinen gerissenen Transaktionen erzählen, von Liebschaften und verzweifelten Kämpfen mit Sulu-Piraten, zu denen die romantische Geschichte eines Kindes (eines Mädchens) gehörte, das der siegreiche Lingard entdeckte, als er nach einem längeren Kampf mit Piraten seinen Fuß auf eine Prau gesetzt hatte, deren Besatzung er über Bord schickte. Dieses Mädchen, so wußte man zu berichten, hatte Lingard an Kindes Statt angenommen und nannte es »meine

Tochter«, die er gerade in einem Kloster auf Java erziehen ließ. Er hatte einen heiligen Eid geschworen, sie vor seiner Rückkehr in seine Heimat mit einem Weißen zu verheiraten und ihr all sein Geld zu hinterlassen. »Und Geld hat Captain Lingard massenhaft«, erklärte Mr. Vinck, den Kopf zur Seite geneigt, feierlich: »Einen Haufen Geld – mehr als Hudig!« Er machte eine Pause, damit sich die Zuhörer von ihrem Staunen über eine derart unglaubliche Behauptung erholen könnten, und fügte noch mit flüsternder Stimme hinzu: »Wissen Sie – er hat einen Strom entdeckt.«

Das war es! Einen Strom hatte er entdeckt! Das war die Tat, die den alten Lingard so himmelhoch über das gemeine Volk seefahrender Abenteurer erhob, die tagsüber mit Hudig Geschäfte machten und nachts Champagner tranken, spielten, ihre Lieder grölten und sich unter der großen Veranda des Sunda Hotels mit Mischlingsmädchen vergnügten. Auf diesem Fluß, dessen Mündungsarme er allein kannte, pflegte Lingard seine ausgewählte Ladung aus Baumwollwaren, Messinggongs, Gewehren und Schießpulver hinaufzubringen. Die *Flash*, seine Brigg, die er persönlich befehligte, verschwand bei solchen Gelegenheiten in aller Stille des Nachts von der Reede, während seine Trinkkumpane noch die Folgen ihres mitternächtlichen Gelages ausschliefen, nachdem Lingard, dem selbst keine noch so große Menge Alkohol etwas anhaben konnte, dafür gesorgt hatte, daß sie betrunken unter den Tischen lagen, bevor er an Bord ging. Viele hefteten sich ihm an die Fersen, um jenes sagenhafte Land zu finden, in dem es Kautschuk und Rohr, Perlmuscheln und Vogelnester, Pech und Damaragummi im Überfluß gab, aber die kleine *Flash* segelte in jenen Gewässern jedem Schiff auf und davon. Ein paar von ihnen erlitten auf den verborgenen Sandbänken und Korallenriffen Schiffbruch, büßten ihre gesamte Habe ein und retteten mit Mühe und Not das nackte Leben vor dem grausamen Zugriff dieser sonnenbeschienenen, lächelnden See; andere ließen sich entmutigen; und viele Jahre lang bewahrten die grünen, friedfertig scheinenden Inseln, die die Pforten zum gelobten Land bewachten, mit der unbarmherzig heiteren Gelassenheit der tropischen Natur ihr Geheimnis. Und so kam und ging Lingard – einmal heimlich, dann wieder vor aller Augen – auf seine Expeditionen, wurde wegen seiner Kühnheit und der Riesenprofite seiner riskanten Unternehmungen in Almayers Augen zum Helden, erschien er Almayer als ein wirklich großer Mann, wenn er ihn die Lagerhalle heraufkommen sah und er Vinck ein »Wie geht's?« zubrummte oder Hudig, den Prinzipal, polternd mit einem »Hallo, alter Pirat! Gibt es Sie immer noch?« begrüßte – dem Vorgeplänkel zu den Transaktionen hinter der kleinen grünen Tür. Oft hielt Almayer in der abendlichen Stille der verlassenen Lagerhalle, wenn er seine Papiere wegsperrte, bevor er mit Mr. Vinck, in dessen Haushalt er lebte, die Heimfahrt antrat, inne, um dem Lärm einer hitzigen Diskussion im Privatbüro zu lauschen, und dann hörte er das tiefe und monotone Knurren des Prinzipals, das vom Brüllen Lingards unterbrochen wurde – wie der Kampf zweier Bulldoggen um einen Röhrenknochen. Aber für Almayers Ohren hörte sich das wie ein Kampf von Titanen an – wie ein Krieg der Götter.

Es verging etwa ein Jahr, als Lingard, der im Zuge seiner Geschäfte wiederholt mit Almayer zu tun gehabt hatte, plötzlich und für den Beobachter eher unbegreiflich – an dem jungen Mann Gefallen zu finden schien. In feuchtfröhlicher Runde pries er ihn noch spät nachts beim Umtrunk im Sunda Hotel in den höchsten Tönen, und eines schönen Morgens glaubte Vinck nicht richtig zu hören, als ihm Lingard erklärte, er wolle »diesen jungen Mann unbedingt als Frachtaufseher haben, als eine Art Kapitänsschreiber, der mir den Papierkram abnimmt«. Hudig stimmte zu. Almayer, der in sich die natürliche Sehnsucht des jungen Mannes nach Abwechslung verspürte, war alles andere als abgeneigt, und nachdem er seine Siebensachen gepackt hatte, ging er auf eine jener langen Kreuzfahrten an Bord der *Flash*, auf denen der alte Seemann in der Regel fast alle Inseln des Archipels anlief. Die Monate flogen vorbei, und Lingards Freundschaft schien noch zu wachsen. Oft, wenn die schwache nächtliche, von den aromatischen Dünsten der Inseln geschwängerte Brise die Brigg sachte unter dem friedlichen und glitzernden Himmel vor sich her trieb und er mit Almayer auf Deck auf und ab ging, öffnete der alte Seemann vor seinem wie hypnotisierten Zuhörer sein Innerstes. Er erzählte von früher, von Gefahren, denen er entronnen war, von den Riesengewinnen, die sich in seinem Gewerbe machen ließen, von neuen Schachzügen, von denen er sich in Zukunft noch größere Profite versprach. Oft hatte er auch seine Tochter erwähnt, jenes Mädchen, das er in der Prau der Piraten gefunden hatte, und wenn er von ihr sprach, so stets in der eigentümlich anmutenden Rolle des zärtlichen Vaters. »Sie muß jetzt schon ein richtiges Fräulein sein«, sagte er dann. »Es ist ja nahezu vier Jahre her, seit ich sie zum letztenmal sah. Verdammich, Almayer, ich glaub, wir laufen auf dieser Fahrt noch Surabaya an.« Und nach solch feierlicher Erklärung verschwand er immer kopfüber in seiner Kajüte und brummte vor sich hin: »Es muß etwas geschehen – muß was geschehen.« Öfter als einmal überraschte er Almayer damit, daß er rasch vor ihn hin trat, sich, als wollte er etwas sagen, mit einem kräftigen »Hem!«räusperte, um sich unvermittelt wieder abzuwenden und schweigend über die Schiffswand zu lehnen, von wo er dann stundenlang, und ohne sich zu bewegen, das Glimmern und Glitzern der phosphoreszierenden See entlang der Schiffswand betrachtete. Es war in der Nacht vor ihrer Ankunft in Surabaya, als einer dieser Versuche der Vertrauensbildung von Erfolg gekrönt war. Nachdem er sich geräuspert hatte, fing er an zu reden, und mit seiner Rede verfolgte er ein ganz bestimmtes Ziel: Er wolle, daß Almayer seine Adoptivtochter heirate. »Und glaub nur ja nicht, du könntest kneifen, bloß weil du weiß bist!« brüllte er unvermittelt los, bevor der verdatterte junge Mann auch nur den Mund aufmachen konnte. »Damit kommst du bei mir nicht durch. Kein Mensch wird die Hautfarbe deiner Frau auch nur wahrnehmen. Dafür sind die Dollarbündel nämlich zu dick. Und bis ich einmal tot bin, werden sie noch um einiges dicker sein – merk dir das! Millionen werden das sein, Kaspar! Millionen, sag ich dir! Und alles für sie – und für dich, wenn du tust, was man dir sagt.«

Almayer war von diesem unerwarteten Vorschlag überrumpelt. Er zögerte, und eine Weile sagte er gar nichts. Er hatte die Gabe einer starken und lebendigen Vorstellungskraft, und in diesem Augenblick sah er in gleißendem Licht Berge funkelnder Gulden aufblitzen und sah all die Möglichkeiten eines Lebens im Überfluß vor sich. Das Ansehen, ein Leben in wohligem Nichtstun – für das er sich so gut geschaffen fühlte – seine Schiffe, seine Lager-hallen, seine Waren (der alte Lingard würde ja nicht ewig leben), und als Krönung alles dessen erstrahlte in der Ferne der Zukunft wie ein Märchenschloß das prächtige Amsterdamer Herrenhaus, jenes irdische Paradies seiner Träume, in dem er – mit Hilfe des alten Lingard und dessen Geldes zum König unter gewöhnlichen Menschen gemacht – seinen Lebensabend in unbeschreiblichem Glanz verbringen würde. Und was die andere Seite der Medaille betraf – die lebenslängliche Gemeinschaft mit einer Malaiin, dieser Hinterlassenschaft eines Boots voller Piraten –, so war da in ihm bloß das etwas vage Bewußt-sein von Scham, weil er ein Weißer war. Immerhin: Vier Jahre klösterlicher Erziehung; und abgesehen davon – vielleicht segnete sie gütigerweise das Zeitliche. Er fiel immer auf die Butterseite – und Geld vermag viel! Man mußte es einfach durchstehen! Warum auch nicht? Er hat-te die unbestimmte Vorstellung, er würde sie irgendwo unter Verschluß halten, egal wo – nur außerhalb seiner glanzvollen Zukunft. Es war doch kein Problem, eine Malaiin loszuwerden, letztlich doch nur eine Sklavin (in seinen östlichen Wertvorstellungen) – Kloster hin, Trau-ungspomp her.

Er hob den Kopf und trat vor den gespannt wartenden, aber auch wutentbrannten Seemann.

»Ich werde – selbstverständlich – was immer Sie wün-schen, Captain Lingard.«

»Sag Vater zu mir, mein Junge. Sie tut's auch«, sagte der alte Abenteurer, milder. »Aber verdammt will ich sein, wenn ich nicht geglaubt habe, du wolltest kneifen. Merk dir das Kaspar: Ich krieg immer, was ich will. Also wär's sinnlos gewesen. Aber du bist ja kein Narr.«

Er erinnerte sich gut an diesen Augenblick – an den Blick, den Tonfall, die Worte und was sie bewirkt hatten – an das gesamte Szenario. Er erinnerte sich an das schmale, windschiefe Deck der Brigg, die schweigend im Schlaf daliegende Küste, die glatte, schwarze Oberfläche der See, über die der aufgehende Mond ein goldenes Band gelegt hatte. Er erinnerte sich an all das, und er erinnerte sich an das Gefühl wahnsinniger Freude – beim Gedanken daran, welches Vermögen ihm in die Hände fallen würde. Er war damals kein Narr gewesen, und er war auch heute keiner. Die Umstände hatten sich gegen ihn verschworen; das Vermögen war verloren, aber die Hoffnung war noch da.

Er zitterte vor Kälte in der nächtlichen Luft, und plötzlich wurde er sich der tiefen Finsternis bewußt, die mit dem Untergang der Sonne über den Fluß hereingebrochen war und die Konturen des gegenüberliegenden Ufers ausgelöscht hatte. Nur das Feuer aus dürren Ästen, das vor dem umfriedeten Kampong des Rajahs angezündet worden war, warf sein Licht auf die zottigen Stämme der nahen Bäume und einen Streifen schimmernden Rots bis zur Flußmitte, wo Treibholz in undurchdringlichem Dunkel meerwärts eilte. Er erinnerte sich undeutlich daran, irgendwann im Laufe des Abends von seiner Frau gerufen worden zu sein. Wahrscheinlich zum Abendessen. Aber ein Mann, der gerade dabei ist, den Trümmerhaufen der Vergangenheit in der Morgenröte neuer Hoffnungen zu betrachten, kann seinen Hunger nicht danach richten, wann der Reis gar ist. Dennoch – es war Zeit, nach Hause zu gehen; es wurde allmählich spät.

Er schritt behutsam über die losen Planken zur Leiter. Eine Eidechse stieß, aufgeschreckt durch den Lärm, einen Klageruf aus und verschwand blitzartig im hohen Ufergras. Durch die Vorsicht, die Almayer walten lassen mußte, um auf dem unebenen Boden, auf dem sich Steine, verfaulende Bretter und roh gezimmerte Tragbalken zu einem unentwirrbaren Durcheinander auftürmten, nicht zu stürzen, wurde er nachhaltig an die Realitäten des Lebens erinnert, und so paßte er höllisch auf, als er nun über die Leiter hinunterkletterte. Als er den Weg zum Haus einschlug, in dem er wohnte – »mein altes Haus«, nannte er es –, machte sein Ohr weit draußen auf dem dunklen Fluß das Platschen von Paddeln aus. Er hielt inne, überrascht und alarmiert, daß noch zu so später Stunde und bei so schwerem Hochwasser jemand auf dem Fluß sein sollte. Jetzt konnte er die Paddel ganz genau hören – und sogar einen raschen, gedämpften Wortwechsel, das heftige Keuchen von Männern, die mit der Strömung kämpften und auf das Ufer zustrebten, auf dem er stand. Und es war ganz in der Nähe – aber es war zu dunkel, als daß man unter dem überhängenden Ufergebüsch etwas erkennen konnte.

»Bestimmt sind das Araber«, brummte Almayer bei sich und starrte in die geradezu körperliche Finsternis. »Was wollen die denn jetzt, um diese Zeit? Der verdammte Abdulla führt wieder etwas im Schilde!«

Das Boot war nun ganz nah.

»Heda, Mann!« rief Almayer laut.

Der Klang der Stimmen verstummte, aber die Paddel arbeiteten so wild drauflos wie zuvor. Dann zitterte der Busch vor Almayer, und das krachende Geräusch von Paddeln, die in das Kanu fielen, hallte durch die stille Nacht. Sie hielten sich nun an dem Busch fest, aber Almayer konnte über dem Ufer kaum einen undeutlichen, dunklen Umriß von Kopf und Schultern eines Mannes ausmachen.

»Bist du's, Abdulla?« fragte Almayer unsicher.

Eine tiefe Stimme gab Antwort:

»Tuan Almayer spricht zu einem Freund. Hier ist kein Araber.«

Almayers Herz tat einen Satz.

»Dain!« rief er aus. »Endlich! Endlich! Was hab ich Tag und Nacht auf dich gewartet. Ich hatte dich beinah schon aufgegeben.«

»Nichts hätte mich davon abhalten können, hierher zurückzukommen«, stieß der andere fast leidenschaftlich hervor. »Nicht einmal der Tod«, fügte er flüsternd hinzu.

»Das sind Worte eines Freundes, und sie tun gut«, sagte Almayer herzlich. »Aber du bist zu weit heroben. Fahr weiter hinunter bis zum Landesteg. Deine Leute können ja bei mir im Kampong Reis kochen, während wir im Haus miteinander reden.«

Die Einladung blieb unbeantwortet.

»Was ist denn?« fragte Almayer unruhig. »Mit der Brigg ist doch hoffentlich alles in Ordnung?«

»Wo die Brigg ist – da kann kein Orang Blanda heran«, sagte Dain mit einem düsteren Beiklang in der Stimme, der Almayer in seinem Überschwang entging.

»Das ist gut«, sagte er. »Aber wo sind deine Leute? Du hast ja bloß zwei von ihnen mit dir.«

»Hör zu, Tuan Almayer«, sagte Dain. »Die Sonne des morgigen Tages soll mich in deinem Haus willkommen heißen, und dann wollen wir miteinander sprechen. Doch nun muß ich zum Rajah.«

»Zum Rajah? Weshalb denn? – Was willst du bei Lakamba?«

»Tuan, morgen wollen wir uns wie zwei Freunde unterhalten. Doch heute nacht muß ich noch zu Lakamba.«

»Dain, du wirst mich doch nicht jetzt, wo alle Vorbereitungen abgeschlossen sind, im Stich lassen?« flehte Almayer.

»Bin ich nicht zurückgekommen? – Aber zu deinem und zu meinem Besten muß ich erst noch zu Lakamba.«

Der schemenhafte Umriß des Kopfes verschwand unvermittelt. Der Matrose im Bug ließ los, so daß der Busch mit einem peitschenden Geräusch zurückschnellte und Almayer, der sich vorgebeugt hatte, um besser zu sehen, mit schlammigem Wasser bespritzte. Kurz darauf schoß das Kanu hinaus in den Lichtstreifen, der vom hohen Feuer auf dem gegenüberliegenden Ufer auf den Fluß fiel und die Umrisse zweier Männer sichtbar werden ließ, die sich über ihre Arbeit beugten, und dann eine dritte Figur im Heck des Boots, die, auf dem Kopf einen riesigen runden Hut, der wie ein ins Phantastische übertriebener Pilz aussah, das Steuerpaddel schwenkte.

Almayer sah dem Kanu nach, bis es ganz aus der Lichtbahn geglitten war. Gleich darauf drang über das Wasser das Murmeln vieler Stimmen an sein Ohr. Er konnte die Fackeln sehen, die aus dem brennenden Haufen gezogen wurden und momentlang das Tor im Pfahlzaun sichtbar machten, um das sie sich drängten. Dann gingen sie offenbar hinein. Die Fackeln verschwanden, und das zerstreute Feuer flackerte nur noch schwach und unregelmäßig.

Almayer strebte mit weit ausholenden Schritten und voll innerer Unruhe heimwärts. Dain hatte bestimmt nicht vor, ihn hereinzulegen. Das war absurd. Dain und Lakamba hatten beide viel zuviel Interesse am Gelingen seines Plans. Sich auf Malaien zu verlassen zeugte von wenig Verstand; aber andererseits – auch Malaien besitzen ein gewisses Maß an Vernunft und wissen ihre Interessen zu wahren. Letztlich würde alles – mußte alles gut werden. Als er mit seinen Überlegungen an diesem Punkt angelangt war, befand er sich am Fuße der Stufen, die zur Veranda seines Hauses führten. Von hier unten konnte er beide Arme des Flusses sehen. Der Hauptarm des Pantai verlor sich in vollständiger Dunkelheit, denn das Feuer vor dem Kampong des Rajahs war zur Gänze erloschen, aber entlang des Armes in Richtung Sambir sah er, soweit das Auge reichte, die lange Reihe malaiischer Häuser, die ans Ufer drängten und zwischen deren Bambuswänden hier und da schwach ein Licht aufblitzte oder auf deren über dem Fluß errichteten Plattformen da und dort eine rußende Fackel brannte. Weiter draußen, wo die Insel in einer niedrigen Landzunge auslief, erhob sich, hoch über den Wohnstätten der Malaien, eine dunkle Masse von Gebäuden. Mit solidem Fundament, auf festem Grund erbaut, mit einer Menge Platz rundum und übersät von vielen starken weißen Lichtern, die an Petroleum und gläserne Lampenzylinder denken ließen, standen sie da – das Haus und die Godons von Abdulla ben Selim, dem großen Handelsherrn von Sambir. Für Almayer hatte dieser Anblick etwas zutiefst Ekelhaftes, und er schüttelte seine Faust in Richtung dieser Gebäude, die in ihrem unübersehbaren Reichtum kalt, unverschämt und voll Hochmut zu ihm herübersahen, weil sein Stern gesunken war.

Er erklomm langsam die Stufen zu seinem Haus.

In der Mitte der Veranda stand ein runder Tisch. Die zylinderlose Petroleumlampe auf ihm warf ihr grelles Licht auf die drei Innenwände. Die vierte, dem Fluß zugewandte Seite war offen. Zwischen den roh behauenen Säulen, die das steil aufragende Dach trugen, hingen zer-

rissene Schilfrohr-Jalousien. Es war keine Zwischendecke
da, und das unangenehm grelle Licht der Lampe wurde in
der Höhe zu einem sanften Dämmerlicht gemildert, das
sich im Dunkel der Dachsparren verlor. Die Stirnseite
wurde von der Türöffnung eines Mittelganges, die von
einem roten Vorhang verdeckt war, in zwei Hälften ge-
teilt. Das Zimmer der Frauen führte auf diesen Gang,
durch den man auf den Hinterhof und zum Küchenschuppen kam. Eine weitere Türöffnung befand sich in einer der
Seitenwände. Die halb verblaßten Worte »Büro: Lingard
& Co.« waren auf der staubigen Tür, die so aussah, als
wäre sie sehr lange Zeit nicht mehr geöffnet worden, immer noch lesbar. An der anderen Seitenwand stand ein
Schaukelstuhl aus Bugholz, und neben dem Tisch und
verstreut über die ganze Veranda standen verloren vier
hölzerne Lehnstühle, die aussahen, als würden sie sich der
Schäbigkeit ihrer Umgebung schämen. In einer Ecke lag
ein Haufen gewöhnlicher Matten, und quer darüber war
lose eine Hängematte gespannt. In der anderen Ecke
schlief, den Kopf in ein Stück roten Kattun gewickelt und
zu einer formlosen Masse zusammengesunken, ein Malaie, einer von Almayers Hausklaven – »meine eigenen
Leute«, pflegte er sie zu nennen. Eine respektable und
repräsentative Ansammlung von Nachtfaltern tanzte zum
aufgeregten Summen herumschwärmender Moskitos
rund um die Lampe. Leise schreiende Eidechsen flitzten
an den Balken des mit Palmblättern gedeckten Daches
entlang. Ein Affe, der an einem der Verandapfosten fest-
gekettet war und sich bereits unter dem Vordach zur Ruhe
begeben hatte, guckte vor und grinste Almayer an, wobei
er sich zu einem Bambussparren des Dachstuhls empor-
schwang und einen Schauer aus Staub und Flocken dürren

Laubs niedergehen ließ, die langsam auf den schäbigen Tisch sanken. Der Boden war uneben und übersät von verwelkten Pflanzen und getrockneter Erde. Über all dem lag ein Hauch Verwahrlosung und Elend. Große rote Flecken auf Fußboden und Wänden zeugten von ebenso regelmäßigem wie hemmungslosem Betelnußkauen. Die leichte Brise, die vom Fluß herüberwehte und die zerlumpten Jalousien sanft hin und her bewegte, trug von den jenseitigen Wäldern den schwachen, ekelerregenden Duft verrottender Blumen herüber.

Die Verandadielen knarrten laut unter Almayers schwerem Schritt. Der Schläfer in der Ecke bewegte sich unruhig und murmelte unverständliche Worte. Hinter dem Vorhang vor der Türöffnung raschelte es leise, und auf malaiisch fragte eine sanfte Stimme: »Bist du's, Vater?«

»Ja, Nina. Ich bin hungrig. Schläft denn schon alles in diesem Haus?«

Almayer plauderte munter drauflos und ließ sich mit einem Seufzer der Zufriedenheit in den Lehnstuhl fallen, der dem Tisch am nächsten stand. Nina Almayer trat hinter der zugehängten Türöffnung vor, hinter ihr ein altes malaiisches Weib, das sich damit zu schaffen machte, einen Teller mit Reis und Fisch, einen Krug voll Wasser und eine Flasche Genever auf den Tisch zu stellen. Nachdem sie ein Trinkglas mit Sprung und einen Blechlöffel vor ihrem Herrn und Meister aufgedeckt hatte, verschwand sie lautlos. Nina stand neben dem Tisch, auf dem sie sich mit einer Hand leicht aufstützte, während die andere teilnahmslos an ihrer Seite herabbaumelte. Ihr Gesicht war der Dunkelheit draußen zugekehrt, durch die ihre traumverlorenen Augen ein verzauberndes Bild aufzufangen schienen, und trug einen Ausdruck ungeduldiger Erwartung. Für einen

Mischling war sie groß; von ihrem Vater hatte sie das ebenmäßige Profil geerbt, das durch das Kantige der unteren Gesichtspartie (dem Erbe ihrer Vorfahren mütterlicherseits – der Sulu-Piraten) eine leichte Korrektur erfuhr, so daß es straffer wirkte. Ihr fester Mund mit den leicht geöffneten Lippen, zwischen denen das Weiß ihrer Zähne durchschimmerte, verlieh dem ungeduldigen Gesichtsausdruck einen undefinierbaren Zug von Wildheit. Und doch lag in ihren dunklen und makellosen Augen der Ausdruck jener zärtlichen Sanftmut, die malaiischen Frauen eigen ist, aber daneben blitzte in ihnen eine überlegene Intelligenz auf; ihr Blick war ernst, weit offen und unbeirrbar, so als zeige sich ihm etwas, das für alle anderen Augen unsichtbar blieb. So stand sie da – ganz in Weiß, hoch aufgerichtet, biegsam, graziös und selbstvergessen, die niedrige, aber breite Stirne von einer glänzenden Fülle langen schwarzen Haars gekrönt, das in schweren Flechten über ihre Schultern fiel und durch den Kontrast dieses kohlschwarzen Farbtons mit der Blässe ihres olivenfarbenen Gesichts dieses noch blasser erscheinen ließ.

Almayer fiel gierig über seinen Reis her, aber nach ein paar Mundvoll hielt er, den Löffel in der Hand, inne und musterte seine Tochter neugierig.

»Hast du vor einer halben Stunde ein Boot vorbeifahren gehört, Nina?« fragte er.

Das Mädchen blickte rasch zu ihm hin, trat aus dem Lichtkreis und stellte sich mit dem Rücken zum Tisch.

»Nein«, sagte sie langsam.

»Es war ein Boot da. Endlich! Dain selbst war da – auf dem Weg zu Lakamba. Ich weiß es; er hat es mir gesagt. Ich hab mit ihm gesprochen, aber er wollte heut nacht nicht mehr herkommen. Er hat gesagt, er kommt morgen.«

Er schluckte noch einen Löffelvoll hinunter, dann sagte er:

»Heute nacht bin ich beinahe glücklich, Nina. Ich seh mich am Ende eines langen Wegs, und er führt uns aus diesem elenden Sumpf. Bald sind wir von hier fort – ich und du, meine liebe Kleine – und dann –«

Er erhob sich vom Tisch und starrte vor sich hin, so als betrachte er ein bezauberndes Traumbild.

»Und dann«, fuhr er fort, »werden wir glücklich sein – du und ich. Wir werden weit weg von hier als reiche und angesehene Leute leben und das Leben hier vergessen – die ganze Plackerei, das ganze Elend!«

Er trat zu seiner Tochter und fuhr ihr mit der Hand zärtlich übers Haar.

»Es ist schlimm, wenn man sich auf einen Malaien verlassen muß«, sagte er, »aber ich muß zugeben, dieser Dain ist durch und durch ein Gentleman. Durch und durch«, wiederholte er.

»Hast du ihm gesagt, daß er herkommen soll, Vater?« forschte Nina, ohne ihn anzusehen.

»Aber sicher. Und übermorgen brechen wir auf«, sagte Almayer fröhlich. »Wir dürfen keine Zeit verlieren. Freust du dich, meine Kleine?«

Sie war fast so groß wie er selbst, aber er erinnerte sich gerne an die Zeit, da sie noch klein gewesen war und sie füreinander noch alles bedeutet hatten.

»Ja, ich freu mich«, sagte sie sehr leise.

»Natürlich«, sagte Almayer eifrig, »hast du keine Vorstellung davon, was dir bevorsteht. Ich war ja selbst nie in Europa, aber ich habe meine Mutter so oft davon erzählen gehört, daß ich mir einbilde, schon alles zu wissen. Wir werden leben – einfach herrlich. Du wirst sehen.«

Wieder stand er schweigend neben seiner Tochter, versunken in die Betrachtung dieser betörenden Vision. Dann drohte er der schlafenden Siedlung mit der geballten Faust.

»Ah, mein guter Abdulla«, schrie er, »wir werden ja sehen, wer nach all diesen Jahren den kürzeren zieht.«

Er blickte den Fluß hinauf und bemerkte gelassen: »Noch ein Gewitter. Recht so! Heut nacht bringt mich kein Donner der Welt um den Schlaf, das weiß ich! Gute Nacht, meine Kleine«, flüsterte er und küßte sie zärtlich auf die Wange. »Du siehst ja heute nacht nicht gerade glücklich aus – aber morgen machst du bestimmt ein fröhlicheres Gesicht, hm?«

Nina hatte ihrem Vater zugehört, ohne eine Miene zu verziehen, und ihre halb geschlossenen Augen starrten weiter in die Nacht hinaus, die nun noch schwärzer wurde – dank einer Gewitterwolke, die sich langsam über die Hügel herabgesenkt hatte, die Sterne zum Verlöschen brachte und Himmel, Wald und Strom zu einer einzigen Masse beinahe greifbarer Finsternis verschmelzen ließ. Die schwache Brise war abgeflaut, aber das entfernte Donnerrollen und blasse Wetterleuchten waren Vorboten des nahenden Sturms. Mit einem Seufzen wandte sich das Mädchen zum Tisch um.

Almayer lag jetzt in seiner Hängematte und war schon halb eingeschlafen.

»Nimm die Lampe mit, Nina«, murmelte er schläfrig. »Es wimmelt hier von Moskitos. Geh schlafen, mein Töchterchen.«

Aber Nina löschte die Lampe nur und trat wieder ans Geländer der Veranda, vor dem sie, den Arm um den Holzpfosten gelegt, stehenblieb und ihren Blick ungeduldig den Pantai hinaufwandern ließ. Und wie sie in der drückenden Stille dieser Tropennacht reglos dastand, sah sie im Wetterleuchten entlang den beiden Ufern des Flusses jedesmal den Wald, der sich unter den heftigen Windstößen des nahenden Gewitters bog, sah sie den obersten Streckenabschnitt des Flusses, dessen Wasser der Wind zu weißer Gischt aufpeitschte, und die schwarzen, zu phantastischen Gebilden zerfetzten Wolken, die tief über den hin und her wogenden Bäumen dahinzogen. Um sie herum war alles noch Ruhe und Frieden, aber weit weg konnte sie schon das Brausen des Windes hören, das Peitschen des schweren Regens, das Tosen der Wellen des aufgewühlten Flusses. Es kam immer näher und näher, begleitet von gewaltigen Donnerschlägen und grell und lange aufleuchtenden Blitzen, auf die kurze Augenblicke furchterregender Finsternis folgten. Als das Unwetter die Landzunge erreichte, die den Fluß teilte, schwankte das Haus im Sturm, und der Regen ging laut prasselnd auf das palmblattgedeckte Dach nieder, der Donner entlud sich in einem einzigen, langen Grollen, und die unablässig niederfahrenden Blitze beleuchteten ein Inferno aus emporschießenden Wassern, auf den Fluten treibenden Hölzern und den hohen Bäumen, die sich einer brutalen und gnadenlosen Gewalt beugten.

Der Vater schlief ruhig und ohne sich durch das nächtliche Ereignis des Monsunregens stören zu lassen; vergessen waren all seine Hoffnungen, vergessen die Fehlschläge, die Freunde und Feinde. Und die Tochter stand reglos da und ließ ihren starren, ängstlich besorgten Blick bei jedem Aufleuchten der Blitze über die Wasser des breiten Stromes wandern.

Zweites Kapitel

ALS Almayer in Erfüllung von Lingards völlig überraschender Forderung der Ehe mit dem malaiischen Mädchen zustimmte, wußte keiner, daß diese attraktive junge Konvertitin an dem Tag, an dem sie sämtliche Blutsverwandte verloren und einen weißen Vater gefunden hatte, wie alle anderen mit dem Mut der Verzweiflung auf der Prau gekämpft hatte und nur durch eine schwere Verletzung am Bein davon abgehalten werden konnte, wie die paar anderen Überlebenden über Bord zu springen. Dort, auf dem Vorderdeck der Prau, fand der alte Lingard sie unter einem Haufen sterbender und schon gestorbener Piraten und ließ sie auf das Achterdeck der *Flash* bringen, bevor er das malaiische Schiff in Brand setzte und den Wellen überließ. Sie war bei Bewußtsein, und in dem tiefen Frieden und der Ruhe des tropischen Abends, die auf den Schlachtenlärm folgten, sah sie zu, wie alle, die sie auf ihre Weise, die Weise einer Wilden, auf Erden liebte, in einem brüllenden Inferno aus Rauch und Flammen in die Dunkelheit entschwanden. Sie lag da, ohne auf die Hände zu achten, die sich vorsichtig ihrer Verletzung annahmen, still und versunken in den Anblick des Scheiterhaufens aus jenen furchtlosen Männern, die sie so sehr bewundert und denen sie so tapfer in ihrem Kampf gegen den fürchterlichen »Rajah-Laut« zur Seite gestanden hatte.

Die leichte nächtliche Brise trieb die Brigg mit sanften Stößen gegen Süden, so daß die lodernde Fackel immer kleiner und kleiner wurde, bis sie nur noch schwach wie ein untergehender Stern am Horizont flimmerte. Und dann war er untergegangen: Die tiefhängenden Rauchschwaden leuchteten im Widerschein verborgener Flammen kurz auf – und dann waren auch sie verschwunden.

Sie begriff, daß mit diesem Verlöschen auch ihr altes Leben verlosch. Von nun an hieß es also, als Sklavin in fremden Ländern zu leben, unter Fremden, in einer unbekannten, ja sogar furchteinflößenden Umgebung. Mit ihren vierzehn Jahren erfaßte sie ihre Lage und zog aus ihr diesen Schluß, den einzig möglichen – für sie, die junge Malaiin, die vorzeitig unter der tropischen Sonne heranreift und sich ihres Zaubers bewußt ist, den so viele junge, tapfere Krieger aus dem Gefolge ihres Vaters voll Bewunderung gerühmt hatten. Sie trug die Furcht vor dem Unbekannten in sich; davon abgesehen, trug sie ihre Lage in der Art ihrer Leute mit Fassung, ja, sie sah sie sogar als ganz selbstverständlich an – denn war sie nicht die Tochter von Kriegern, und waren diese nicht in der Schlacht besiegt worden, und war sie damit nicht rechtens der Besitz des siegreichen Rajahs? Und sogar noch die offenkundige Freundlichkeit des schrecklichen alten Mannes schrieb sie in ihren Gedanken seiner Bewunderung für seine Gefangene zu, und diese schmeichelhafte Einbildung milderte die quälenden Sorgen nach dem schrecklichen Schicksalsschlag. Hätte sie von den hohen Mauern, den schweigenden Gärten und den stummen Nonnen des Konvents von Samarang, in den sie ihre Bestimmung führen sollte, gewußt – vielleicht hätte sie aus schierem Entsetzen und Abscheu vor solcher Einschränkung den Tod gesucht. Aber in ihrer Vorstellung malte sie sich das alltägliche Leben eines malaiischen Mädchens aus: die übliche Auf-

34

einanderfolge von harter Arbeit und leidenschaftlicher Liebe, von Intrigen, vergoldeten Ornamenten, der Plakkerei am häuslichen Herd und jener großen, aber okkulten Macht, deren Ausübung zu den wenigen Privilegien einer Halbwilden gehört. Aber ihr Schicksal nahm in den groben Händen des alten Seebären, dessen Handlungen von den unsinnigen Impulsen des Herzens diktiert wurden, sonderbare und für sie grauenhafte Formen an. Sie ertrug, ruhig und voll Demut, alles – die Unterdrückung, den Unterricht, den neuen Glauben – und verbarg den Haß und die Verachtung für dieses in jeder Hinsicht neue Leben. Sie erlernte die Sprache spielend, begriff aber nur wenig vom neuen Glauben, in dem die guten Schwestern sie unterwiesen, wobei sie bloß die abergläubischen Anteile der Religion rasch aufnahm. Während jedes seiner kurzen und geräuschvollen Besuche, die in ihr den deutlichen Eindruck hinterließen, daß er eine große und gefährliche Macht darstellte, mit der man sich besser gütlich einigte, nannte sie Lingard sanft und zärtlich Vater. War er denn nicht ihr Herr und Meister? Und während jener vier langen Jahre nährte sie in sich die Hoffnung, sie könne vor seinen Augen Gnade finden und eines Tages doch noch sein Weib, sein Ratgeber und Leitstern werden.

Diese Zukunftsträume wurden durch das »Fiat!« des Rajah-Laut zunichte gemacht, das – wie der junge Almayer inbrünstig hoffte – sein Schicksal besiegeln würde. Und im verhaßten europäischen Putz stand die junge Konvertitin – Mittelpunkt eines Kreises von Neugierigen aus der Gesellschaft Batavias – mit einem ihr unbekannten und verdrießlich dreinblickenden jungen Weißen vor dem Traualtar. Almayer fühlte sich nämlich überhaupt nicht wohl in seiner Haut, sondern empfand einen Anflug von

Ekel und den großen Wunsch auf und davon zu rennen. Eine weise Furcht vor dem Adoptiv-Schwiegervater und ein wohlbegründetes Interesse an der eigenen materiellen Sicherheit verhinderten, daß er es zum Eklat kommen ließ. Aber noch während er ewige Treue schwor, schmiedete er schon Pläne, wie er sich zu einem mehr oder weniger entfernten Zeitpunkt der hübschen jungen Malaiin entledigen würde. Sie wiederum hatte im Konvent Unterricht zur Genüge gehabt und wußte wohl, daß sie dem Gesetz der Weißen entsprechend Almayers Weggefährtin, nicht seine Sklavin sein würde, und schwor sich, sich auch entsprechend zu verhalten.

Und als die *Flash* nun – beladen mit Baumaterial für ein neues Haus – aus dem Hafen von Batavia auslief, um das junge Paar nach dem unbekannten Borneo zu bringen, hatte sie nicht so viel Liebe und Glück an Deck, wie der alte Lingard vor seinen Zufallsbekanntschaften auf diversen Hotelveranden gerne prahlte. Das Glück des alten Seemanns aber war perfekt: Er hatte seine Schuld bei dem Mädchen beglichen. »Ich hab sie zur Waise gemacht, verstehen Sie«, schloß er oft feierlich ernst, wenn er vor einem Haufen bunt zusammengewürfelter Herumtreiber seine persönlichen Angelegenheiten ausbreitete – wie es seine Gewohnheit war. Und die Beifallsrufe der alkoholisierten Zuhörerschaft erfüllten seine einfältige Seele mit Freude und Stolz. »Ich zieh alles durch bis ans Ende«, lautete ein anderer seiner Wahlsprüche, und getreu diesem Grundsatz trieb er den Bau des Hauses und der Godons am Pantai mit fieberhafter Eile voran. Das Haus für das junge Paar, die Speicher für das große Handelsgeschäft, das Almayer aufbauen sollte, während er (Lingard) selbst sich ganz seiner geheimnisvollen Beschäftigung widmen konnte, von der zwar nur in Andeutungen gesprochen wurde, von der gleichzeitig aber klar war, daß sie mit Gold und Diamanten im Inneren der Insel zu tun hatte. Auch Almayer war voller Ungeduld. Hätte er gewußt, was ihm bevorstand, wäre er vielleicht weniger ungeduldig und hoffnungsvoll gewesen, während er am Ufer stand und dem letzten Kanu von Lingards Expedition nachblickte, das soeben hinter der Biegung des Flusses verschwand. Als er sich umdrehte und sein Blick auf das schmucke kleine Haus fiel, auf die großen Speicher, die von einer Armee chinesischer Zimmerleute fachgerecht aufgebaut worden waren, und den neuen Landesteg, an dem Trauben von Händlerkanus angelegt hatten, erfüllte ihn bei dem Gedanken, daß die Welt ihm gehörte, ein jäher, unbändiger Stolz.

Zuerst aber mußte die Welt noch erobert werden – und diese Eroberung war nicht so leicht, wie er gedacht hatte. Er mußte sehr schnell einsehen, daß er in diesem Winkel der Welt, in den ihn der alte Lingard und seine eigene Willensschwäche hinversetzt hatten, im Zentrum skrupelloser Intrigen und heftigster Konkurrenzkämpfe, unerwünscht war. Die Araber hatten den Fluß entdeckt, hatten in Sambir einen Handelsposten gegründet, und wo sie Handel trieben, waren sie die Herren und duldeten keinen Rivalen. Lingard kehrte von seiner ersten Expedition mit leeren Händen zurück, machte sich abermals auf und verwandte sämtliche Profite aus den legalen Geschäften auf seine geheimnisvollen Reisen. Almayer hatte mit den Widrigkeiten seiner Position zu kämpfen, hatte keine Freunde und – abgesehen vom Schutz, den ihm der alte Rajah (und Vorgänger Lakambas) um Lingards willen gewährte – keinerlei Unterstützung. Lakamba selbst, der damals noch als Privatmann in einem Reisfeld sieben Meilen flußabwärts lebte, führte all seinen Einfluß ins Treffen, um die Feinde des weißen Mannes zu unterstützen, und intrigierte so zielsicher und geschickt gegen den alten Rajah und Almayer, daß man daraus auf eine intime Kenntnis ihrer vertraulichsten Geschäfte schließen durfte. Seine korpulente Gestalt, die nach außen hin soviel Freundlichkeit zur Schau trug, war oft auf Almayers Veranda zu sehen; sein grüner Turban und die goldbestickte Jacke blinkten in der ersten Reihe einer gewaltigen Abordnung von Malaien, die gekommen waren, um Lingard anläßlich der Rückkunft von seinen Reisen ins Landesinnere zu begrüßen. Wenn er den alten Händler begrüßte, dann gehörten seine Selams zu den unterwürfigsten, sein Händedruck zu den aufrichtigsten. Aber seine kleinen Augen nahmen die Zeichen der Zeit in sich auf, und wenn er von solchen Zusammenkünften zurückkehrte, um sich ausgiebig mit seinem Freund und Bundesgenossen Syed Abdulla, dem Chef des arabischen Handelspostens und einem Mann von großem Reichtum und ebenso großem Einfluß auf den Inseln, zu beraten, dann lag auf seinem Gesicht ein zufriedenes, hämisches Lächeln.

In der Siedlung herrschte zu dieser Zeit allgemein der Glaube, Lakambas Besuche in Almayers Haus würden sich nicht auf diese offiziellen Zusammenkünfte beschränken. In hellen Mondnächten beobachteten die spät zurückkehrenden Fischer aus Sambir häufig, wie ein kleines Boot aus dem schmalen Bach hinter dem Haus des weißen Mannes hervorschoß und sein einsamer Insasse im tiefen Schatten der Uferböschung vorsichtig flußab paddelte; und über diese Geschehnisse, die pflichtschuldigst weiterverbreitet wurden, erging man sich in abendlichen Dis-

kussionen rund um das Feuer bis tief in die Nacht hinein –
in dem für die malaiische Aristokratie typischen Zynismus
und voll giftiger Schadenfreude für die Mißgeschicke des
Orang Blanda, des gehaßten Holländers. Almayer führte
seinen verzweifelten Kampf fort – aber so wenig zielstre-
big, daß er sich selbst aller Erfolgschancen gegenüber
seinen Rivalen beraubte, die so gewissenlos und zu allem
entschlossen waren wie diese Araber. Die Händler wurden den geräumigen Godons abtrünnig, und die Godons
selbst verfielen, eins nach dem anderen. Hudig, der Ban-
kier des alten Mannes in Makassar, ging bankrott, und
damit war auch das gesamte verfügbare Kapital verloren.
Die Profite vergangener Jahre hatte Lingards Expedi-
tionswut verschlungen. Lingard selbst hielt sich irgendwo im Landesinneren auf – war vielleicht schon tot, gab
jedenfalls kein Lebenszeichen von sich. Almayer war inmitten dieser widrigen Umstände ganz auf sich allein
gestellt und fand ein wenig Trost allein in der Gesellschaft
seiner kleinen Tochter, die zwei Jahre nach seiner Heirat
zur Welt gekommen und nunmehr sechs Jahre alt war.
Seine Frau hatte bald damit angefangen, ihn mit grimmiger Verachtung zu traktieren, der sie durch mürrisches
Schweigen Ausdruck verlieh, das ab und zu von einer Flut
wütender Schimpftiraden abgelöst wurde. Er merkte, daß
sie ihn haßte, und sah ihre eifersüchtigen Augen, die ihm
und dem Kind mit einem geradezu an Haß grenzenden
Ausdruck folgten. Sie war eifersüchtig, weil das Kind
ganz offensichtlich dem Vater den Vorzug gab, und Almayer spürte, daß er mit dieser Frau unter einem Dach
seines Lebens nicht sicher war. Während sie in ihrem
wahnwitzigen Haß auf die Symbole der Zivilisation die
Möbel verbrannte und die hübschen Vorhänge herunter-

riß, grübelte der von diesen Ausbrüchen der ungebändigten Natur eingeschüchterte Almayer darüber nach, wie er sich ihrer am besten entledigen könnte. Er zog alles in Betracht, schmiedete, ebenso halbherzig wie unentschlossen, Pläne zu ihrer Ermordung, wagte sich aber an nichts – in der Erwartung, Lingard müsse nun jeden Tag mit der Nachricht eines unerhörten Glücksfalls heimkehren. Und er kehrte auch tatsächlich heim, aber gealtert, krank, ein Schatten seiner selbst, in dessen eingefallenen Augen das Feuer des Fiebers brannte – der fast einzige Überlebende aus der großen Schar der Expeditionsteilnehmer. Aber letztendlich war ihm doch noch Erfolg beschieden! Unfaßbare Reichtümer waren zum Greifen nah; er wünschte Geld – nur noch ein bißchen Geld, um sich den Traum vom sagenhaften Reichtum zu erfüllen. Und Hudig bankrott! Almayer kratzte zusammen, was er konnte, aber der alte Mann wollte mehr. Sollte Almayer es nicht schaffen, würde er nach Singapur gehen – vielleicht sogar nach Europa, vorerst aber nach Singapur. Und die kleine Nina würde er mitnehmen. Das Mädchen mußte standesgemäß erzogen werden. Er hatte Freunde in Singapur; sie würden sich um sie kümmern und ihr zu ordentlichem Unterricht verhelfen. Alles würde sich letztlich zum Guten wenden, und dieses Mädchen, auf das der alte Seemann die Zuneigung, die er einst für die Mutter empfunden hatte, übertragen zu haben schien, würde zur reichsten Frau der östlichen Hemisphäre – ja, der ganzen Welt. Lingard brüllte das heraus, während er die Veranda in schwerem Achterdeckschritt durchmaß und mit rauchendem Stumpen herumfuchtelte – zerlumpt, zerzaust, glühend vor Eifer. Und Almayer, der auf einem Stoß Matten kauerte, malte sich entsetzt die Trennung von dem einzigen menschlichen Wesen aus, das er liebte – und vielleicht mit noch größerem Entsetzen die Szene mit seiner Frau, der reißenden Tigerin, der man das Junge nahm. Sie wird mich vergiften, dachte der arme Teufel, der sich jener einfachen und endgültigen Art, mit der soziale, politische und familiäre Probleme im Leben eines Malaien gelöst zu werden pflegten, wohl bewußt war.

Zu seiner großen Überraschung nahm sie die Nachricht schweigend auf, warf ihm und Lingard bloß einen heimtückischen Blick zu, sagte ansonsten aber kein Wort – was sie am nächsten Tag allerdings nicht daran hinderte, in den Fluß zu springen und dem Boot nachzuschwimmen, in dem Lingard die Amme und das schreiende Kind wegbrachte. Almayer mußte ihr in seinem Walfänger nachjagen, um sie unter Weinen und Fluchen, das laut genug war, den Himmel einstürzen zu lassen, an den Haaren ins Boot zu ziehen. Aber nach zwei Tagen Klagegeschrei kehrte sie zur gewohnten Lebensweise zurück, kaute Betelnuß und saß den ganzen Tag in stumpfer Untätigkeit im Kreis ihrer Frauen. Danach alterte sie sehr rasch und raffte sich aus ihrer Apathie nur zu einem scharfen Seitenhieb oder einer lautstarken Beschimpfung auf, mit der sie die zufällige Anwesenheit ihres Mannes quittierte. Er hatte ihr innerhalb des Kampongs am Flußufer eine Hütte gebaut, in der sie in völliger Abgeschiedenheit lebte. Lakamba hatte seine Visiten eingestellt, nachdem der alte Herrscher von Sambir auf Grund eines gnädigen Ratschlusses der Vorsehung und eines kleinen fachkundigen Kunstgriffs aus diesem Leben geschieden war. An seiner Statt herrschte nun Lakamba, den seine arabischen Freunde bei den holländischen Behörden protegiert hatten. Und der große Mann und Handelsherr auf dem Pantai hieß

Syed Abdulla. Almayer lag zerschmettert und hilflos unter dem engmaschigen Netz ihrer Intrigen und verdankte sein Leben einzig der angeblichen Kenntnis von Lingards kostbarem Geheimnis. Lingard war verschwunden. Einmal schrieb er aus Singapur, das Kind sei wohlauf, befinde sich in der Obhut einer Mrs. Vinck, und er selbst sei auf dem Sprung nach Europa, um Gelder für sein großes Unternehmen aufzutreiben. Er würde bald wieder zurück sein. Schwierigkeiten werde es keine geben, schrieb er. Die Leute würden sich darum reißen, ihm ihr Geld aufzudrängen. Das taten sie offenbar nicht, denn es folgte nur noch ein einziger Brief von ihm, in dem es hieß, er sei krank, habe keinen lebenden Verwandten angefunden, mehr aber schon nicht. Dann kam eine Zeit absoluten Schweigens. Europa hatte den Rajah-Laut offensichtlich verschluckt, und vergeblich sah Almayer nach Westen aus, nach einem Lichtstrahl aus der Trübsal seiner zerschlagenen Hoffnungen. Jahre vergingen, und die raren Briefe von Mrs. Vinck, später dann vom Mädchen selbst, waren das einzige, worauf es zu warten lohnte, weil es das Leben inmitten der triumphalen Wildheit des Flusses erträglich machte. Almayer lebte nun allein und hatte sogar die Besuche bei seinen Schuldnern eingestellt, die sich – des Schutzes von Lakamba sicher – zu zahlen weigerten. Ali, sein treuergebener Diener aus Sumatra, kochte ihm Reis und machte ihm Kaffee, denn er wagte sonst niemandem zu vertrauen, am allerwenigsten seiner Frau. Er schlug die Zeit damit tot, schwermütig die zugewachsenen Pfade rund ums Haus entlangzuwandern, die verfallenen Speicher aufzusuchen, wo ihn ein paar grünspanige Bronzekanonen und ein Restbestand aufgebrochner Kisten mit verschimmelnder Baumwolle an die guten alten

Zeiten erinnerten, als hier alles von Leben und Gütern übergegangen war und er, die kleine Tochter an seiner Seite, auf das geschäftige Treiben am Flußufer hinuntergeblickt hatte. Nun glitten die landeinwärts fahrenden Kanus am kleinen, morschen Landesteg von Lingard & Co. vorüber und paddelten den Flußarm des Pantai hinauf, um sich um Abdullas Landesteg zu drängen. Nicht, daß sie Abdulla so sehr ins Herz geschlossen hätten, aber sie wagten nicht, mit einem Mann Handel zu treiben, dessen Stern gesunken war. Hätten sie's dennoch getan, sie hätten (das wußten sie) weder vom Araber noch vom Rajah Gnade zu erwarten gehabt; keinen Reis auf Kredit von den beiden, wenn die Lebensmittel knapp waren; und Almayer, der manchmal für sich selbst kaum genug hatte, konnte ihnen auch nicht aushelfen. In seiner Einsamkeit und Verzweiflung beneidete Almayer oft seinen unmittelbaren Nachbarn, den Chinesen Jim-Eng, den er ausgestreckt auf einem Haufen kühler Matten liegen sah, unter dem Kopf eine hölzerne Nackenstütze, zwischen den kraftlosen Fingern eine Opiumpfeife. Er freilich suchte nicht Trost im Opium – vielleicht, weil es zu teuer war, vielleicht, weil ihn sein Stolz als Weißer vor dieser Entwürdigung bewahrte; höchstwahrscheinlich aber war es der Gedanke an seine kleine Tochter im fernen Singapur. Er hörte nun öfter von ihr, nachdem Abdulla einen Dampfer gekauft hatte, der ungefähr alle drei Monate zwischen Singapur und der Siedlung am Pantai verkehrte. Almayer fühlte sich seiner Tochter näher. Er wünschte sehnsüchtig, sie zu sehen, und plante auch eine Reise nach Singapur, schob die Abreise aber Jahr um Jahr auf, weil er ständig darauf wartete, daß sich die Lage zum Besseren wandte. Er wollte nicht mit leeren Händen und ohne ein

Wort der Hoffnung auf den Lippen vor sie hintreten. Er konnte sie unmöglich in dieses verwilderte Leben zurückholen, zu dem er selber verflucht war. Und außerdem hatte er ein bißchen Angst vor ihr. Wie würde sie über ihn denken? Er überschlug die Jahre. Eine erwachsene Frau. Eine kultivierte Frau, jung und voller Hoffnungen; er hingegen fühlte sich alt und hoffnungslos – und diesen Wilden um ihn herum sehr ähnlich. Er fragte sich, welche Zukunft sie hätte. Er hatte noch keine Antwort auf diese Frage und wagte nicht, ihr gegenüberzutreten. Und doch hatte er Sehnsucht nach ihr. Er zögerte Jahr um Jahr.

Diesem Zögern setzte Ninas unerwartetes Erscheinen in Sambir ein Ende. Sie kam per Dampfer, unter der Obhut des Kapitäns. Almayer traute seinen Augen nicht, und in seine Überraschung mischte sich Staunen: Während dieser zehn Jahre war das Kind zur Frau geworden, schwarzhaarig, mit olivbrauner Haut, hochgewachsen und schön, mit großen, schwermütigen Augen, deren für die Malaiin typische Ausdruck der Bestürzung durch einen Anflug von Nachdenklichkeit, die sie von ihren europäischen Vorfahren hatte, gemildert wurde. Almayer dachte mit Grauen an die Begegnung zwischen Frau und Tochter, daran, was dieses ernste, europäisch gekleidete Mädchen wohl von ihrer betelnußkauenden Mutter halten würde, die verschlampt, halb nackt und übellaunig in einer dämmrigen Hütte hockte. Er fürchtete auch einen Wutanfall von seiten dieses ekelhaften Weibsstücks, das er bis dahin einigermaßen ruhig hatte halten können, ein Umstand, dem er die Existenz der letzten Überreste seines desolaten Mobiliars verdankte. Und da stand er nun vor der verschlossenen Hüttentür im gleißenden Sonnenlicht und lauschte dem Gemurmel der Stimmen und fragte sich, was da drinnen wohl vorgehen mochte, nachdem alle Dienerinnen zu Beginn der Unterredung hinausgeworfen worden waren und sich in einem Haufen beim Zaun versammelt hatten, wo sie hinter vorgehaltener Hand die merkwürdigsten Spekulationen schnatterten. Schamlos versuchte er da hinter der Bambuswand ein verirrtes Wort aufzuschnappen, bis ihn schließlich der Kapitän des Dampfers, der das Mädchen heraufbegleitet hatte und fürchtete, er könne einen Hitzschlag erleiden, am Arm nahm und in den Schatten seiner eigenen Veranda führte, wo schon Ninas Schrankkoffer stand, den die Leute vom Schiff an Land gebracht hatten. Kaum hatte Captain Ford ein Glas vor sich stehen und einen Stumpen angesteckt, bat Almayer um Aufklärung über das unerwartete Erscheinen seiner Tochter. Abgesehen von ein paar ebenso vagen wie heftigen Verallgemeinerungen betreffend die Dummheit von Frauen im allgemeinen und von Mrs. Vinck im besonderen, hatte Ford wenig zu sagen.

»Wissen Sie, Kaspar«, sagte er abschließend zu dem erregten Almayer, »es ist eben verflixt unangenehm, ein Mischlingsmädchen im Hause zu haben. Es gibt so viele Narren auf der Welt. Da war dieser junge Bankbeamte, der zu jeder Tages- und Nachtzeit beim Bungalow der Vincks auftauchte. Die alte Frau glaubte, es wäre wegen ihrer Emma. Als sie herausfand, was er in Wirklichkeit wollte, gab's einen Riesenkrawall, das kann ich Ihnen sagen! Sie weigerte sich, Nina auch nur eine einzige Stunde länger im Haus zu behalten. Tatsache ist, daß mir die Sache zu Ohren kam und ich das Mädchen zu meiner Frau brachte. Meine Frau ist soweit ganz in Ordnung – für eine Frau eben –, und ich geb Ihnen mein Wort, wir hätten das Mädel bei uns behalten, schon Ihretwegen, aber sie wollte nicht bleiben. Nur mit der Ruhe, Kaspar. Gehn Sie nicht in die Luft. Setzen Sie sich hin. Was wollen Sie denn tun? Es ist das beste so. Nehmen Sie sie zu sich. Sie war da oben nie glücklich. Diese beiden Vinck-Töchter sind doch nur zwei aufgeputzte Affen. Sie haben Nina heruntergemacht. Eine Weiße werden Sie nie aus ihr machen, und wenn Sie noch so sehr über mich fluchen. Es geht einfach nicht. Alles in allem ist das Mädel in Ordnung, aber sie wollte meiner Frau überhaupt nichts erzählen. Wenn Sie's wissen wollen, müssen Sie sie schon selbst fragen; aber wenn ich Sie wäre, ließe ich sie lieber in Frieden. Und was das Geld für die Überfahrt angeht – da machen Sie sich bloß keine Sorgen, die geht auf mein Konto, wenn Sie im Moment knapp bei Kasse sind.« Und der Kapitän warf seine Zigarre fort und stapfte davon, »um den Jungs an Bord mal Beine zu machen«, wie er sich ausdrückte.

Almayer wartete vergeblich auf eine Erklärung für die Rückkehr seiner Tochter von den Lippen seiner Tochter. Weder an diesem Tag noch danach sprach sie auch nur in Andeutungen von ihrem Leben in Singapur. Eingeschüchtert von der gleichgültigen Ruhe ihres Gesichts, von den ernsten Augen, die durch ihn hindurch zu den großen, reglosen Wäldern blickten, die in majestätischem Schweigen am dahinmurmelnden, breiten Fluß schliefen, zog er es vor, keine Fragen zu stellen. Er akzeptierte diese Situation, glücklich in der zärtlichen, ihn beschützenden Liebe, die das Mädchen zeigte – bei aller Launenhaftigkeit, weil sie ihre (wie sie es nannte) schlechten Tage hatte, wenn sie nach einem der üblichen, stundenlangen Besuche, unergründlich wie eh und je, aus der Hütte ihrer Mutter am Flußufer trat, allerdings mit einem hochmütigen Gesichtsausdruck und einer kurz angebundenen Antwort, mit der sie ihm in die Rede fiel. Sogar daran gewöhnte er sich und hielt an solchen Tagen still, auch wenn ihm der Einfluß seiner Frau auf das Mädchen alarmierte. Ansonsten paßte sich Nina ausgezeichnet an die Verhältnisse eines halbwilden und armseligen Lebens an. Sie nahm ohne viel Fragen und ohne sichtbaren Widerwillen die Verwahrlosung, den Ruin und die Ärmlichkeit des Haushalts hin, das Fehlen jeglichen Mobiliars und die Reisdiät, das Hauptnahrungsmittel am Familientisch. Sie lebte zusammen mit Almayer in dem kleinen (nun schmählich verfallenden) Haus, das Lingard ursprünglich für das junge Paar erbaut hatte. Für die Malaien bot ihre Ankunft den Stoff für hitzigste Debatten. Anfangs waren die Landestege überlaufen von Malaiinnen, die mit ihren Kindern gekommen waren und begierig darauf warteten, daß die junge Mem Putih ihnen Ubat gegen alle leiblichen Übel gebe. Würdevolle Araber in langen weißen Hemden und ärmellosen gelben Jacken schritten in abendlicher Kühle langsam auf dem staubigen Uferpfad zu Almayers Pforte und statteten diesem Ungläubigen unter dem fadenscheinigen Vorwand, Geschäfte machen zu wollen, feierlich ihren Besuch ab, nur um, bei aller gebotenen Höflichkeit, einen flüchtigen Blick auf das junge Mädchen zu werfen. Selbst Lakamba verließ sein Gehege und kam in einem pompösen Festzug aus Kriegskanus und roten Sonnenschirmen und legte am morschen, kleinen Landesteg von Lingard & Co. an. Er sei, erklärte er, gekommen, um ein paar Bronzekanonen als Präsent für seinen Freund, den Häuptling der Dayaks in Sambir, zu kaufen; und während sich Almayer – mißtrauisch, aber nichtsdestoweniger höflich – anschickte, die alten Knallbüchsen in den Speichern auszugraben, saß der Rajah im Kreise seines ergebenen Gefolges in einem Lehnstuhl auf der Veranda und wartete vergeblich auf Ninas Erscheinen. Sie hatte einen ihrer schlechten Tage und rührte sich nicht aus der Hütte der Mutter, von wo aus sie gemeinsam mit dieser das umständliche Zeremoniell auf der Veranda verfolgte. Der Rajah zog wieder ab – verwirrt, aber mit dem gebührenden Anstand –, und bald konnte Almayer anfangen, die Früchte seiner verbesserten Beziehungen zum Herrscher zu ernten, und zwar in Form von einlaufenden Außenständen, die ihm von bis dahin für hoffnungslos insolvent gehaltenen Schuldnern unter mancherlei Entschuldigung und unterwürfigem Selam rückerstattet wurden. Angesichts dieser sich bessernden Lebensumstände besserte sich auch Almayers Laune ein wenig. Vielleicht war doch nicht alles verloren. Endlich sahen diese Malaien und Araber ein, daß er ein Mann von Fähigkeiten war, dachte er. Und ganz wie es seine Art war, fing er an, Großes zu planen, von großen Reichtümern zu träumen – für sich und für Nina. Ganz besonders für Nina! Durch derartige Impulse neu belebt, bat er Captain Ford, an seine Freunde in England zu schreiben, damit diese Erkundigungen über Lingard einzögen. Lebte er noch, oder war er schon tot? Und wenn tot – hatte er irgendwelche Papiere oder Dokumente hinterlassen? Irgendwelche Andeutungen oder Hinweise auf sein großes Vorhaben? Er hatte unterdessen unter unbrauchbarem Kram in einem der leeren Räume ein Notizbuch gefunden, das dem alten Abenteurer gehörte. Er studierte das handschriftliche Gekritzel seiner Seiten und versank darüber oft in tiefes Grübeln. Und es gab noch anderes, das ihn aus seiner Apathie weckte. Die Aufregung, die die Niederlassung der British Borneo Company überall auf der Insel verursachte, wirkte sich sogar auf den trägen Fluß des Lebens am Pantai aus. Man erwartete große Veränderungen; redete gar von Annexion; die Araber verhielten sich nun zuvorkommend und höflich. Almayer nahm den Bau seines neuen Hauses in Angriff, in dem er in Zukunft die Ingenieure, Agenten oder Ansiedler der neuen Gesellschaft unterbringen wollte. Gläubigen Herzens verwandte er jeden verfügbaren Gulden darauf. Nur eines störte sein Glück: Seine Frau kam aus der Versenkung und brach in ihrer grünen Jacke, mit ihren ärmlichen Sarongs, ihrem schrillen Organ und ihrer hexenartigen Erscheinung in sein friedliches Leben in dem kleinen Bungalow ein. Und seine Tochter schien diesen barbarischen Einbruch in ihren Alltag mit wundersamem Gleichmut hinzunehmen. Ihm paßte das nicht, aber er wagte nichts zu sagen.

Drittes Kapitel

IN London geführte Verhandlungen sind von weitreichender Bedeutung, und so trübte die Entscheidung, die von den nebelverhangenen Büros der Borneo Company bekanntgemacht wurde, für Almayer das strahlende Sonnenlicht der Tropen und mischte einen weiteren Wermutstropfen in den Kelch seiner Enttäuschungen. Der Anspruch auf diesen Teil der Ostküste wurde fallengelassen, und so blieb der Pantai unter der nominellen Oberhoheit Hollands. In Sambir herrschten Jubel und Begeisterung. Die Sklaven wurden eiligst in Wald und Dschungel außer Sichtweite gebracht, und in Erwartung einer Inspektion durch Beiboote holländischer Kriegsschiffe wurden im Kampong des Rajahs die Flaggen auf den hohen Masten gehißt.

Die Fregatte blieb außerhalb der Flußmündung vor Anker liegen, und die Boote kamen im Schlepptau der Dampfbarkasse stromauf und schlängelten sich vorsichtig zwischen Massen von Kanus voll buntgekleideter Malaien durch. Die befehlshabenden Offiziere hörten sich mit ernster Miene die Loyalitätskundgebungen Lakambas an, erwiderten Abdullas Selams und versicherten diese Ehrenmänner in gewähltem Malaiisch der Freundschaft und des Wohlwollens des großen Rajahs (unten in Batavia) gegenüber Herrscher und Einwohnern dieses vorbildlichen Staatswesens von Sambir.

Almayer verfolgte die Feierlichkeiten am anderen Flußufer von seiner Veranda aus, hörte das Krachen der

Bronzekanonen, die vor der neuen Fahne, die Lakamba überreicht wurde, Salut schossen, und das dumpfe Gemurmel der Zuschauermenge, die um den Palisadenzaun auf und ab wogte. Der Rauch der Kanonenschüsse stieg in weißen Schwaden vor dem grünen Hintergrund der Wälder auf, und Almayer konnte nicht anders als die eigenen, entfliehenden Hoffnungen mit dem rasch sich verflüchtigenden Qualm vergleichen. Das Ereignis löste kein wie immer geartetes patriotisches Hochgefühl in ihm aus, er mußte sich aber zu Freundlichkeit zwingen, als die Marineoffiziere der *Commission* nach dem offiziellen Empfang den Fluß überquerten, um dem eigenbrötlerischen Weißen, von dem sie vom Hörensagen wußten, einen Besuch abzustatten, zweifellos auch mit dem Wunsch, einen kurzen Blick auf seine Tochter zu werfen. Diesbezüglich wurden sie enttäuscht, denn Nina weigerte sich, sich zu zeigen; aber der Gin und die Stumpen, die ihnen der gastfreundliche Almayer vorsetzte, schienen sie schnell darüber hinwegzutrösten; und während draußen der große Fluß in der Hitze des gleißenden Sonnenlichts zu brodeln schien, fläzten sie sich im Schatten der Veranda auf die wackeligen Lehnsessel und erfüllten den kleinen Bungalow mit den ungewohnten Lauten europäischer Sprachen, mit Lärm und Gelächter, das ihr Seemannswitz auf Kosten des fetten Lakamba hervorrief, den sie noch am selben Morgen mit Komplimenten überhäuft hatten. Die jüngeren Männer lösten durch jäh aufkeimende Kameraderie die Zunge ihres Gastgebers, und Almayer, den der Anblick europäischer Gesichter, der Klang europäischer Stimmen ganz aufgeregt machte, öffnete den mitfühlenden Fremden sein Herz, ohne zu bemerken, wie sehr die Aufzählung seiner vielen Mißgeschicke diese zukünftigen

Admiräle erheiterte. Sie tranken auf seine Gesundheit, wünschten ihm viele große Diamanten und einen Berg von Gold, ja, sie erklärten ihm sogar ausdrücklich, daß sie ihn um die hohen Gaben, die das Schicksal für ihn bereithielt, beneideten. Von so viel Freundlichkeit ermutigt, lud der grauhaarige und törichte Träumer seine Gäste ein, sich sein neues Haus anzusehen. Sie strichen in einer losen Prozession durchs hohe Gras, während ihre Boote für die Rückfahrt stromab in der kühlen Abendluft flottgemacht wurden. Und in den großen, leeren Räumen, durch deren Fensterhöhlen der laue Wind blies und das trockene Laub und den Staub vieler Tage der Vergessenheit aufwirbelte, stampfte Almayer in seiner weißen Jacke und seinem geblumten Sarong, inmitten einer Runde glitzernder Uniformen, mit dem Fuß auf, um zu demonstrieren, wie solide die sauber verfugten Fußböden seien, und erläuterte wortreich die Schönheiten und Annehmlichkeiten des Gebäudes. Sie hörten aufmerksam zu und pflichteten ihm bei – kopfschüttelnd über die wundersame Einfalt und den närrischen Optimismus dieses Mannes, bis Almayer, von seiner Erregung mitgerissen, sein Bedauern darüber verriet, daß die Engländer nun doch nicht kämen, »die«, wie er sich ausdrückte, »sich darauf verstünden, ein reiches Land zu entwickeln.« In den Reihen der holländischen Offiziere erhob sich über diese unschuldige Bemerkung Gelächter, dann brach man zu den Booten auf; als sich Almayer aber, der seinen Fuß vorsichtig auf die morschen Bohlen von Lingards Landesteg setzte, mit ein paar zaghaften Andeutungen an den Führer der Commission wandte, um ihn auf die Notwendigkeit des Schutzes eines holländischen Staatsbürgers vor den verschlagenen Arabern hinzuweisen, erwiderte dieser Salzwasserdiplomat vielsagend, die Araber seien bessere Staatsbürger als Holländer, die mit Malaien illegal Handel mit Schießpulver trieben. Almayer, der sich keiner Schuld bewußt war, erkannte sofort das Werk des glattzüngigen Abdulla und das würdevoll überzeugende Gehabe Lakambas, aber bevor es ihm noch gelang, entrüstet zu protestieren, trieben die Dampfbarkasse und hinter ihr die Kette der Beiboote schon rasch stromab, und er stand da auf dem Landesteg, den Mund vor Überraschung und Zorn weit offen. Dreißig Meilen beträgt der Wasserweg von Sambir bis zu den gemmenartigen Inseln im Mündungsgebiet des Flusses, in der die Fregatte auf die Rückkehr der Boote wartete. Noch lange bevor sie die halbe Distanz zurückgelegt hatten, war der Mond aufgegangen, und die dunklen Wälder, die in seinem kalten Licht friedlich schlummerten, erwachten in jener Nacht vom schallenden Gelächter, das die Erinnerung an Almayers klägliche Erzählung bei der Besatzung dieser Flottille auslöste. Seemannswitze auf Kosten des bedauernswerten Menschen gingen von Boot zu Boot, man bedachte das Nichterscheinen der Tochter mit scharfer Rüge, und das halb fertiggestellte Haus, das für die Aufnahme der Engländer bestimmt gewesen war, wurde in dieser fröhlichen Nacht auf Grund des einstimmigen Beschlusses der ausgelassenen Seeleute auf den Namen »Almayers Luftschloß« getauft.

Nach diesem Besuch nahm das Leben in Sambir wieder für viele Wochen seinen gleichförmigen, ereignislosen Lauf. Tag für Tag ließ die Morgensonne ihre Strahlen über die Baumwipfel hinunterschießen, um die gewohnte Szenerie alltäglicher Aktivitäten zu beleuchten. Wenn Nina den Pfad entlangging, der die einzige Straße der Ansiedlung darstellte, bot sich ihr der vertraute Anblick von

Männern, die sich an der Schattenseite der Gebäude auf den hohen Plattformen ausruhten; von Frauen, die ganz damit beschäftigt waren, die Tagesration Reis zu schälen; von nackten, braunen Kindern, die über die schattigen und schmalen Pfade jagten, die zu den Lichtungen führten. Jim-Eng, der vor seinem Haus herumbummelte, begrüßte sie mit einem freundlichen Kopfnicken, bevor er ins Haus hinaufstieg, um sich an seiner geliebten Opiumpfeife gütlich zu tun. Die älteren Kinder hängten sich wie Kletten an sie, wagemutig, weil sie sie schon so lange kannten, zerrten sie mit ihren dunklen Fingern an den Schößen ihres weißen Gewands und ließen in Erwartung eines Schauers von Glasmurmeln ihre schimmernden Zähne sehen. Diese begrüßte sie mit einem stillen Lächeln, für ein siamesisches Mädchen, eine Sklavin von Bulangi, dessen zahlreiche Frauen angeblich von geradezu zügelloser Wildheit waren, hatte sie aber immer ein paar freundliche Worte übrig. Fundierten Gerüchten zufolge hieß es auch, daß die Zwistigkeiten im Hause dieses arbeitsamen Pflanzers regelmäßig mit einem vereinten Angriff sämtlicher Gattinnen auf die siamesische Sklavin endeten. Das Mädchen selbst beklagte sich nie – vielleicht, weil es die Klugheit ihr riet, eher aber wegen der ihr eigentümlichen, resignativen Apathie der Mischlingsfrauen. Schon früh am Morgen war sie auf den Pfaden zwischen den Häusern zu sehen – am Flußufer oder auf den Landestegen, wobei sie das Tablett mit dem Backwerk, mit dessen Verkauf sie beauftragt war, geschickt auf ihrem Kopf balancierte. In der größten Tageshitze suchte sie gewöhnlich in Almayers Kampong Zuflucht und fand oft in einem schattigen Winkel der Veranda Unterschlupf, wo sie, vor sich das Tablett, Ninas Einladung Folge leistete und sich hinhockte. Für »Mem Putih« hatte sie immer ein Lächeln, aber die Anwesenheit von Mrs. Almayer – schon der Klang ihrer kreischenden Stimme – war das Signal für ihren überstürzten Aufbruch.

Nina sprach dieses Mädchen oft an; die übrigen Einwohner Sambirs hörten den Klang ihrer Stimme selten oder nie. Sie gewöhnten sich an die schweigende, weißgekleidete Gestalt, die sich ruhig in ihrer Mitte bewegte – ein Wesen aus einer anderen Welt und für sie unbegreiflich. Aber trotz aller äußerlichen Ruhe, trotz aller scheinbaren Gleichgültigkeit gegenüber den Dingen und Menschen in ihrer Umgebung, alles andere als ruhig – schon allein wegen Mrs. Almayers viel zu heftigem Engagement für das häusliche Glück und die häusliche Sicherheit. Sie hatte den Kontakt zu Lakamba wieder ein wenig aufleben lassen, nicht zu ihm persönlich, um ehrlich zu sein (denn die Würde dieses Potentaten erlaubte nicht, daß er seine Umfriedung verlassen hätte), sondern durch die Vermittlung von dessen Premierminister, Hafenmeister, Finanzberater und rechter Hand schlechthin. Dieser Gentleman – ein Abkömmling der Sulu – war zweifellos mit staatsmännischen Fähigkeiten begabt, entbehrte aber allen persönlichen Charmes. Um die Wahrheit zu sagen – mit seinem einen Auge, dem pockennarbigen Gesicht, den von Blattern scheußlich entstellten Nase und Lippen, war er schlichtweg abstoßend. Dieses wenig einnehmende Individuum spazierte nun häufig in Zivil in Almayers Garten herum, in einem Kostüm, das aus einem Stück rosa Kattun bestand, das er sich um die Hüfte gewickelt hatte. Hier hockte dieser gerissene Unterhändler hinter dem Haus zwischen Stücken glosender Kohle neben dem großen Eisenkessel, in dem die Frauen unter der Oberaufsicht von Mrs. Almayer die tägliche Ration Reis für die Familie kochten, und führte mit Almayers Frau lange Gespräche auf Sulu. Den Gegenstand ihrer Unterredungen hätte man vielleicht aus den darauffolgenden Szenen an Almayers Herd erraten können.

In jüngster Zeit hatte sich Almayer angewöhnt, stromaufwärts Ausflüge zu machen. Er verschwand immer auf ein paar Tage in einem kleinen Kanu mit zwei Paddlern und dem getreuen Ali als Steuermann. Selbstverständlich wurden alle seine Bewegungen von Lakamba und Abdulla argwöhnisch überwacht, denn man nahm an, daß dieser Mann, der einstmals das Vertrauen des Rajah-Laut genossen hatte, im Besitz wertvoller Geheimnisse war. Die Bevölkerung an den Küsten Borneos glaubt unbeirrbar an das Vorkommen von sagenhaft wertvollen Diamanten und enorm reichhaltigen Goldminen im Landesinneren. Und diese Phantastereien werden noch dadurch gestützt, daß es so schwierig ist, ins Landesinnere vorzudringen, vor allem an der Nordostküste, wo die Malaien und die Flußstämme der Dayaks oder Kopfjäger miteinander ewig im Streit liegen. Es stimmt ja auch in der Tat, daß durch die Hände dieser Dayaks etwas Gold bis zur Küste gelangt, wenn sie in den kurzen Pausen des Waffenstillstands zwischen planlosen Kriegshändeln die Küstenansiedlungen der Malaien aufsuchen. Und so kommt es, daß man auf dem schwankenden Grund dieser Tatsache ein Gebäude wildester Übertreibungen aufgebaut hat.

Als Weißer hatte Almayer – wie schon Lingard vor ihm – etwas bessere Beziehungen zu den Stämmen flußaufwärts. Und doch waren auch seine Streifzüge nicht ganz gefahrlos, und der ungeduldige Lakamba harrte immer begierig auf seine Rückkehr. Aber jedesmal wurde der Rajah aufs neue enttäuscht. Vergeblich waren die Besprechungen seines Faktotums Babalatchi am Reistopf der Frau des weißen Mannes. Und der weiße Mann selbst war unzugänglich – unzugänglich für Überredungskunst, Schmeichelei, Schmähungen; für sanftmütige Worte und schrille Schimpftiraden; für verzweifeltes Flehen oder Morddrohungen; denn in ihrem unbedingten Wunsch, ihren Mann zur Allianz mit Lakamba zu überreden, spielte Mrs. Almayer auf der ganzen Klaviatur der Leidenschaft. In ihrem verdreckten Gewand, das sie fest unter den Achseln durch und über den ausgemergelten Brüsten zusammengezogen hatte, mit ihrem schütteren Haar, das ihr wirr über die vorstehenden Backenknochen hing, und in demutsvoller Haltung malte sie ihm, ebenso schrill wie wortreich, die Vorteile einer engen Verbindung mit einem so rechtschaffenen und ehrbaren Mann aus.

»Warum gehst du nicht zum Rajah?« zeterte sie. »Warum gehst du zu diesen Dayaks in den Urwald zurück? Man sollte sie umbringen. Du kannst sie nicht umbringen, du nicht; aber die Männer unseres Rajahs sind mutig! Du sagst dem Rajah, wo der Schatz des alten Mannes ist. Unser Rajah ist gütig. Er ist ein wahrer Großvater, Datu Besar! Er wird diese elenden Dayaks töten, und dir gehört der halbe Schatz. O Kaspar, sag, wo der Schatz ist! Sag es mir! Lies es mir aus dem Surat des alten Mannes vor, in dem du nachts so oft studierst.«

Bei solchen Gelegenheiten saß Almayer da, die Schultern gekrümmt, weil er sich unter den Stößen dieses häuslichen Orkans bog, und skandierte bloß jede einzelne Pause in der Sturzflut der Worte seiner Frau mit einem ärgerlichen Knurren: »Es gibt keinen Schatz! Verschwinde, Weib!« Schließlich kam sie, wütend über den Anblick seines geduldig gebeugten Rückens, um den Tisch herum, um ihm ins Gesicht zu sehen, und während sie mit der einen Hand ihr Gewand umklammerte, streckte sie den mageren Arm mit der klauenartigen anderen aus, um mit ihr, in einem Ausbruch von Wut und Verachtung, den Schwall von Beleidigungen und erbitterten Flüchen zu unterstreichen, die sie auf dem Haupt des Mannes sammelte, der nicht würdig war, Verbündeter von tapferen malaiischen Stammeshäuptlingen zu sein. Für gewöhnlich endete es damit, daß Almayer sich, in der Hand die lange Pfeife, langsam erhob und mit einem Ausdruck inneren Schmerzes auf dem Gesicht wortlos wegging. Er stieg die Treppe hinunter und tauchte, unterwegs zur Einsamkeit seines neuen Hauses, im hohen Gras ein, mit schleppendem Schritt, weil er vor lauter Ekel und Angst vor dieser Furie dem physischen Zusammenbruch nahe war. Sie kam ihm bis zum Treppenabsatz nach und attackierte die zurückweichende Gestalt mit einer Salve wahlloser Beschimpfungen. Und jeder dieser Auftritte endete mit einem durchdringenden Kreischen, das noch über große Entfernung an sein Ohr drang. »Du weißt es, Kaspar, ich bin dein Weib! Dein dir im christlichen Glauben und nach deinem Gesetz der Blanda angetrautes Weib!« Denn sie wußte, das war für ihn das Allerbitterste, das bereute dieser Mann in seinem Leben am allermeisten.

Nina verfolgte all diese Auftritte ungerührt. Sie hätte taub, stumm, gefühllos sein können – wenn man danach urteilte, wie sie ihrer Meinung Ausdruck verlieh. Und doch – oft, wenn ihr Vater in den großen, staubigen Räumen von »Almayers Luftschloß« Zuflucht gesucht hatte und ihre Mutter, erschöpft von ihren rhetorischen Kraftakten, müde auf dem Boden kauerte, den Rücken an ein

Tischbein gelehnt, dann näherte sich Nina ihr neugierig –
bedacht darauf, daß ihre Röcke nicht mit dem Betelnuß-
saft in Berührung kamen, mit dem der Boden bekleckert
war – und starrte auf sie herab, wie man etwa nach einem
verheerenden Vulkanausbruch in dessen schweigenden
Krater blickt. Mrs. Almayers Gedanken wanderten nach
solchen Auftritten gewöhnlich zurück in ihre Kindheit,
und sie machte ihnen in einer Art monotonem Singsang
Luft – der ein wenig konfus war, aber für gewöhnlich den
Glanz des Sultans von Sulu rühmte, seine Pracht und
Herrlichkeit, seine Größe und große Tapferkeit, die
Furcht, die beim Anblick seiner wendigen Piratenpraus
die Herzen der weißen Männer lähmte. Und in dieses Gemurmel von der Macht ihres Großvaters mischten sich
Erinnerungen aus späterer Zeit, in der der große Kampf
mit der Brigg des »Weißen Teufels« und das Leben im
Konvent von Samarang den ersten Platz einnahmen. An
dieser Stelle ließ sie gewöhnlich den Faden ihrer Erzählung fallen, holte das kleine Messingkreuz hervor, das sie
immer um den Hals trug, und betrachtete es nachdenklich
und mit abergläubischer Scheu. Dieser Aberglaube, verbunden mit dunklen magischen Kräften, die diesem kleinen Stückchen Metall innewohnten, und die noch nebel-
haftere, aber gleichwohl furchterregende Vorstellung
einiger böser Dschinne und entsetzlicher Foltern, die, wie
sie glaubte, von der Mutter Oberin eigens zu ihrer Be-
strafung für den Fall des Verlusts obigen Fetisches erfun-
den worden waren, waren Mrs. Almayers einziges theo-
logisches Reisegepäck für den stürmischen Lebensweg.
Aber Mrs. Almayer hatte wenigstens irgend etwas, woran
sie sich festhalten konnte. Nina hingegen, die unter den
protestantischen Fittichen der gestrengen Mrs. Vinck er-

zogen worden war, hatte nicht einmal ein kleines Stückchen Messing, das sie an frühere Belehrungen hätte
erinnern können. Aber wenn sie der Schilderung dieser
barbarischen Ruhmestaten, dieser kannibalischen Kämpfe
und barbarischen Festgelage, dem Bericht von den küh-
nen, wenn auch blutrünstigen Taten lauschte, in denen
Männer vom Blut ihrer Mutter die Orang Blanda himmelhoch überstrahlten, fühlte sie sich davon unwiderssteh-
lich in den Bann gezogen und konnte beobachten, wie das
enge Mäntelchen bürgerlicher Moralvorstellungen, in das
wohlmeinende Menschen ihre jugendliche Seele geschlagen hatten, von ihr abfiel und sie fröstelnd und hilflos am
Rande eines tiefen und unbekannten Abgrundes zurückließ. Am sonderbarsten aber war, daß ihr dieser Abgrund
nicht angst machte, wenn sie unter dem Einfluß jenes
hexenhaften Wesens stand, das sie ihre Mutter nannte. Sie
schien in zivilisierter Umgebung das Leben vor der Zeit,
als Lingard sie sozusagen von der Laufplanke weg entführt hatte, vergessen zu haben. Unterdessen war sie in
der christlichen Lehre unterwiesen worden, im guten Ton
und hatte ausreichend Einblick in zivilisierte Lebensfor-
men erhalten. Unglücklicherweise verstanden ihre Lehrer
ihre Wesensart nicht, und so endete ihre Erziehung in
einer demütigenden Szene, in einem Ausbruch der Verachtung der Weißen für ihr Mischlingsblut. Sie hatte ihre
ganze Bitterkeit ausgekostet und erinnerte sich deutlich
daran, daß sich die Entrüstung der tugendhaften Mrs.
Vinck weniger gegen den jungen Mann aus der Bank richtete als vielmehr gegen die unschuldige Ursache der
Verliebtheit dieses jungen Mannes. Und sie zweifelte auch
nicht im geringsten daran, daß die Hauptursache für die
Entrüstung von Mrs. Vinck der Gedanke war, daß sich

etwas Derartiges in einem weißen Nest ereignen sollte, in das soeben ihre schneeweißen Täubchen, die beiden Misses Vinck, aus Europa zurückgekehrt waren, um unter den mütterlichen Fittichen Zuflucht zu suchen und der Ankunft der untadeligen Männer zu harren, die von der Vorsehung für sie bestimmt waren. Nicht einmal der Gedanke an das von Almayer im Schweiße seines Angesichtes zusammengekratzte Geld, das so pünktlich zur Deckung der von Nina verursachten Kosten überwiesen wurde, konnte Mrs. Vinck von ihrem tugendhaften Entschluß abbringen. Nina wurde weggeschickt, und – um ehrlich zu sein – das Mädchen wollte ebenfalls weg, obwohl sie vor der bevorstehenden Veränderung Angst hatte. Und nun hatte sie drei Jahre lang am Fluß gelebt, mit einer Wilden als Mutter und einem Vater, der, den Kopf in den Wolken, zwischen Fallgruben umhertappte – schwach, wankelmütig und glücklos. Sie hatte ein Leben bar aller Annehmlichkeiten der Zivilisation gelebt, unter katastrophalen häuslichen Bedingungen; sie hatte eine Atmosphäre schmutziger, um des Profites willen ausgeheckter Kabalen geatmet und der um nichts weniger ekelhaften Intrigen und Verbrechen, deren Ziel Wollust und Mammon waren; und – zusammen mit den häuslichen Zwistigkeiten – waren das die einzigen Ereignisse der vergangenen drei Jahre. Sie starb nicht schon, wie sie erwartet – ja, beinahe erhofft hatte, im ersten Monat an Verzweiflung und Abscheu. Im Gegenteil, nach einem halben Jahr schien es ihr, als hätte sie nie ein anderes Leben gekannt. Ihr junger Verstand, dem unklugerweise ein Blick auf Besseres gegönnt, der dann aber wieder in den hoffnungslosen Morast einer von heftigen und unkontrollierten Leidenschaften erfüllten Barbarei zurückgeworfen worden war, hatte sein Unterscheidungsvermögen verloren. Nina war es, als gäbe es keine Veränderung, keinen Unterschied. Ob man nun in gemauerten Godons Handel trieb oder im Schlamm des Flußufers; ob das Ziel groß war oder gering; ob man sich im Schatten hoher Bäume oder im Schatten der Kathedrale auf der Promenade von Singapur liebte; ob man die Verwirklichung seiner Ziele unter dem Schutz von Gesetzen und gemäß den Regeln christlicher Lebensführung oder ob man die Befriedigung seines Verlangens mit der Verschlagenheit des Wilden und der ungezügelten Wildheit von Wesen betrieb, die von jeglicher Kultur so unbeleckt waren wie ihre riesigen düsteren Wälder – Nina sah überall nur die gleichen Manifestationen von Liebe und Haß und der schmutzigen Gier, die dem wechselhaften Dollar in seinen vielfältigen und sich verändernden Formen nachjagte. Ihrem draufgängerischen Wesen gemäß aber schien sie nach all den Jahren die brutale und unbeugsame Zielstrebigkeit, die ihre malaiischen Blutsverwandten an den Tag legten, zumindest der aalglatten Heuchelei, der Maske der Höflichkeit und dem tugendhaften Schein jener Weißen vorzuziehen, mit denen sie zu ihrem Unglück in Berührung gekommen war. Schließlich war das *ihr* Leben; es würde ihr Leben sein – und indem sie so dachte, geriet sie mehr und mehr unter den Einfluß ihrer Mutter. Weil sie in ihrer Unwissenheit diesem Leben eine bessere Seite abzugewinnen hoffte, lauschte sie gierig den Erzählungen der alten Frau vom vergangenen Glanz der Rajahs, aus deren Geschlecht sie stammte, und allmählich wurde ihr die weiße Linie ihrer Herkunft, die ein schwächlicher, traditionsloser Vater vertrat, immer gleichgültiger und verachtenswerter.

Almayers Probleme wurden durch die Anwesenheit des Mädchens in Sambir jedenfalls um nichts geringer. Die Aufregung, die ihre Ankunft verursacht hatte, war, zugegebenermaßen, abgeebbt, und Lakamba hatte seine Besuche eingestellt, aber etwa ein Jahr nach der Abfahrt der Beiboote kehrte Abdullas Neffe, Syed Reshid, im Besitz einer grünen Jacke und des stolzen Titels eines Hadsch von seiner Pilgerreise nach Mekka zurück. An Bord des Dampfers, der ihn brachte, gab es ein Riesenfeuerwerk, und aus Abdullas Kampong, wo das Willkommensfest bis in die frühen Morgenstunden dauerte, hörte man die ganze Nacht das Rühren der Trommeln. Reshid war Abdullas Lieblingsneffe und Erbe, und eines Tags begegnete dieser zärtlich besorgte Onkel Almayer am Flußufer und hielt ihn höflich an, um ein paar Artigkeiten auszutauschen und ihn feierlich um eine Unterredung zu bitten. Almayer witterte dahinter zwar sofort irgendeinen Schwindel, auf alle Fälle etwas Unerfreuliches, stimmte aber selbstverständlich mit dem Ausdruck größter Freude zu. Abdulla erschien, wie vereinbart, am nächsten Abend nach Sonnenuntergang in Begleitung einer Reihe weiterer Grauhäuptiger und seines Neffen. Dieser junge Mann – eine höchst liederliche und verlebte Erscheinung – heuchelte größte Gleichgültigkeit gegenüber den Vorgängen um ihn herum. Als sich die Fackelträger am Fuß der Treppe aufgestellt und die Besucher sich in den diversen wackeligen Stühlen niedergelassen hatten, trat Reshid seitab in den Schatten und musterte höchst aufmerksam seine kleinen Aristokratenhände. Almayer, der vom feierlichen Ernst seiner Besucher überrascht war, setzte sich mit dem für ihn typischen Mangel an Würde, der von den Arabern sofort mit größter Mißbilligung registriert wurde, auf die

Kante seines Tisches. Nun aber ergriff Abdulla das Wort, wobei er scharf an Almayer vorbei zum roten Vorhang vor der Türöffnung blickte, der durch ein kaum merkliches Zittern die Anwesenheit der Frauen dahinter verriet. Er hub an, indem er Almayer artig um den Bart strich, wie lange sie nun schon in herzlicher Nachbarschaft miteinander ausgekommen seien, und flehte zu Allah, er möge ihm noch viele Jahre schenken, damit er mit seiner hochgeschätzten Anwesenheit die Augen seiner Freunde erfreue. Er wies höflich auf die große Hochachtung hin, die ihm (Almayer) seitens des holländischen »Commissie« bewiesen worden sei, und zog daraus schmeichelhafte Schlüsse bezüglich des großen Gewichts, das Almayer bei seinen Leuten habe. Auch Abdulla seinerseits erfreue sich großen Einflusses bei den Arabern, und sein Neffe Reshid würde diese gesellschaftliche Stellung mitsamt seinen großen Reichtümern erben. Und nunmehr sei Reshid ein Hadsch. Er habe mehrere malaiische Frauen, fuhr Abdulla fort, aber es sei nun an der Zeit, daß er sich eine Lieblingsfrau erwähle, die erste jener vier, die der Prophet gestatte. Seine Rede war artig und glatt, und er erklärte dem sprachlosen Almayer, daß – sollte er der Verbindung seiner Tochter mit dem rechtgläubigen und tugendhaften Manne Reshid zustimmen – diese zur Gebieterin über all die Herrlichkeit von Reshids Haus und zur ersten Frau des ersten Arabers im Archipel würde, sobald er – Abdulla – von Allah, dem Allerbarmer, zu den Wonnen des Paradieses abberufen würde. »Sie wissen, Tuan«, sagte er abschließend, »die anderen Frauen würden ihre Sklavinnen sein, und Reshids Haus ist groß. Aus Bombay hat er bequeme Diwane mitgebracht, kostbare Teppiche und europäische Möbel. Und ein großer Spiegel in einem glänzenden goldenen Rahmen ist ebenfalls da. Was will ein Mädchen mehr?« Und während Almayer ihn in stummem Entsetzen anstarrte, wurde Abdullas Rede vertraulicher, winkte er seinen Gefolgsleuten wegzugehen und schloß mit dem Hinweis auf die materiellen Vorteile einer solchen Verbindung und dem Angebot, Almayer als Zeichen seiner aufrichtigen Freundschaft und als Preis für das Mädchen dreitausend Dollar auszuzahlen.

Den armen Almayer rührte beinahe der Schlag. Obwohl er darauf brannte, Abdulla an die Gurgel zu fahren, brauchte er sich doch bloß die Aussichtslosigkeit seiner Situation inmitten dieser Horde gesetzloser Halunken vor Augen zu halten, um die Notwendigkeit einer gütlichen Regelung einzusehen. Er beherrschte seinen Jähzorn und erklärte ebenso höflich wie kalt, das Mädchen sei noch jung und ihm so teuer wie sein Augapfel. Tuan Reshid, ein Rechtgläubiger und ein Hadsch, würde keine Ungläubige in seinem Harem wünschen, und als er bemerkte, daß Abdulla auf diesen letzten Einwand mit einem skeptischen Lächeln reagierte, beschloß er, den Mund zu halten, weil er sich nicht zutraute, auch nur ein Wort zu sagen, ohne damit nicht schon glattweg abzulehnen, was er nicht wagte, oder aber ein Zugeständnis zu machen, was er nicht wollte. Abdulla wußte dieses Schweigen zu deuten und erhob sich, um sich mit einem feierlichen Selam zu empfehlen. Er wünschte seinem Freund Almayer noch »tausend Jahre« und entfernte sich, gestützt vom pflichtschuldigen Reshid, über die Treppe. Die Fackelträger schwenkten die Fackeln und ließen einen Funkenregen über dem Fluß niedergehen, der Zug entschwand, und zurück blieb ein aufgeregter, von dem Abgang aber höchst erleichterter Almayer. Er ließ sich in einen Stuhl fallen und sah dem unruhigen Flackern der Lichter zwischen den Bäumen nach, bis sie verschwanden und nach dem Stampfen der Füße und dem Murmeln der Stimmen völliges Schweigen eintrat. Er bewegte sich erst wieder, als der Vorhang raschelte, Nina auf die Veranda heraustrat und sich in den Schaukelstuhl setzte, in dem sie täglich Stunden verbrachte. Sie versetzte den Stuhl in eine leichte Schaukelbewegung und lehnte sich mit halb geschlossenen Augen zurück, wobei das lange Haar ihr Gesicht gegen das qualmende Licht der Lampe auf dem Tisch abschirmte. Almayer warf ihr einen verstohlenen Blick zu, aber ihr Gesicht war ausdruckslos wie immer. Sie wandte ihren Kopf kaum merklich ihrem Vater zu, und, indem sie sich zu seiner großen Überraschung des Englischen bediente, fragte sie ihn:

»War dieser Abdulla da?«

»Ja«, sagte Almayer, »bis vor einer Minute.«

»Und was wollte er, Vater?«

»Er wollte dich für Reshid kaufen«, antwortete Almayer, vom Zorn übermannt, brutal und sah dabei das Mädchen an, als erwarte er einen Gefühlsausbruch. Aber Nina blieb äußerlich ruhig und starrte träumend in die finstere Nacht hinaus.

»Paß auf, Nina«, sagte Almayer nach kurzem Schweigen und erhob sich von seinem Stuhl, »wenn du allein in deinem Kanu herumpaddelst. Dieser Reshid ist ein brutaler Schurke, und man kann nie sagen, wozu er fähig ist. Hörst du?«

Sie hatte sich jetzt erhoben und wollte gehen, hielt aber noch mit einer Hand den Vorhang fest. Sie drehte sich um und warf ihre schweren Flechten mit jähem Schwung zurück.

»Denkst du, er würde es wagen?« fragte sie rasch. Dann drehte sie sich wieder um und fügte im Hineingehen leise hinzu: »Er würde es nicht wagen. Alle Araber sind feig.«

Almayer sah ihr erstaunt nach. Er suchte nicht die Ruhe seiner Hängematte. Geistesabwesend wanderte er auf der Veranda auf und ab, und manchmal hielt er am Geländer inne, um nachzudenken. Die Lampe verlosch. Der erste Streifen Morgenrot leuchtete über dem Wald; Almayer fröstelte in der feuchten Luft. »Ich geb's auf«, murmelte er und legte sich erschöpft nieder. »Diese verdammten Weiber! Himmelherrgott! Wenn dieses Mädchen nicht so ausgesehen hat, als wünschte sie geradezu, entführt zu werden!«

Und er fühlte eine namenlose Angst, die ihn von neuem schauern machte, in sein Herz kriechen.

Viertes Kapitel

VOR dem Nachlassen des Südwestmonsuns erreichten Sambir in diesem Jahr beunruhigende Gerüchte. Captain Ford hatte zu einem abendlichen Plausch oben bei Almayer die neuesten Ausgaben der ›Straits Times‹ mit Meldungen über den Krieg in Atjin und den erfolglosen Feldzug der Holländer mitgebracht. Die Nakhodas der seltenen, flußauf fahrenden Handelspraus statteten Lakamba ihre Besuche ab, besprachen mit dem Potentaten die Instabilität der augenblicklichen Lage und wiegten zur Aufzählung der unverschämt hohen Steuern, der Härte und Tyrannei des Orang Blanda überhaupt (wie sie sich etwa im kategorischen Verbot des Handels mit Schießpulver oder der rigorosen Kontrolle sämtlicher Handelsschiffe auf der Straße von Makassar niederschlugen) besorgt die Köpfe. Selbst in Lakambas loyaler Seele regte sich geheimer Unmut über den Entzug seiner Schießpulverlizenz und die überfallartige Beschlagnahme von hundertfünfzig Fässern dieser Handelsware durch das Kanonenboot *Princess Amelia*, nachdem diese nach gefahrvoller Fahrt die Flußmündung fast schon erreicht hatten. Die traurige Nachricht wurde ihm von Reshid überbracht, der in der Absicht, Geschäfte zu machen, nach dem Scheitern seiner Heiratspläne auf eine lange Reise in den Archipel aufgebrochen war; er war es auch gewesen, der das Schießpulver für seinen Freund eingekauft hatte, wurde aber auf der Rückfahrt – eben als er sich zum Scharfsinn, mit dem er sich der Entdeckung entzogen hatte, gratulieren wollte – durchsucht und um das Pulver erleichtert. Reshids Zorn wandte sich vor allem gegen Almayer, weil er ihn verdächtigte, die holländischen Behörden über die Planlosigkeit informiert zu haben, mit der die Araber und der Rajah ihren Krieg gegen die Dayak-Stämme am Oberlauf des Stroms führten.

Reshid war höchst erstaunt darüber, wie kühl der Rajah seine Beschwerden entgegennahm und daß er durch keinerlei Anzeichen seine Bereitschaft zur Rache an dem weißen Mann verriet. Um die Wahrheit zu sagen – Lakamba wußte sehr wohl, daß sich Almayer keinerlei Einmischung in Staatsgeschäfte schuldig gemacht hatte, und abgesehen davon hatte sich seine Einstellung gegenüber dieser vom Schicksal verfolgten Kreatur von Grund auf geändert, seit es Almayers neuem Freund – Dain Maroola – gelungen war, ihn mit seinem ehemaligen Feind auszusöhnen.

Jetzt hatte Almayer einen Freund. – Kurz nachdem Reshid zu jener Geschäftsreise aufgebrochen war, hörte Nina, die auf der Rückkehr von einem ihrer einsamen Ausflüge in ihrem Kanu träge mit der Strömung dahintrieb, in einem der schmalen Flußläufe ein Klatschen, als ob schwere Taue ins Wasser fielen, und den langgezogenen Gesang, den malaiische Seeleute anstimmen, wenn sie etwas Schweres ziehen. Durch das dichte Buschwerk, das die Mündung des Zuflusses verbarg, sah sie die Spieren eines der Takelage nach europäischen Seglers, die bis über die Wipfel der Nipapalmen aufragten. Eine Brigg wurde aus dem schmalen Zufluß in den Hauptarm gezogen. Die Sonne war untergegangen, und in der kurzen Zeit der Dämmerung sah Nina die Brigg, die die Flut und die abendliche Brise im Vorsegel in Richtung Sambir trug.

Das Mädchen steuerte ihr Kanu aus dem Hauptarm in einen der vielen schmalen Wasserläufe zwischen den bewaldeten Inseln im Strom und paddelte zügig durch schwarzes, schläfriges Haffwasser in Richtung Sambir. Ihr Kanu streifte die Wasserpalmen, machte einen Bogen um die kurzen, schlammigen Landzungen, von denen ihr müde Alligatoren träge und gleichgültig hinterherblickten, und schoß, gerade als die Dunkelheit einbrach, in den breiten Zusammenfluß der beiden Hauptarme des Stromes hinaus, wo die Brigg mit bereits gereefften Segeln vor Anker lag, die Rahen ins Kreuz gebraßt und die Decks scheinbar gänzlich menschenleer. Nina mußte über den Fluß und dabei ziemlich nahe an der Brigg vorbei, um zu dem Haus auf der niedrigen Erhebung zwischen den beiden Armen des Pantai zurückzukehren. Flußaufwärts, entlang den beiden Armen des Stroms und von deren toten Wassern reflektiert, flimmerten in den Häusern, die auf die Uferböschungen und in den Fluß hinausgebaut waren, bereits die Lichter. Stimmengewirr, gelegentliches Kindergeschrei, der rasch und plötzlich abbrechende Wirbel einer Holztrommel drangen zusammen mit den fernen Rufen der im Dunkel heimkehrenden Fischer über den weit sich dehnenden Fluß an ihr Ohr. Einen Augenblick lang zögerte sie, bevor sie ihn überquerte, weil sie der Anblick von etwas so Ungewöhnlichem wie einem Schiff mit europäischer Takelage irritiert hatte, aber die Dunkelheit über der riesigen Weite des Flusses war tief genug, daß ein kleines Kanu unbemerkt blieb. Sie trieb ihr winziges Fahrzeug, in dessem Bauch sie kniete und aus dem sie sich vorbeugte, um jedes verdächtige Geräusch aufzufangen, mit raschen Paddelschlägen voran und hielt auf den Landesteg von Lingard & Co. zu, zu dem ihr das kräftige Licht einer Petroleumlampe, die auf der gekalkten Veranda von Almayers Bungalow brannte, als bequemer Wegweiser diente. Der Landesteg selbst, der im Schatten des von herabhängenden Büschen überwachsenen Ufers lag, war im Dunkel verborgen. Noch bevor sie es sehen konnte, hörte sie schon das dumpfe Geräusch, mit dem ein großes Boot gegen den morschen Pfosten stieß, vernahm auch das unterdrückte Geflüster von Stimmen in diesem Boot, dessen weißer Anstrich und Größe im Näherkommen erahnbar wurden und aus denen sie zu Recht den Schluß zog, daß es zur Brigg gehörte, die gerade vor Anker gegangen war. Sie stoppte ihre Fahrt durch einen raschen Paddelschlag, und mit einem zweiten, ebenso raschen Schlag jagte sie das Boot wieder vom Landesteg weg zu einem kleinen Wasserlauf, der zum Hof hinter dem Haus führte. Sie legte am schlammigen Ende der kleinen Bucht an und schritt durch das niedergetretene Gras des Hofs zum Haus. Aus dem Küchenschuppen zu ihrer Linken fiel ein rötlicher Lichtschimmer auf die Bananenplantage, um die sie einen Bogen machte, und von dort drang auch durch die abendliche Stille der Lärm lachender Frauen. Sie vermutete daher zu Recht, daß ihre Mutter nicht in der Nähe war, denn Lachen und Mrs. Almayer vertrugen sich nicht miteinander. Sie muß im Haus sein, dachte Nina und rannte leichtfüßig über die Rampe aus wackeligen Planken, die zum hinteren Ende des schmalen Ganges führte, der das Haus in zwei Hälften teilte. Vor dem Eingang stand – im tiefdunklen Schatten – der getreue Ali.

»Wer ist das dort?« fragte Nina.

»Ein mächtiger Malaie ist angekommen«, antwortete Ali im Ton unterdrückter Erregung. »Er ist ein reicher

Mann. Und er hat sechs Lanzenträger dabei. Ein richtiger *Krieger*, verstehst du? Und sein Gewand ist sehr prunkvoll. Ich habe sein Gewand gesehen. Es glitzert! Was für Juwelen! Geh nicht hin, Mem Nina. Der Tuan hat es verboten; aber die alte Mem ist fort. Tuan wird wütend sein. Allergnädigster Allah! Was dieser Mann für Juwelen hat!«

Nina schlüpfte am ausgestreckten Arm des Sklaven vorbei in den dunklen Gang, an dessen unterem Ende sie eine kleine dunkle Gestalt in dem blutroten Licht kauern sah, das durch den herabhängenden Vorhang fiel. Augen und Ohren ihrer Mutter weideten sich an den Vorgängen auf der Veranda, und Nina pirschte sich an, um auch einmal in den Genuß des seltenen Vergnügens einer echten Sensation zu kommen. Die Mutter hielt sie mit ausgestrecktem Arm zurück und warnte sie leise, nur ja keinen Lärm zu machen.

»Hast du sie gesehen, Mutter?« fragte Nina, atemlos flüsternd.

Mrs. Almayer wandte sich zu dem Mädchen um, und im rötlichen Dämmer des Korridors blitzten ihre tief eingesunkenen Augen eigentümlich.

»Ihn habe ich gesehen«, flüsterte sie beinahe unhörbar, und ihre knöchrigen Finger preßten die Hand ihrer Tochter. »Ein großer Rajah ist nach Sambir gekommen – ein Sohn des Himmels«, murmelte die alte Frau. »Geh weg da, Mädchen!«

Die beiden Frauen standen nahe beim Vorhang. Nina wollte zum Schlitz im Stoff, aber die Mutter verteidigte ihre Position wütend und halsstarrig. Auf der anderen Seite geriet die Unterhaltung ins Stocken, aber während der kurzen Gesprächspause war das Atmen von ein paar Männern zu hören, das gelegentliche, leise Klirren von

Schmuckstücken und das Klicken von metallenen Dolchscheiden oder von Sirigefäßen aus Messing, die von Hand zu Hand weitergereicht wurden. Die Frauen rangen lautlos miteinander, als ein schlurfendes Geräusch zu vernehmen war und der Schatten von Almayers grobschlächtiger Gestalt auf den Vorhang fiel.

Die Frauen unterbrachen ihren Kampf und verharrten reglos. Almayer hatte sich erhoben, um seinem Gast eine Antwort zu geben, und hatte sich dabei, ohne zu bemerken, was auf der anderen Seite vorging, mit seinem Rücken vor die Türöffnung gestellt. Sein Tonfall drückte Bedauern und Irritation aus.

»Sie klopfen an die falsche Tür, Tuan Maroola, wenn Sie Geschäfte machen wollen, wie Sie behaupten. Ich war einmal Händler, aber was immer in Makassar über mich erzählt wird – ich treibe keinen Handel mehr. Und was Sie auch suchen – bei mir werden Sie kein Glück haben; ich habe nichts anzubieten, und ich brauche auch nichts. Sie sollten sich an den hiesigen Rajah wenden; bei Tag können Sie seine Häuser am anderen Flußufer sehen – da drüben, wo die Feuer brennen. Er wird Ihnen behilflich sein und mit Ihnen Geschäfte machen. Oder – noch besser – fahren Sie zu den Arabern dort drüben«, setzte er verbittert hinzu und deutete zu den Häusern von Sambir. »Abdulla ist Ihr Mann. Der kauft und verkauft alles. Sie können mir glauben – ich kenne ihn gut.«

Einen kurzen Augenblick wartete er auf Antwort, dann fuhr er fort:

»Alles, was ich gesagt habe, entspricht der Wahrheit – mehr gibt es nicht zu sagen.«

Nina, die von ihrer Mutter zurückgehalten wurde, vernahm die Antwort, die eine sanfte Stimme in jenem gleichbleibend ruhigen Ton gab, der für Malaien der Oberschicht charakteristisch ist:

»Wer wollte an den Worten eines weißen Tuan zweifeln? Wenn ein Mann Freunde sucht, dann horcht er auf sein Herz. Ist das nicht auch die Wahrheit? Wenn es auch spät sein mag – ich bin gekommen, um Ihnen etwas zu sagen, worüber Sie sich vielleicht freuen werden. Zum Sultan geh ich morgen; ein Händler sucht die Freundschaft großer Männer. Anschließend komme ich hierher zurück, um mit Ihnen ernst zu reden – wenn Tuan erlauben. Die Araber suche ich nicht auf; sie lügen gewaltig. Und was sind sie? Chelakka!«

Almayers Stimme hörte sich etwas freundlicher an, als er darauf antwortete:

»Nun, wie Sie wünschen. Ich stehe Ihnen morgen jederzeit zur Verfügung, wenn Sie etwas zu berichten haben. Bah! Wenn Sie einmal bei Sultan Lakamba waren, wird es Sie nicht mehr hierher zurückziehen, Inchi Dain. Sie werden sehen. Nur eine Bitte habe ich an Sie: Ich will mit Lakamba nichts zu tun haben. Das können Sie ihm ausrichten. – Und was erhoffen Sie sich eigentlich von mir?«

»Darüber unterhalten wir uns morgen, Tuan. Ich habe Sie nun kennenlernen dürfen«, gab der Malaie zurück. »Ich kann ein wenig Englisch, also können wir uns unterhalten, ohne daß uns jemand versteht, und außerdem –«

Er unterbrach sich unvermittelt und fragte überrascht: »Was ist das für ein Lärm, Tuan?«

Auch Almayer hatte den zunehmenden Lärm vernommen, mit dem sich die Frauen auf der anderen Seite des Vorhangs erneut in die Haare geraten waren. Ninas heftige

Neugier setzte sich offenbar gerade gegen Mrs. Almayers übertriebenen Sinn für Schicklichkeit und Anstand durch. Man konnte deutlich lautes Keuchen hören, und der Vorhang wogte während dieses – in der Hauptsache körperlichen – Wettstreits hin und her, obwohl Mrs. Almayer ihre Stimme zornig protestierend erhob – ein Protest, der allerdings, wie üblich, ebensosehr der zwingenden Logik entbehrte, wie er mit den nur zu bekannten Schimpfwörtern gespickt war.

»Schamloses Weibsstück! Bist du eine Sklavin?« kreischte die wutentbrannte Matrone. »Verhülle dein Gesicht, liederliche Kreatur. Ich laß es nicht zu, du weiße Schlange!«

Almayers Gesicht spiegelte neben Ärger auch seinen Zweifel daran, ob es ratsam war, sich in die Auseinandersetzung zwischen Mutter und Tochter einzumischen. Er warf seinem malaiischen Besucher, der stumm, belustigt und gespannt das Ende des Aufruhrs abwartete, einen Blick zu, wedelte hochmütig mit der Hand und murmelte:

»Das hat nichts zu bedeuten. Irgendwelche Weiber.«

Der Malaie nickte ernst, und wie es die Etikette nach einer solchen Erklärung verlangte, setzte er eine Miene heiterer Gelassenheit auf. Die Kampfhandlungen hinter dem Vorhang waren nun beendet, und offenbar hatte die Jüngere ihren Kopf durchgesetzt, denn man konnte hören, wie sich das hastige Gescharre und Geklapper von Mrs. Almayers hochhackigen Sandalen allmählich verlor. Der Hausherr war besänftigt und wollte soeben wieder das Gespräch aufnehmen, als er, überrascht vom unerwarteten Wandel, der sich im Gesicht seines Gastes vollzog, den Kopf wandte und sein Blick auf Nina fiel, die in der Türöffnung stand.

Als Mrs. Almayer das Schlachtfeld geräumt hatte, hatte Nina hochmütig verkündet: »Es ist bloß ein Händler!«, hatte den eroberten Vorhang hochgehoben, und nun stand sie im Gang – eine Silhouette aus Licht vor dem dunklen Hintergrund –, die Lippen leicht geöffnet, das Haar vom Kampf zerzaust, in den herrlichen und blitzenden Augen ein noch nicht gänzlich erloschenes, zorniges Funkeln. Mit raschem Blick musterte sie die Gruppe der weißgewandeten Lanzenträger, die reglos am anderen Ende der Veranda standen, dann blieben ihre Augen neugierig am Anführer dieses imposanten Gefolges hängen. Er stand ihr fast genau gegenüber, hatte sich ein wenig zur Seite gewandt und – von der Schönheit dieser überraschenden Erscheinung wie vom Donner gerührt – tief verneigt, die verschränkten Hände über dem Kopf – zu einer Respektsbezeugung, wie Malaien sie nur den Großen dieser Erde erweisen. Das grelle Licht der Lampe leuchtete auf der Goldstickerei seiner schwarzen Seidenjacke, brach sich in tausend blitzenden Strahlen auf dem juwelenbesetzten Heft seines Kris, der unter dem reich gefalteten roten Sarong, den er um seine Mitte zu einer Schärpe gerafft hatte, vorragte, und spielte auf den wertvollen Steinen der unzähligen Ringe an seinen dunklen Fingern. Er richtete sich nach seiner Verneigung rasch wieder auf, ließ seine Hand mit eleganter Leichtigkeit auf dem Heft seines schweren Kurzschwerts liegen, das mit einem Besatz aus gleißend gebleichtem Pferdehaar verziert war. Nina, die an der Schwelle zögerte, sah sich der aufrechten, elastischen Gestalt eines Mannes von mittlerer Größe gegenüber, dessen Schulterbreite auf große Körperkräfte schließen ließ. Unter den Falten seines blauen Turbans, dessen fransenbesetzte Enden in einem Schwung über die linke Schulter fielen, erblickte sie ein Gesicht, dessen Züge Entschlußkraft und sorglose Fröhlichkeit verrieten, dem es aber auch nicht an einer gewissen Würde mangelte. Der kantige Unterkiefer, die vollen roten Lippen, die bebenden Nasenflügel und das stolz erhobene Haupt vermittelten den Eindruck eines halbwilden, ungezähmten, vielleicht grausamen Wesens und korrigierten damit jenen, der vom sanften Schmelz der beinahe weiblichen Augen ausging – dem für diese Rasse typischen Kennzeichen. Nun, da die erste Überraschung verflogen war, sah Nina, mit welch hemmungslosem Ausdruck der Bewunderung diese Augen auf ihr lagen, und sie fühlte, wie ein ihr bis dahin unbekanntes Gefühl der Scheu, in das sich Bangnis und Entzücken mischten, ihr ganzes Wesen erfaßte und durchdrang. Verwirrt von diesen ungewohnten Empfindungen blieb sie in der Türöffnung stehen und zog sich instinktiv das untere Ende des Vorhangs vors Gesicht, so daß nur mehr die Rundung einer halben Wange, eine einzelne Haarsträhne und ein Auge sichtbar blieben, mit dem sie das wundersame und kühne Wesen betrachtete, dessen Erscheinung so wenig Ähnlichkeit mit den seltenen Exemplaren der Spezies Händler aufwies, die sie davor auf dieser Veranda angetroffen hatte.

Verwirrt von diesem unerwarteten Traumbild, vergaß Dain Maroola den verdutzten Almayer, vergaß seine Brigg, seine Eskorte, der vor Bewunderung der Mund offenblieb, vergaß den Zweck seines Besuchs und alles andere und wurde überwältigt von dem Verlangen, den Anblick so großen Liebreizes, der sich ihm an einem – wie er meinte – so wenigversprechenden Ort darbot, so lange wie möglich zu genießen.

»Das ist meine Tochter«, sagte Almayer, irgendwie

peinlich berührt. »Es spielt keine Rolle. Wie Sie von den vielen Reisen, von denen Sie mir erzählen, bestimmt wissen, Tuan, haben weiße Frauen so ihre Eigenheiten. Aber egal – es ist schon spät; wir unterhalten uns morgen weiter.«

Dain verneigte sich tief und versuchte in einem letzten Blick zum Mädchen seiner überschwenglichen Bewunderung unverhohlen Ausdruck zu verleihen. Im nächsten Augenblick schüttelte er ernst und höflich Almayers Hand – in seiner Miene nichts als teilnahmsloses Desinteresse gegenüber der Anwesenheit einer Frau. Seine Leute zogen im Gänsemarsch ab, er rasch hinter ihnen her und ihm auf den Fersen ein bulliger Sumatrese, der wie ein Wilder aussah und den er zuvor als Kommandanten seiner Brigg vorgestellt hatte. Nina trat ans Geländer der Veranda und sah den Widerschein des Mondlichts auf den stählernen Spitzen der Lanzen und hörte das rhythmische Geklimper der bronzenen Fußreifen, als die Männer, einer hinter dem anderen, zum Landesteg gingen. Gleich darauf legte das Boot ab – eine dunkle, unförmige, im hellen Mondlicht aus dem Dunstschleier über dem Wasser drohend in die Höhe ragende Masse. Nina bildete sich ein, sie könne die elastische Gestalt des Händlers aufrecht achtern auf dem Schiff stehen sehen, aber nach einer Weile verschwammen alle Konturen, gingen ineinander über und lösten sich schließlich in den weißen Dunstschwaden auf, die die Flußmitte wie ein Leichentuch bedeckten.

Almayer war zu seiner Tochter getreten und starrte, die Arme aufs Geländer gestützt, düster auf den Haufen aus Schutt und zerbrochenen Flaschen unter der Veranda.

»Was sollte dieser Lärm eben?« knurrte er gereizt, ohne aufzusehen. »Der Teufel soll euch holen – dich und deine

Mutter! Was wollte sie denn? Wieso bist du herausgekommen?«

»Sie wollte mich nicht rauslassen«, sagte Nina. »Sie ist zornig. Sie hat gesagt, der Mann, der gerade gegangen ist, ist ein Rajah. Und ich glaube, sie hat recht.«

»Und ich glaube, ihr Weiber seid übergeschnappt«, knurrte Almayer. »Was geht das denn dich oder sonst wen an? Dieser Mann möchte auf den Inseln Seegurken und Vogelnester sammeln. Das hat mir dein Rajah höchstpersönlich mitgeteilt. Er kommt morgen her, und ich wünsche, daß ihr euch nicht im Haus zeigt und mich in Ruhe meine Geschäfte erledigen laßt!«

Dain Maroola kam am nächsten Tag und hatte mit Almayer eine ausführliche Unterredung. Sie war der Anfang einer engen und freundschaftlichen Geschäftsverbindung, der man in Sambir große Aufmerksamkeit schenkte, bis sich die Bevölkerung schließlich an den häufigen Anblick zahlreicher Feuer im Kampong Almayers gewöhnte, an denen sich Maroolas Männer in den kalten Nächten des Nordostmonsuns wärmten, während ihr Gebieter mit dem Tuan Putih – wie sie Almayer untereinander titulierten – lange Konferenzen abhielt. Groß war die Neugier, die man in Sambir gegenüber der Person des neuen Händlers zeigte. War er beim Sultan vorgelassen worden? Was hatte der Sultan gesagt? Hatte er ihm Geschenke gemacht? Was wollte er denn verkaufen? und was einkaufen? Das waren die Fragen, die die Bewohner der Bambushütten über dem Fluß heftig diskutierten. Und selbst in den solideren Gebäuden, im Hause Abdullas, in den Wohnhäusern der größten Händler – der Araber, Chinesen, Bugis – schlug die Aufregung hohe Wellen und hielt viele Tage an. Mit ihrem angeborenen Mißtrauen schenkten sie den einfachen Erklärungen, die der junge Händler jederzeit bereitwillig zu seiner Person machte, keinen Glauben. Und doch schien alles der Wahrheit zu entsprechen. Er sagte, er sei Händler – und verkaufe Reis. Er wünschte weder Kautschuk noch Bienenwachs zu kaufen, denn er hatte vor, seine zahlreiche Schiffsbesatzung zum Einsammeln von Seegurken auf den Korallenriffen vor der Flußmündung und von Vogelnestern auf dem Festland zu verwenden. Er erklärte, diese beiden Artikel jederzeit kaufen zu wollen, wenn er sie käuflich erwerben könne. Er sagte, er komme aus Bali und sei Brahmane, und bewies letzteres dadurch, daß er bei seinen wiederholten Besuchen in Lakambas und Almayers Haus sämtliche Speisen zurückwies. Die Audienzen bei Lakamba fanden gewöhnlich bei Nacht statt und fielen immer lang aus. Babalatchi, der diesen Zusammenkünften zwischen dem Potentaten und dem Händler immer als dritter beiwohnte, verstand es, sämtliche Versuche von Neugierigen, den Gegenstand so vieler Konferenzen in Erfahrung zu bringen, zu vereiteln. Wenn ihn der würdevolle Abdulla höflich-desinteressiert ins Verhör nahm, suchte er sein Heil im leeren Blick seines einzigen Auges und in der Vorspiegelung größter Naivität.

»Ich bin bloß der Sklave meines Herrn«, murmelte Babalatchi zögernd. Und dann – als würde er sich plötzlich zu einem rückhaltlosen Geständnis hinreißen lassen – berichtete er Abdulla von irgendwelchen Reisgeschäften, wobei er in geheimnisvoll feierlichem Ton immer wieder die Worte sagte: »Hundert große Säcke voll hat der Sultan gekauft – *hundert*, Tuan!« Abdulla, der fest davon überzeugt war, daß da wohl weit bedeutendere Geschäfte gemacht wurden, reagierte auf diese Information immerhin mit sämtlichen Anzeichen ehrfürchtigen Staunens. Und dann trennten sich die beiden wieder, und während der Araber insgeheim den schlauen Hund verfluchte, wandelte Babalatchi weiter mit hin und her schaukelndem Körper auf dem staubigen Weg dahin, das Kinn mit den spärlichen grauen Haaren vorgereckt, wie ein neugieriger Ziegenbock, der auf verbotenen Wegen geht. Aufmerksame Augen verfolgten jede seiner Bewegungen. Wenn Jim-Eng Babalatchi von ferne kommen sah, schüttelte er die Benommenheit des Opiumrauchers ab, torkelte bis zur Mitte des Wegs und erwartete, eine freundliche Einladung auf den Lippen, das Nahen dieser prominenten Persönlichkeit. Aber Babalatchis Verschwiegenheit hielt sogar dem vereinten Angriff von Freundeswerben und hochprozentigem Gin stand, der vom weitherzigen Chinesen soeben beigesteuert worden war. Jim-Eng blieb, wie er sich eingestehen mußte, mit ebenso leerer Flasche wie mit leeren Händen zurück und blickte traurig der scheidenden Gestalt des Staatsmanns von Sambir nach, dessen gewundener und unsteter Kurs ihn wie gewöhnlich zu Almayers Kampong führte. Gleich nachdem Dain Maroola seinen weißen Freund und den Rajah miteinander ausgesöhnt hatte, war der einäugige Diplomat wieder Stammgast im Hause des Holländers geworden. Zu Almayers größtem Widerwillen konnte man ihn da zu jeder Tages- und Nachtzeit antreffen, wenn er geistesabwesend auf der Veranda auf und ab ging, in den Gängen herumschlich oder unerwartet hinter irgendwelchen Ecken auftauchte – immer darauf erpicht, Mrs. Almayer in eine vertrauliche Unterhaltung zu verwickeln. Was den Hausherrn anging, so legte er äußerste Zurückhaltung an den Tag, so als fürchtete er, die unterdrückten Gefühle des weißen Mannes ihm gegenüber könnten sich in einem plötzlichen Fußtritt Luft machen. Sein Lieblingsort aber war der Küchenschuppen, und dort wurde er Dauergast, der stundenlang neben den geschäftigen Frauen hockte – mit dem auf den Knien aufgestützten Kinn, den um die Beine geschlungenen, mageren Armen und dem einen, nervös umherschweifenden Auge ein Inbegriff wachsam gespannter Häßlichkeit. Öfter als einmal wollte sich Almayer bei Lakamba über die Zudringlichkeit seines Premiers beklagen, aber Dain redete es ihm wieder aus. »Wir können kein einziges Wort miteinander reden, ohne daß er es hört«, knurrte Almayer.

»Dann kommen Sie mit auf die Brigg, und wir unterhalten uns an Bord«, erwiderte Dain ruhig lächelnd. »Es ist besser, wir lassen zu, daß dieser Mann herkommt. Lakamba glaubt, daß er eine Menge weiß. Vielleicht meint der Sultan, ich wolle mich aus dem Staub machen. Besser, Sie erlauben diesem einäugigen Krokodil, sich in Ihrem Kampong zu sonnen, Tuan.«

Und Almayer gab widerwillig nach, stieß halblaut vage Androhungen von physischer Gewalt hervor und schickte dem betagten Staatsmann, der stumm und stur an Almayers häuslichem Reistopf saß, bitterböse Blicke nach.

Fünftes Kapitel

Und dann hatte sich die Aufregung in Sambir wieder gelegt. Die Bewohner gewöhnten sich an den Anblick des regen Hin und Her zwischen Almayers Haus und dem Schiff, das nun am gegenüberliegenden Ufer festgemacht hatte, und die Spekulationen über den Zweck der fieberhaften Aktivität, die Almayers Bootsführer bei der Instandsetzung alter Kanus an den Tag legten, hinderten die Frauen der Ansiedlung nicht mehr an der Erledigung ihrer häuslichen Pflichten. Selbst der irregeführte Jim-Eng hörte auf, sein umnebeltes Gehirn mit den Geheimnissen des Handels zu plagen, und ließ sich, unterstützt von seiner Opiumpfeife, in einen Zustand stumpfsinniger Glückseligkeit zurücksinken, und wenn Babalatchi an seinem Haus vorbeikam, dann ließ er ihn passieren, ohne ihn einzuladen und scheinbar ohne ihn zu bemerken.

So konnte dieser Staatsmann von Sambir an jenem warmen Nachmittag, als der verlassene Fluß unter der senkrecht stehenden Sonne glitzerte, unbehindert durch freundliche Fragesteller in seinem kleinen Kanu unter den Büschen, wo es während seiner Besuche in Almayers Kampong gewöhnlich versteckt war, abbiegen. Babalatchi paddelte langsam und lustlos, hingekrümmt ins Boot, wo er sich unter seinem riesigen Sonnenhut klein machte, um der sengenden, vom Wasser reflektierten Gluthitze zu entgehen. Er hatte keine Eile; zu dieser Tageszeit ruhte Lakamba, sein Herr, ganz gewiß. Er hatte reichlich Zeit, den Fluß zu überqueren und ihn beim Aufwachen mit wichtigen Neuigkeiten zu überraschen. Würde er ungehalten sein? Würde er mit seinem Ebenholzstab wütend aufstampfen und ihn mit seinen unvermittelt heftigen und lautstarken Ausbrüchen einschüchtern; oder würde er sich zufrieden lächelnd niederhocken, sich mit jener vertrauten Geste über den Bauch streichen, reichlich in das Sirigefäß aus Messing spucken und dazu beifällig murmeln? Solcherart waren Babalatchis Überlegungen, während er geschickt das Paddel führte und den Strom auf dem Weg zu des Rajahs Kampong überquerte, dessen Palisaden man direkt gegenüber von Almayers Bungalow hinter dem dichten Blattwerk hervorlugen sah.

Er hatte in der Tat etwas zu berichten. Endlich etwas Konkretes, das den täglich geäußerten Verdacht, die tagtäglichen, verräterischen Anzeichen von Intimität bestätigte, die verstohlenen Blicke, die er beobachtet, den Austausch kurzer, brennender Worte zwischen Dain Maroola und Almayers Tochter, den er belauscht hatte. Bislang hatte Lakamba all das gelassen und mit offenem Mißtrauen angehört; nun würde er sich wohl überzeugen lassen, denn Babalatchi hatte den Beweis; hatte ihn an diesem Morgen erhalten, als er bei Tagesanbruch im Wasserlauf unter Bulangis Haus gefischt hatte. Dort sah er, von seinem Einer aus, Ninas langes Kanu vorübergleiten – das Mädchen im Heck, über Dain gebeugt, der sich auf dem Boden ausgestreckt und seinen Kopf an Ninas Knie gelehnt hatte. Er hatte es mit eigenen Augen gesehen. Er war ihnen gefolgt, aber kurz darauf griffen sie zu den Paddeln und entzogen sich seinem wachsamen Blick. Minuten danach sah Babalatchi Bulangis Sklavenmädchen in einem kleinen Einbaum zum Verkauf ihrer Kuchen in

Richtung Stadt paddeln. Auch sie hatte die beiden im Morgengrauen gesehen. Und bei der Erinnerung an den fassungslosen Gesichtsausdruck des Sklavenmädchens, an den harten Blick in ihren Augen und an das Zittern in ihrer Stimme bei der Beantwortung seiner Fragen, setzte Babalatchi ein verstohlenes Grinsen auf. Ganz offensichtlich himmelte diese kleine Taminah Dain Maroola an. Das war ja großartig! Und bei diesem Gedanken lachte Babalatchi laut heraus; dann wurde er plötzlich wieder ernst, und auf sonderbaren Umwegen gelangte er plötzlich zur Frage, wie hoch wohl der Preis sein mochte, zu dem Bulangi das Mädchen eventuell verkaufen würde. Beim Gedanken daran, wie unerbittlich dieser Mann war und daß er erst vor ein paar Wochen für eben diese Taminah einhundert Dollar ausgeschlagen hatte, schüttelte er traurig den Kopf; dann wurde ihm jäh bewußt, daß das Kanu während seiner Grübeleien zu weit stromab getrieben war. Er schüttelte die Mutlosigkeit ab, die ihn angesichts der Gewißheit von Bulangis Raffgier ergriff, und legte nach ein paar Paddelschlägen beim Schleusentor des Rajahs an.

An diesem Nachmittag hielt sich Almayer, wie er es sich in letzter Zeit zur Gewohnheit gemacht hatte, am Flußufer auf, um die Reparatur seiner Boote zu beaufsichtigen. Endlich hatte er sich entschieden. Mit Hilfe der bruchstückhaften Informationen aus dem Notizbuch des alten Lingard wollte er nach der ergiebigen Goldmine suchen, nach jenem Ort, wo er sich nur zu bücken brauchte, um unermeßliche Schätze einzusammeln und den Traum seiner Jugend zu verwirklichen. Um die notwendige Hilfe zu erhalten, hatte er Dain Maroola eingeweiht und einer Aussöhnung mit Lakamba zugestimmt, der zur Unterstützung dieses Unternehmens nur gegen Gewinnbeteiligung bereit war; seinen Stolz, seine Ehre und seine Loyalität hatte er angesichts der enormen Risiken seines Vorhabens und geblendet von der Größe des Erfolgs geopfert, der sich dank dieses ebenso widerwärtigen wie notwendigen Bündnisses einstellen würde. Die Gefahren waren groß, doch Maroola war kühn; seine Männer schienen so waghalsig wie ihr Anführer, und Lakambas Hilfe schien den Erfolg zu garantieren.

Die letzten vierzehn Tage war Almayer völlig von den Vorbereitungen in Anspruch genommen, und in einer Art Wachtraum, in dem sich praktische Fragen zur Ausstattung der Boote mit den lebhaften Traumbildern ungeahnten Reichtums vermischten, in dem sich das gegenwärtige Elend der sengenden Sonne, des schlammigen, übelriechenden Flußufers in einer wunderbaren Vision von Ninas und der eigenen zukünftigen Existenz auflöste, wanderte er zwischen seinen Arbeitern und Sklaven umher. Obwohl die geliebte Tochter in Gedanken immer bei ihm war, sah er Nina in diesen Tagen selten. Kaum, daß er von Dain Notiz nahm, dessen ständige Anwesenheit in seinem Haus, nun, da sie durch die Gemeinsamkeit ihrer Interessen verbunden waren, für ihn selbstverständlich geworden war. Wenn ihm der junge Fürst über den Weg lief, grüßte er ihn geistesabwesend und ging, offenbar weil er ihm auszuweichen wünschte, weiter, ganz damit beschäftigt, die verhaßte Realität des Augenblicks zu vergessen, indem er sich in seine Arbeit stürzte beziehungsweise seine Phantasie hoch über die Baumwipfel hinweg, hinauf zu den großen weißen Wolken schweifen ließ, weit nach Westen hin, wo das Paradies Europa schon des zukünftigen Millionärs aus dem Osten harrte. Und auch

Maroola lag nun, da der Handel abgeschlossen und nichts Geschäftliches mehr zu besprechen war, offenbar nichts an der Gesellschaft des weißen Mannes. Zwar hielt sich Dain immer in der Nähe des Hauses auf, dafür aber nur selten für längere Zeit unten am Fluß. Seine täglichen Besuche bei dem weißen Mann führten den malaiischen Fürsten vorzugsweise auf leisen Sohlen durch den Hauptkorridor des Hauses nach hinten in den Garten, wo im Küchenschuppen das Feuer brannte, über dem, beaufsichtigt von der wachsamen Mrs. Almayer, der Reiskessel hing. Dain machte einen Bogen um diesen Schuppen, den schwarzer Rauch und das Getriller sanfter Frauenstimmen erfüllte, und hielt sich links davon. Dort, am Rande der Bananenplantage, bildete eine Gruppe von Palmen und Mangobäumen einen Schattenplatz, dem ein paar vereinzelte Büsche eine Atmosphäre der Abgeschiedenheit verliehen, in die nur das Geplapper der Dienerinnen oder, gelegentlich, ein schallendes Gelächter dringen konnte. Einmal hier drin, war Dain unsichtbar; und hier verborgen und an den glatten Stamm einer hohen Palme gelehnt, wartete er mit leuchtenden Augen und mit zuversichtlichem Lächeln auf das kaum hörbare Rascheln von verdorrtem Gras, mit dem sich Ninas leichter Schritt ankündigte.

Schon beim allerersten Anblick dieser – für ihn – vollendeten Schönheit hatte er in seinem Innersten gewußt, daß sie die Seine würde; zwischen ihren beiden ungebändigten Naturen spürte er den sanften Atem gegenseitigen Verstehens, und er bedurfte nicht des aufmunternden Lächelns von Mrs. Almayer, um jede Gelegenheit wahrzunehmen, sich dem Mädchen zu nähern; und jedesmal, wenn er mit ihr sprach, und jedesmal, wenn er ihr in die

Augen blickte, hatte Nina – auch wenn sie ihr Gesicht abwandte – das Gefühl, dieses unerschrockene Wesen, das ihr glühende Worte ins willige Ohr sprach, sei ihr leibhaftiges Schicksal, ein Geschöpf ihrer Träume – verwegen, grausam, allzeit bereit, die Feinde mit blitzendem Kris, die Geliebte mit einer leidenschaftlichen Umarmung zu empfangen – der Inbegriff eines malaiischen Fürsten, wie die Tradition ihrer Mutter ihn kannte.

Mit einem Kitzel süßer Angst wurde sie sich des wundersamen Gefühls der Identität mit diesem Wesen bewußt. Wenn sie ihm zuhörte, schien ihr, sie würde nun erst, da sie sich einer neuen Existenz bewußt wurde, tatsächlich geboren, ihr Leben erfülle sich erst, wenn sie ihm nahe war, und sie überließ sich ganz einem Gefühl traumhaften Glücks, während sie – wie es sich für eine junge Malaiin gebührte – mit halb verschleiertem Gesicht wortlos den Worten Dains lauschte, in die dieser den ganzen Schatz seiner Liebe und Hingabe legte, deren er mit der ungezügelten Begeisterung eines Mannes fähig war, der von allem Einfluß zivilisatorischer Selbstbeschränkung unberührt ist.

Und sie verbrachten manch köstliche, rasch verfliegende Stunde unter den Mangobäumen, hinter dem gnädigen Vorhang aus Buschwerk, bis Mrs. Almayer mit schriller Stimme das Signal zu widerwilligem Abschied gab. Mrs. Almayer hatte die angenehme Aufgabe der Überwachung ihres Gatten übernommen, damit dieser nicht den reibungslosen Verlauf der Liebesaffäre ihrer Tochter störe, der sie mit Anteilnahme und Wohlwollen begegnete. Es machte sie glücklich und stolz, zu sehen, wie glühend sich Dain verliebt hatte, weil sie glaubte, daß er ein großer und mächtiger Fürst sei, und daneben verschaffte Dain mit seiner Großzügigkeit ihrer Habgier Befriedigung.

Am Abend jenes Tages, an dem der Augenschein Babalatchis Vermutungen bestätigt hatte, hatten sich Dain und Nina länger als sonst in ihrem schattigen Versteck aufgehalten. Nur Almayers schwerer Schritt auf der Veranda und sein quengeliger Hungerschrei veranlaßten Mrs. Almayer, einen Warnruf auszustoßen. Maroola setzte leichtfüßig über den niedrigen Bambuszaun und stahl sich durch die Bananenplantage zum schlammigen Ufer des hinteren Wasserlaufes hinunter, während Nina langsam zum Haus hinüberging, um – wie an allen Abenden – den Bedürfnissen ihres Vaters Genüge zu tun. Almayer war an diesem Abend guter Dinge; die Vorbereitungen waren nahezu abgeschlossen, und morgen würde er seine Boote zu Wasser lassen. Vor seinem geistigen Auge stand schon die großartige Belohnung; und, den Blechlöffel in der Hand, vergaß er beim Gedanken an das phantastische Arrangement eines glänzenden Banketts, das anläßlich seiner Ankunft in Amsterdam gegeben werden würde, den Teller mit Reis vor sich. Nina ließ sich in den Liegestuhl zurücksinken und schnappte geistesabwesend die paar unzusammenhängenden Worte auf, die dem Mund ihres Vaters entschlüpften. Expedition! Gold! Was ging sie das an. Aber als ihr Vater den Namen Maroola erwähnte, war sie hellwach. Dain würde morgen mit seiner Brigg flußab fahren und für ein paar Tage fortbleiben, sagte Almayer. Äußerst ärgerlich – diese Verzögerung. Es galt, keinen Augenblick zu verlieren; sie mußten sofort nach Dains Rückkehr aufbrechen, da der Fluß im Steigen war. Es würde ihn nicht überraschen, wenn es zu großen Überschwemmungen käme. Und er stieß seinen Teller unwirsch zurück, als er sich vom Tisch erhob. Nun aber hörte Nina nicht hin. Dain würde abreisen! Deshalb hatte er ihr – mit jener ruhigen Bestimmtheit, der sie sich so gerne unterwarf – befohlen, ihn bei Tagesanbruch am Wasserlauf von Bulangi zu treffen. War wohl ein Paddel in ihrem Kanu? überlegte sie. War es seetüchtig? Sie würde früh aufbrechen müssen – um vier Uhr morgens, in ein paar Stunden schon.

Sie erhob sich aus ihrem Stuhl, weil sie dachte, daß sie den Schlaf nötig haben würde, wenn sie früh am Morgen losrudern sollte. Die Lampe verbreitete ein schwaches Licht, und ihr Vater lag bereits, ermüdet von den Anstrengungen des Tages, in seiner Hängematte. Nina löschte das Licht und ging in einen großen Raum links vom Mittelgang, den sie mit ihrer Mutter teilte. Als sie eintrat, sah sie, daß sich Mrs. Almayer von dem Stapel aus Matten, der ihr als Bett diente, in eine Ecke des Raumes zurückgezogen hatte und sich nun über den offenen Deckel ihrer großen Holztruhe neigte. Eine halbe Kokosnußschale voll Öl, auf dem anstelle eines Dochtes ein Baumwollschnipsel schwamm, stand auf dem Boden und umgab sie mit einem Heiligenschein aus rötlichem Licht, das durch den schwarzen, stark riechenden Qualm drang. Mrs. Almayers Rücken war gebeugt, Kopf und Schultern steckten tief in der Truhe. Ihre Hände kramten darin herum, und aus dem Inneren war ein leises Klingeln, wie von Silbermünzen, zu hören. Zunächst bemerkte sie nicht, daß ihre Tochter hereingekommen war, und Nina, die lautlos zu ihr hingetreten war, blickte auf die vielen kleinen Leinenbeutelchen herab, die auf dem Truhenboden aufgereiht standen und aus denen ihre Mutter ein paar Hände voll blinkender Gulden und mexikanischer Silberdollars genommen hatte, die sie nun langsam zwischen ihren klauenförmigen Fingern durchrieseln ließ. Die Musik des klirrenden Silbers schien sie zu entzücken, und im Widerschein der nagelneuen Münzen blitzten auch ihre Augen. In einem fort murmelte sie: »Und das, und das, und das auch noch! Er wird bald noch was herausrücken – so viel ich will. Er ist ein großer Rajah – ein Himmelssohn. Und sie wird eine Rani – für sie hat er mir alles gegeben! Wer hat denn je für mich etwas gegeben? Ich bin eine Sklavin! Bin ich es wirklich? Ich bin die Mutter einer großen Rani!« Plötzlich bemerkte sie die Anwesenheit ihrer Tochter: sie klappte wütend den Deckel zu und hörte auf zu brummen; dann sah sie, ohne sich aus der Hocke aufzurichten, zum Mädchen auf, das, auf dem verträumten Gesicht ein unbestimmtes Lächeln, neben ihr stand.

»Du hast es gesehen, stimmt's?« kreischte sie. »Das alles gehört mir – und dir. Es ist nicht genug! Er muß mir noch mehr geben, bevor er dich zu den Inseln im Süden mitnimmt, auf denen sein Vater König ist. Hörst du mich? Du bist mehr wert, Enkelin von Rajahs! Mehr als das! Mehr!«

Von der Veranda war die verschlafene Stimme von Almayer zu hören, die Ruhe gebot. Mrs. Almayer löschte das Licht und verkroch sich in ihre Ecke. Nina streckte sich auf einem Stapel weicher Matten aus, verschränkte die Hände unter dem Kopf und starrte durch die balkenlose Fensteröffnung zu den Sternen hinauf, die am schwarzen Himmel leuchteten; sie wartete, bis es Zeit wäre, zum verabredeten Treffpunkt aufzubrechen. Voll stillem Glück dachte sie an jene Zusammenkunft in dem großen Wald, fernab aller Menschenaugen, alles Menschenlärms. Ihre Seele, die wieder in den Zustand unbändiger Wildheit verfiel, die der Geist der Zivilisation mit

Mrs. Vinck als seinem Werkzeug nie hatte ausrotten können, war erfüllt von einem Gefühl des Stolzes und leisem Zweifel am hohen Wert, mit dem ihre welterfahrene Mutter ihre Person veranschlagt hatte; aber sie erinnerte sich an Dains ausdrucksvolle Blicke und Worte, und unter einem wohligen Vorgefühl erschauernd schloß sie beruhigt ihre Augen.

Es gibt hin und wieder Situationen, in denen der Wilde und der sogenannte Zivilisierte ihre Gemeinsamkeiten entdecken. Es darf angenommen werden, daß Dain Maroola von seiner zukünftigen Schwiegermutter nicht gerade hellauf begeistert war, noch auch, daß er etwa den Appetit der ehrenwerten Dame auf blinkende Dollars gebilligt hatte. Doch an jenem nebeligen Morgen, an dem Babalatchi die Staatsgeschäfte vernachlässigte, um seine Fischreusen in Bulangis Wasserlauf zu kontrollieren, regten sich in Maroola, der auf die Ostseite der Insel zupaddelte, wo es zur Bildung der genannten Lagune gekommen war, keine bösen Vorahnungen und auch keine Empfindungen außer jenen der Ungeduld und des Verlangens. Er versteckte sein Kanu unter den Büschen und überquerte die kleine Insel mit Riesenschritten, indem er seinen Weg voll Ungeduld mitten durch ein Dickicht aus kreuz und quer wucherndem Geäst bahnte. Vorsichtshalber fuhr er nicht in seinem Kanu bis zum Treffpunkt, wie es Nina getan hatte, sondern ließ es bis zu seiner Rückkehr von der anderen Seite der Insel am Hauptarm des Flusses zurück. Der schwere, warme Nebel verschluckte ihn sofort, aber sein Blick erhaschte das Flackern eines Lichts zu seiner Linken, das aus dem Haus Bulangis drang. Dann vermochte er in den dichter werdenden Schwaden nichts mehr zu sehen, und er folgte dem Pfad bloß aus einer Art

Instinkt, der ihn auch zu jenem Punkt am gegenüberliegenden Ufer führte, zu dem er hinwollte. Ein großer Baumstamm war hier gestrandet, der, im rechten Winkel zum Ufer, eine Art Landesteg bildete, an dem sich der dahineilende Strom gurgelnd brach. Er trat rasch und beherzt darauf und war nach zwei Schritten an seinem Ende angelangt, wo zu seinen Füßen die Gischt schäumte und wirbelte.

Alleine, wie abgeschnitten von der Welt, da draußen – der Himmel, die Erde, ja, selbst das unter ihm brausende Wasser vom undurchsichtigen Schleier des morgendlichen Nebels verschlungen – flüsterte er den Namen Nina, hinaus in den schier grenzenlosen Raum, in der Gewißheit, gehört zu werden, und, instinktiv, in der Gewißheit, daß das reizende Geschöpf ganz nahe war, daß sie, ebenso sicher, von seiner nahen Gegenwart wußte wie er von der ihren.

Ninas Kanu tauchte neben dem Baumstamm auf, der Bug vom Gewicht seiner Insassin im Heck hoch über dem Wasser. Maroola legte seine Hand auf den Vordersteven und sprang, indem er es kräftig abstieß, leichtfüßig an Bord. Das leichte Boot, das dem neuen Impuls folgte, wich dem Stamm um Haaresbreite aus, und der Fluß trug es willig, die Breitseite zur Strömung, lautlos und schnell zwischen den unsichtbaren Ufern davon. Und wieder vergaß Dain zu Füßen von Nina die Welt um sich herum, fühlte sich selbst von einer Woge übermächtigen Gefühls, von einem Strudel aus Glückseligkeit, Stolz und Verlangen davongetragen; und abermals wurde ihm mit überwältigender Gewißheit klar, daß ohne dieses Wesen, das er mit der Kraft der Leidenschaft lange in seinen Armen hielt und das sich an seinen Armen festklammerte, kein Leben möglich war.

Mit einem leisen Lachen löste sich Nina aus der Umarmung.

»Du kippst ja das Boot um, Dain«, flüsterte sie.

Er blickte ihr lange und sehnsüchtig in die Augen, dann ließ er sie mit einem Seufzer los. Er streckte sich im Kanu aus und lehnte seinen Kopf an ihre Knie, wobei er zu ihr hinaufsah und die Arme nach hinten streckte, bis sich seine Hände hinter der Taille des Mädchens trafen. Sie beugte sich zu ihm hinab und schüttelte ihren Kopf, daß die herabfallenden Flechten ihres langen schwarzen Haars ihrer beider Gesichter umrahmten.

So trieben sie dahin. – Er ließ die Worte frei heraussprudeln – ein Wilder, der sich ungehemmt einer übermächtigen Leidenschaft hingibt, während sie sich tief hinunterneigte, um das Gemurmel aufzufangen, das für sie süßer war als das Leben. Für die beiden existierte jenseits der Kante des schmalen und leichtgebauten Bootes nichts. Es war ihre Welt, die von heftiger, alles verzehrender Liebe erfüllt war. Sie schenkten dem dichter werdenden Nebel oder der Brise, die vor Sonnenaufgang abflaute, keine Beachtung; sie vergaßen die großen Wälder um sich herum, die tropische Natur, die in feierlichem und ergreifendem Schweigen das Kommen der Sonne erwartete.

Über dem tief über dem Fluß hängenden Nebel, der das Boot mit seiner Fracht aus jungem, leidenschaftlichem Leben und selbstvergessenem Glück verbarg, verblaßten die Sterne, und von Osten her kroch ein blasser Silberstreif über den Himmel. Kein Windhauch kam auf, kein Rascheln eines hochgewirbelten Blattes, kein Aufklatschen eines hochschnellenden Fisches, das die heitere Ruhe des Lebens an den Ufern des großen Stromes gestört hätte. Erde, Strom und Himmel lagen in tiefem Schlaf, aus dem es kein Erwachen zu geben schien. Und all das brodelnde Leben und jede Regung der tropischen Natur schien sich in den brennenden Augen gesammelt zu haben, in den rasend schlagenden Herzen der beiden Geschöpfe, die unter dem weißen Baldachin aus Nebel in ihrem Kanu die glatte Oberfläche des Stromes abwärtstrieben.

Plötzlich schoß eine mächtige Garbe gelber Strahlen hinter der schwarzen Wand aus Bäumen hoch, die die Ufer des Pantai säumten. Die Sterne verloschen; einen Augenblick lang leuchteten die kleinen schwarzen Wolken hoch oben blutrot auf, und der dichte Nebel, den eine sanfte Brise – das Seufzen der erwachenden Natur – hochwirbelte, zerriß zu phantastischen Gebilden und gab den Blick auf die gekräuselte Oberfläche des Flusses frei, die im prallen Tageslicht funkelte. Große Scharen weißer Vögel zogen kreischend über den wogenden Baumkronen ihre Kreise. Die Sonne war über der Ostküste aufgegangen.

Dain widmete sich als erster wieder den Sorgen des Alltags. Er richtete sich auf und ließ seinen Blick rasch flußauf und flußab wandern. Seine Augen machten achtern das Boot von Babalatchi aus, und danach, auf dem glitzernden Wasser, einen weiteren schwarzen Punkt – das Kanu Taminahs. Er glitt vorsichtig nach vorne und ergriff kniend ein Paddel; Nina griff im Heck nach dem ihren. Sie legten sich ins Zeug, ließen das Wasser bei jedem Schlag aufspritzen, so daß das kleine Boot rasch vorankam, hinter sich die schmale Spur des Kielwassers, die eine Bordüre aus weißer, schimmernder Gischt säumte. Dain redete, ohne den Kopf zu wenden.

»Hinter uns ist wer, Nina. Er darf nicht näher kommen. Vermutlich ist er noch zu weit weg, um uns zu erkennen.«

»Vor uns ist auch wer«, keuchte Nina, ohne im Paddeln innezuhalten.

»Ich glaube, ich weiß schon«, erwiderte Dain. »Die Sonne scheint zwar gerade dorthin, aber ich vermute, es ist Taminah. Sie kommt jeden Morgen auf die Brigg, um Kuchen zu verkaufen, und oft bleibt sie den ganzen Tag. Egal; halt dich ans Ufer, wir müssen unter die Büsche. Ich hab mein Kanu hier in der Nähe versteckt.«

Während er redete, glitt sein Blick wachsam über die breitblättrigen Nipapalmen, die sie auf ihrer schnellen, lautlosen Fahrt streiften.

»Paß auf, Nina«, sagte er schließlich, »dort, wo die Wasserpalmen aufhören und die Zweige von diesem schrägen Baum hängen. Steuere auf den großen, grünen Ast zu.«

Er erhob sich vorsichtig, und das Boot, das Nina geschickt mit ihrem Paddel lenkte, glitt langsam zum Ufer. Als sie nahe genug waren, griff Dain nach dem langen Ast, lehnte sich zurück und ließ das Kanu durch einen niedrigen grünen Bogen aus dichten Schlingpflanzen vorschnellen, der den Weg in eine winzige Bucht freigab, die vom letzten großen Hochwasser aus dem Ufer herausgewaschen worden war. Sein eigenes Boot lag da mit einem Stein vor Anker, und, die Hand auf dem Rand von Ninas Kanu, stieg er hinein. Gleich darauf trieben die beiden Nußschalen mit ihren Insassen Seite an Seite dahin, und im schwachen Licht, das sich durch einen Himmel aus dichtem Blätterwerk durchkämpfte, spiegelten sie sich im schwarzen Wasser, während darüber, hoch oben im prallen Tageslicht, riesige rote Blüten loderten und auf ihre Häupter ein Schauer aus großen, taubeglänzten Blütenblättern herabrieselte, die, sich träge drehend, in einem unablässigen, duftenden Strom zu ihnen herabtaumelten; und über ihnen und in dem schlafenden Wasser unter ihnen und rings um sie in einem Reif üppiger Vegetation, eingetaucht in die warme, von starken und strengen Düften geschwängerten Luft, setzte die tropische Natur ihr Werk unermüdlich fort: Pflanzen, die in die Höhe schossen – ineinander verschlungen und unentwirrbar miteinander verflochten, die, wie rasend geworden und rücksichtslos, in einem verzweifelten, in grauenhaftem Schweigen ausgetragenen Lebenskampf, übereinander hinwegkrochen, hinauf, zum lebensspendenden Sonnenlicht – so als hätte sie beim Anblick der brodelnden Melasse aus Fäulnis unter ihnen, von Tod und Zersetzung, denen sie entstammten, jähes Entsetzen gepackt.

»Wir müssen uns trennen«, sagte Dain nach langem Schweigen. »Du mußt augenblicklich umkehren, Nina. Ich warte, bis die Brigg hier vorbeikommt, dann geh ich an Bord.«

»Wirst du lange fortbleiben, Dain?« fragte Nina leise.

»Lange!« rief Dain. »Welcher Mann hält sich schon gerne lange an einem finsteren Ort auf? Wenn ich nicht in deiner Nähe bin, Nina, dann geht es mir wie einem, der erblindet ist. Was bedeutet mir das Leben ohne Licht?«

Nina beugte sich hinüber, und stolz und glücklich lächelnd nahm sie Dains Gesicht in ihre beiden Hände und sah ihm zärtlich, zugleich aber zweifelnd in die Augen. Offenbar fand sie darin die Bestätigung seiner Worte, denn ein Gefühl von Dankbarkeit und Sicherheit erleichterte ihr den Kummer, der sie in dieser Abschiedsstunde bedrückte. Sie glaubte nun, daß er, der Nachkomme vieler großer Rajahs und der Sohn eines mächtigen Fürsten, der

Herr über Leben und Tod, die lichte Seite des Lebens nur in ihrer Gegenwart kannte. Eine Welle grenzenloser Dankbarkeit und Liebe schlug ihm entgegen. Wie konnte sie – für jedermann sichtbar – zeigen, was sie für diesen Mann empfand, der ihr Herz mit so großem Glück, so großem Stolz erfüllt hatte? Und in dem Aufruhr der Leidenschaft tauchte, wie vom Licht eines Blitzes erhellt, die Erinnerung an jene verachtete und beinahe vergessene Zivilisation auf, auf die sie in Tagen des Zwanges, des Kummers und der Wut nur einen flüchtigen Blick geworfen hatte. In der kalten Asche dieser verhaßten und elenden Vergangenheit würde sie das Zeichen für ihre Liebe finden, den der grenzenlosen Glückseligkeit des gegenwärtigen Augenblicks gemäßen Ausdruck, das Faustpfand für eine strahlende und großartige Zukunft. Sie warf ihre Arme um Dains Hals und drückte ihre Lippen in einem langen, heißen Kuß auf die seinen.

Erschrocken und geängstigt wegen des Sturms, den diese fremdartige und nie gekannte Berührung in seiner Brust entfachte, schloß er die Augen, und noch lange nachdem Nina ihr Kanu in den Fluß hinausgelenkt hatte, rührte er sich nicht und wagte nicht, seine Augen zu öffnen, weil er fürchtete, er könne das Gefühl berauschender Seligkeit wieder verlieren, das er zum ersten Mal gekostet hatte. Nur die Unsterblichkeit fehlte ihm noch, dachte er, und er wäre den Göttern ebenbürtig. Und das Wesen, das sich so darauf verstand, ihm die Tore zum Paradies zu öffnen, mußte – und würde – schon bald für immer die Seine sein.

Er schlug die Augen gerade rechtzeitig auf, um hinter dem Bogen aus Schlingpflanzen den Bug seiner Brigg auftauchen zu sehen, die auf dem Weg flußab vorüberzog.

Er mußte nun an Bord, dachte er; und doch war er nicht bereit, diesen Ort zu verlassen, wo er erfahren hatte, was Glückseligkeit bedeutete. »Noch Zeit genug; sollen sie fahren«, murmelte er; und abermals schloß er unter dem roten, duftenden Blütenschauer die Augen und versuchte sich die Szene mit all ihrem Zauber und all ihrem Schrecken in Erinnerung zu rufen.

Er muß es dann aber doch noch rechtzeitig auf seine Brigg geschafft und draußen eine Menge zu tun gefunden haben, denn Almayer wartete vergeblich auf die baldige Rückkehr des Freundes. Der Unterlauf des Flusses, über den er so oft und so ungeduldig sein Auge schweifen ließ, blieb leer, von rasch vorüberschießenden Fischerbooten abgesehen, aber über dem Oberlauf stiegen schwarze Wolken auf, und Platzregen kündigten das endgültige Einsetzen der Regenzeit mit ihren Unwettern und Hochwassern an, die den Fluß für die Kanus der Eingeborenen praktisch unpassierbar machten.

Almayer, der an der schlammigen Bucht zwischen seinen Häusern entlangschlenderte, beobachtete voll Unruhe, wie der Fluß Zoll für Zoll stieg und allmählich immer näher zu den Booten höherkroch, die nunmehr fahrbereit unter einer Decke aus triefenden Kajang-Matten an Land aufgereiht lagen. Das Glück schien sich ihm wieder entwinden zu wollen, und im quälenden Hin und Her seiner schweren Schritte und in dem pausenlos aus einem, immer noch tiefer hängenden Himmel herabströmenden Regen ergriff eine Art verzweifelter Gleichgültigkeit von ihm Besitz. Was soll's! So war sein Schicksal! Diese beiden Höllenhunde, Lakamba und Dain, hatten ihn mit dem Angebot ihrer Hilfeleistung dazu verleitet, seinen letzten Dollar auf die Ausstattung der Boote zu verwenden, und nun war einer von ihnen irgendwohin abgehauen, während sich der andere hinter seinem Palisadenzaun verschanzte und nicht das geringste Lebenszeichen geben wollte. Nicht einmal dieser Schurke Babalatchi ließ sich blicken, dachte Almayer – jetzt, da sie ihm ihren ganzen Reis, die Messinggongs und das Segeltuch verkauft hatten, das er für seine Expedition brauchte. Sie besaßen seinen letzten Silberling, und es war ihnen völlig egal, ob er nun fuhr oder nicht. Und mit der Mutlosigkeit des Verlierers kletterte Almayer langsam zur Veranda seines neuen Hauses hinauf, um dem Regen zu entgehen, und während er, den Kopf tief zwischen den Schultern, am Geländer lehnte, überließ er sich dem Strom bitterer Gedanken – fühllos für die verrinnende Zeit und den nagenden Hunger, taub für das Gekreische seiner Frau, die ihn zum Abendessen rief. Wenn er, durch das erste Donnerrollen des abendlichen Unwetters aus seinen Grübeleien gerissen, langsam auf das flackernde Licht in seinem alten Haus zustolperte, machte seine halb erstorbene Hoffnung seine Sinne für jedes Geräusch auf dem Strom überwach. Mehrere Nächte hintereinander hatte er das Klatschen von Paddeln gehört und den vagen Umriß eines Bootes ausgemacht, aber wenn er dann die schemenhafte Erscheinung angerufen und sein Herz bei der jähen Hoffnung, Dains Stimme zu hören, einen Sprung getan hatte, war er jedesmal aufs neue von der mürrischen Antwort enttäuscht, die ihn zur Einsicht kommen ließ, daß die Leute auf dem Fluß Araber waren, unterwegs zu einem Besuch bei Lakamba, der nicht aus dem Haus ging. Das verschaffte ihm viele schlaflose Nächte, in denen er darüber grübelte, welche Schandtat diese ehrenwerten Herrschaften aushecken mochten. Als dann schließlich alle Hoffnung

erstorben schien, war er überglücklich, Dains Stimme zu
hören; Dain aber schien es ebenso eilig zu haben, Lakamba zu sehen, und Almayer fühlte sich unbehaglich, weil er
der Einstellung des Herrschers zu ihm ein tiefes und
unausrottbares Mißtrauen entgegenbrachte. Und doch –
Dain war schließlich zurückgekehrt. Offenbar hatte er
vor, sich an die Abmachungen zu halten. Seine Hoffnungen erwachten zu neuem Leben, während Nina auf den
wütenden Strom hinaussah, über dessen aufgepeitschte
Fluten das Unwetter zur offenen See hinausjagte.

Sechstes Kapitel

Dain brauchte nicht lange, um über den Fluß zu setzen, nachdem er von Almayer aufgebrochen war. Er legte am Wassertor des Pfahlzauns an, der die Gruppe von Häusern umfriedete, aus denen sich die Residenz des Rajahs von Sambir zusammensetzte. Offensichtlich erwartete man da schon jemanden, denn das Tor war offen, und Fackelträger standen bereit, um den Besucher über die schrägen Planken hinauf den Weg zum größten Gebäude, der eigentlichen Residenz des Rajahs, zu weisen, in dem sämtliche Staatsgeschäfte abgewickelt wurden. Die anderen Gebäude innerhalb der Umzäunung dienten ausschließlich der Beherbergung der zahlreichen Gefolgschaft, des Hauswesens und der Frauen des Herrschers.

Lakambas Haus selbst war ein mächtiger Bau aus soliden Bohlen, der auf hohen Pfählen errichtet war und um den eine Veranda aus gespaltenem Bambusrohr lief; über dem ganzen erhob sich ein überhohes Dach aus Palmblättern, das auf Stützen auflag, die vom Qualm zahlloser Fackeln geschwärzt waren.

Das Gebäude stand parallel zum Fluß, und eine seiner Längsseiten war dem Wassertor des Pfahlzauns zugekehrt. In seiner Front, die auf den Fluß hinaussah, war eine Tür, und der schräge Plankenweg führte geradeaus von der Schleuse zu ihr. Im unsteten Licht der qualmenden Fackeln machte Dain die vagen Umrisse einer Gruppe von Kriegern im tiefen Schatten zu seiner Rechten aus. Aus dieser Gruppe trat Babalatchi und öffnete die Türe, durch die Dain in das Empfangszimmer der Residenz des Rajahs trat. Um diesen Raum zu schaffen, hatte man etwa ein Drittel des Hauses durch schwere Vorhänge europäischer Machart abgeteilt; knapp vor dem Vorhang stand ein großer, mit viel Schnitzereien verzierter Lehnstuhl aus schwarzem Holz und davor ein rohgezimmerter Pinientisch. Die übrige Einrichtung des Raums bestand bloß aus zahllosen Matten. Links vom Eingang stand ein primitiver Gewehrschrank, in ihm drei Gewehre mit vorgesetzten Bajonetten. An der Wand, im Schatten, schlief Lakambas Leibwache – allesamt Freunde und Verwandte – in einem wüsten Durcheinander aus braunen Armen, Beinen und bunten Gewändern, aus dem das gelegentliche Schnarchen oder gedämpfte Stöhnen eines unruhigen Schläfers tönten. All das tauchte eine europäische Lampe mit grünem Schirm, die auf dem Tisch stand, in schwaches Licht.

»Willkommen an deinem Nachtlager«, sagte Babalatchi und sah Dain forschend an.

»Ich muß sofort mit dem Rajah sprechen«, gab Dain zurück.

Babalatchi machte eine Geste der Zustimmung, wandte sich zum Messinggong, der unter dem Gewehrschrank hing, und schlug zweimal kräftig darauf.

Das ohrenbetäubende Getöse weckte die Wache aus dem Schlaf. Das Geschnarche hörte auf; ausgestreckte Beine wurden angezogen; der ganze Haufen geriet in Bewegung und nahm unter viel Gähnen und verschlafenem Augenreiben Stück für Stück Gestalt an; hinter dem Vorhang setzte mit einem Schlag das Geschnatter von Frauenstimmen ein; dann war Lakambas Baß zu hören.

»Ist das der arabische Händler?«

»Nein, Tuan«, antwortete Babalatchi. »Dain ist endlich zurück. Er ist hergekommen, um etwas Wichtiges zu besprechen, bitcharra – dein gnädiges Einverständnis vorausgesetzt.«

Offensichtlich war Lakamba einverstanden – denn gleich darauf trat er hinter dem Vorhang hervor, aber so weit, daß er groß Toilette gemacht hätte, war seine Gnade nicht gegangen: Ein kurzer, roter, hastig um die Hüfte gewickelter Sarong war das einzige Kleidungsstück. Der allergnädigste Herrscher von Sambir sah verschlafen und eher mißmutig aus. Er saß im Lehnstuhl – die Knie weit auseinandergestellt, die Ellbogen auf den Armlehnen, das Kinn auf der Brust – schnaufte laut und wartete giftig auf die Eröffnung des wichtigen Gesprächs durch Dain.

Aber Dain schien nicht besonders erpicht darauf, den Anfang zu machen. Er hatte Babalatchi im Visier, der lässig zu Füßen seines Herren hockte, legte seinen Kopf leicht zur Seite, und so, als warte er gespannt auf die Stimme der Weisheit, harrte er schweigend aus.

Babalatchi räusperte sich diskret, lehnte sich vor und schob Dain ein paar Matten zu, damit er sich setze, erhob seine quiekende Stimme, und mit einem Schwall von Worten versicherte er ihm, wie entzückt alles über seine so heißersehnte Rückkehr sei. Sein Herz habe sich nach dem Anblick von Dains Gesicht verzehrt, seine Ohren seien vor Sehnsucht nach dem erfrischenden Klang seiner Stimme vergangen. Und in ähnlich trauriger Lage befänden sich – so Babalatchi – die Herzen und Ohren aller; er deutete mit einer weit ausholenden Handbewegung zum anderen Flußufer hin, wo die Ansiedlung in friedlichem Schlummer lag – ahnungslos, welch freudige Überraschung sie am folgenden Morgen erwartete, wenn offenbar würde, daß Dain unter ihnen war. »Denn«, fuhr Babalatchi fort, »welche Freude bleibt denn dem Armen, wenn nicht die offene Hand eines großherzigen Händlers oder eines großen –«

Hier unterbrach er sich jäh und spielte kalkuliert den Verlegenen, wobei er den rastlosen Blick zu Boden senkte, während um seine mißgestalteten Lippen momentlang ein Verzeihung heischendes Lächeln spielte. Ein- oder zweimal während dieser Eröffnungsrede huschte ein Ausdruck der Belustigung über Dains Gesicht, machte aber sogleich wieder jenem tiefer Besorgnis Platz. In Lakambas Stirn hatten sich tiefe Furchen gegraben, und während er bloß Ohrenzeuge der Eloquenz seines Ministerpräsidenten war, bewegten sich seine Lippen zornig. Stille senkte sich über den Raum, nachdem Babalatchi verstummt war; dann aber erhob sich aus der Ecke, in der die Leibwache ihren unterbrochenen Schlummer wieder aufgenommen hatte, ein Chorwerk von Schnarchstimmen. Doch das ferne Donnerrollen, das Ninas Herz in diesem Augenblick mit Sorge um die Sicherheit des Geliebten erfüllte, verhallte ungehört vor den Ohren dieser Männer, die auf Gedeih und Verderb einzig jeder sein Ziel verfolgten.

Nach einer kurzen Schweigepause ergriff Babalatchi, der nun auf alle blumenreichen und artigen Floskeln verzichtete, abermals das Wort – und diesmal redete er mit leiser Stimme und in kurzen, hastigen Sätzen. Sie seien sehr beunruhigt gewesen. Warum Dain so lange weggeblieben sei? Die Siedler am Unterlauf des Flusses hätten Schüsse aus großen Kanonen gehört und im Mündungsgebiet, zwischen den Inseln, ein holländisches Pulverschiff gesehen. Deshalb hätten sie sich Sorgen gemacht.

Abdulla seien vor ein paar Tagen Gerüchte von einer Katastrophe zu Ohren gekommen, und von da an hätten sie, in der Annahme, ein Unglück sei geschehen, auf Dains Rückkehr gewartet. Seit Tagen hätten sie ihre Augen abends in Angst geschlossen, um sie morgens in Sorge wieder zu öffnen; und ruhelos, wie aus Angst vor einem Feind, seien sie zitternd draußen umhergegangen. Und alles wegen Dain. Wolle er ihnen denn nicht etwas von ihrer Sorge um *seine* – nicht um *ihre* – Sicherheit abnehmen? Sie seien friedfertig, ehrlich und dem großen Rajah von Batavia ergeben – möge das Schicksal all seine Unternehmungen zu Freude und Nutzen seiner Untertanen mit Erfolg krönen! »Und Lakamba«, fuhr Babalatchi fort, »mein Herr und Meister hier, ist aus Sorge um den Händler, dem er seinen Schutz angedeihen ließ, fast vergangen – und desgleichen Abdulla, denn was behaupten Schandmäuler nicht alles, wenn zufällig –«

»Sei still, du Narr«, knurrte Lakamba wütend.

Babalatchi verstummte, zufrieden lächelnd, während sich Dain, der ihn geradezu fasziniert angestarrt hatte, mit einem Seufzer der Erleichterung dem Herrn von Sambir zuwandte. Lakamba rührte sich nicht, und ohne den Kopf zu heben, starrte er Dain unter seinen Augenbrauen hervor an, schnaufte dazu hörbar – die Lippen schmollend geschürzt und auf dem Gesicht einen Ausdruck profunder Unzufriedenheit.

»Erzähle, Dain!« sagte er schließlich. »Wir haben viele Gerüchte gehört, und oft ist mein Freund Reshid Nacht für Nacht mit schlimmen Nachrichten zu mir gekommen. Neuigkeiten verbreiten sich rasch entlang der Küste, doch mögen sie unwahr sein, denn heutzutage hört man mehr Lügen aus dem Munde von Männern als zu meiner Jugendzeit, auch wenn ich heute nicht leichter zu täuschen bin als ehedem.«

»Jedes meiner Worte ist wahr«, sagte Dain wegwerfend. »Wenn dich interessiert, was meiner Brigg widerfuhr, dann magst du wissen, daß sie den Holländern in die Hände fiel. Glaube mir, Rajah«, fuhr er in einem jähen Anfall von Energie fort, »die Orang Blanda haben gute Freunde in Sambir, denn wie hätten sie sonst wissen sollen, daß ich von hier gekommen bin?«

Lakamba bedachte Dain mit einem kurzen, feindseligen Blick. Babalatchi erhob sich schweigend, trat an den Gewehrschrank und schlug heftig auf den Gong.

Vor der Türe hörte man das Schlurfen nackter Füße, drinnen fuhr die Wache aus dem Schlaf, setzte sich auf und starrte verdattert vor sich hin.

»O ja, du aufrichtiger Freund des weißen Rajah«, fuhr Dain verächtlich fort und wandte sich dabei an Babalatchi, der an seinen Platz zurückgekehrt war, »ich bin entkommen, und nun bin ich hier, um dein Herz mit Freude zu erfüllen. Als ich das holländische Schiff sichtete, steuerte ich die Brigg zwischen den Klippen durch und ließ sie stranden. Mit dem Schiff wagten sie mir nicht zu folgen, also setzten sie Boote aus. Wir nahmen die unseren und versuchten davonzukommen, und dann beschossen sie uns vom Schiff aus mit Brandkugeln und töteten viele meiner Männer. Ich allerdings blieb verschont, o Babalatchi! Die Holländer werden hierherkommen; sie werden mich suchen; und sie werden kommen, um ihren aufrichtigen Freund Lakamba und dessen Diener Babalatchi zu befragen. Also freuet euch!«

Aber keiner seiner Zuhörer schien in besonders freudiger Stimmung. Lakamba hatte ein Bein übergeschlagen und kratzte sich gedankenverloren-zärtlich am Knie, während Babalatchi, der mit untergeschlagenen Beinen dasaß, plötzlich kleiner zu werden schien, in sich zusammensackte und leer vor sich auf den Boden stierte. Jäh erwachte das Interesse der Leibwächter für die Vorgänge; sie streckten sich auf ihren Matten der Länge nach aus, um näher beim Sprecher zu sein. Einer von ihnen erhob sich und lehnte sich an den Gewehrschrank – dabei spielte er geistesabwesend mit den Quasten an seinem Schwertgriff.

Dain wartete, bis der Donnerschlag zu fernem Grollen verebbt war. Dann ergriff er abermals das Wort.

»Bist du stumm, o Herrscher von Sambir? oder ist der Sohn eines mächtigen Rajahs deine Beachtung nicht wert? Ich bin hierhergekommen, um Schutz zu suchen und dich zu warnen, und ich möchte erfahren, was du zu tun gedenkst.«

»Wegen der Tochter des weißen Mannes bist du gekommen«, fiel ihm Lakamba scharf ins Wort. »Schutz hattest du bei deinem Vater, dem Rajah von Bali, dem Sohn des Himmels, seiner Hoheit – dem ›Anak Agong‹. Wer bin ich denn, daß ich so erlauchte Prinzen beschützen soll? Gestern noch pflanzte ich Reis auf meiner Rodung – und heute, sagst du, liege dein Leben in meinen Händen.«

Babalatchi warf seinem Herrn einen raschen Blick zu. »Keiner kann seinem Schicksal entgehen«, murmelte er gottergeben. »Hat Liebe erst im Herzen eines Mannes Eingang gefunden, so ist er wie ein Kind – ohne allen Verstand. Hab Erbarmen, Lakamba!« setzte er hinzu und zupfte warnend an einem Ende des Sarongs des Rajahs.

Lakamba entriß ihm zornig den Zipfel seines Sarongs. Da ihm allmählich dämmerte, in welch unangenehme Klemme ihn Dains Rückkehr nach Sambir brachte, verlor er die Fassung, die er bis dahin mühsam bewahrt hatte. Und nun übertönte er mit seiner Stimme das Heulen des Windes und das Prasseln des Regens, der in einer mächtigen Bö über dem Dach des Hauses niederging.

»Als Händler kamst du hierher, mit schönen Worten und großen Versprechungen – und du batest mich, nicht hinzusehen, wenn du dir den weißen Mann gefügig machst. Und ich habe es getan. Was willst du nun wieder? Als ich ein junger Mann war, habe ich gekämpft. Jetzt, da ich alt bin, sehne ich mich nach Frieden. Es ist bequemer für mich, ich lasse dich töten, als mit den Holländern zu kämpfen. Und besser ist es für mich auch.«

Die Sturmbö war weitergewandert, und in die kurze Stille des nachlassenden Windes flüsterte Lakamba wie zu sich selbst: »Viel bequemer. Viel besser.«

Dain schienen die Drohungen des Rajahs nicht sonderlich zu beeindrucken. Während Lakambas Ansprache hatte er einmal rasch über die Schulter geblickt, um sich zu vergewissern, daß niemand hinter ihm stand, und, diesbezüglich beruhigt, hatte er aus den Falten seines Hüfttuchs eine Sirischachtel geholt, und nun wickelte er das kleine Stück Betelnuß zusammen mit dem Quentchen Kalk vorsichtig in das grüne Blatt, das ihm der aufmerksame Babalatchi höflicherweise hingehalten hatte. Er nahm es als ein Friedensangebot des stummen Staatsmanns – eine Art schweigenden Protests gegen die eines Diplomaten unwürdige Unbeherrschtheit seines Herrn und als ein Omen für einen zwar noch nicht erreichten, aber durchaus möglichen Konsens. Ansonsten war Dain überhaupt nicht beunruhigt. Obwohl er einräumen mußte, daß Lakamba mit seiner Vermutung, er sei nur wegen der Tochter des weißen Mannes nach Sambir zurückgekommen, recht hatte, fühlte er sich keines kindischen Mangels an Einsicht schuldig, wie ihn Babalatchi angedeutet hatte. Dain war sich vielmehr der Tatsache wohl bewußt, daß Lakamba viel zu tief in den Schießpulverschmuggel verwickelt war, als daß er an einer Untersuchung dieser Affäre seitens der holländischen Behörden interessiert gewesen wäre. Als er zu einer Zeit, da die Feindseligkeiten zwischen den Holländern und den Malaien Sumatras auf den gesamten Archipel überzugreifen drohten, von seinem Vater, dem unabhängigen Rajah von Bali, ausgesandt worden war, war Dain nur auf Händler getroffen, die gegenüber seinen vorsichtigen Angeboten taub und über die Versuchung des hohen Preises, den er für Schießpulver zu zahlen bereit war, erhaben waren. Sambir war seine allerletzte und beinahe aussichtslose Hoffnung, und er fuhr nur dahin, weil er in Makassar von dem hier ansässigen Weißen gehört hatte sowie von dem regelmäßig aus Singapur kommenden Handelsschiff, und auch, weil er sich von dem Umstand verlocken ließ, daß an diesem Fluß keine Holländer lebten – was die Lage zweifellos erleichtern würde. Angesichts Lakambas starrsinniger Loyalität, die einem wohlüberlegten Eigennutz entsprang, zerbrachen seine Hoffnungen beinahe. Letztendlich aber hatten die Großzügigkeit des jungen Mannes, sein überzeugender Eifer, das Prestige des klangvollen Namens seines Vaters den Sieg über die weise Zurückhaltung des Herrschers von Sambir davongetragen. Persönlich wollte Lakamba nichts mit irgendwelchen krummen Geschäften zu tun haben. Auch dagegen, daß man sich in dieser Sache der Araber bediente, erhob er Einspruch; dafür brachte er Almayer ins Spiel, indem er meinte, dieser sei ein Schwächling, der leicht gewonnen werden könne, und sein Freund, der englische Kapitän des Dampfers, könne von großem Nutzen sein – ja, er würde wahrscheinlich sogar bei dem Geschäft mitmachen und das Schießpulver ohne Wissen Abdullas im Dampfer hereinschmuggeln. Damit stieß Dain wiederum bei Almayer auf unerwarteten Widerstand; Lakamba mußte Babalatchi mit der feierlichen Zusage hinüberschicken, daß er aus Freundschaft zu dem weißen Mann seine Augen schließen würde, eine Zusage und Freundschaft, die Dain mit den guten Silbergulden der verhaßten Orang Blanda bezahlen mußte. Almayer willigte schließlich doch ein und sagte, das Schießpulver könne beschafft werden, allerdings müsse Dain die Dollars, die zur Bezahlung nach Singapur gehen würden, ihm anvertrauen. Er würde Ford dazu bringen, das Pulver zu kaufen und vom Dampfer aus an Bord der Brigg zu schmuggeln. Für sich selbst wolle er aus dieser Unternehmung keinen Profit schlagen, dafür müsse ihm Dain nach Abfahrt der Brigg bei seinem großen Vorhaben behilflich sein. Almayer hatte Dain erklärt, daß er sich in dieser Angelegenheit nicht auf Lakamba allein verlassen könne; er befürchte, daß sein Schatz und sein Leben der Habgier des Rajahs zum Opfer fallen würden; nichtsdestoweniger mußte der Rajah eingeweiht werden, und er bestand auf seinem Anteil an diesem Unternehmen, da er seine Augen ansonsten nicht länger verschließen würde. Dem mußte sich Almayer beugen. Hätte Dain nicht Nina gesehen, so hätte er sich wahrscheinlich geweigert, sich mit seinen Leuten am Expeditionsvorhaben nach Gunong Mas – dem Berg aus Gold – zu beteiligen. So hatte er beabsichtigt, mit der halben Mannschaft zurückzukehren, sobald die Brigg jenseits der Klippen war, aber wegen der hartnäckigen Verfolgung durch die holländische Fregatte sei er gezwungen gewesen, nach Süden abzudrehen, sein Schiff schließlich scheitern zu lassen und zu zerstören – nur um seine Freiheit oder gar sein Leben zu retten. Ja, er war tatsächlich wegen Nina nach Sambir zurückgekehrt, obwohl ihm klar war, daß die Holländer hier nach ihm suchen würden, aber er hatte sich auch ausgerechnet, wieviel Sicherheit es bedeutete, wenn er sich Lakambas Händen anvertraute. Mochte er auch noch so grimmige Töne anschlagen – der allergnädigste Herrscher würde ihn nicht töten, denn er konnte sich schon seit langem nicht des Eindrucks erwehren, daß Dain in das Geheimnis des Schatzes des weißen Mannes eingeweiht war; und an die Holländer würde er ihn auch nicht ausliefern, aus Angst, seine Beteiligung an dem landesverräterischen Handel könnte fatalerweise auffliegen. So fühlte sich Dain einigermaßen sicher, während er dasaß und schweigend seine Antwort auf die blutrünstige Rede des Rajahs überlegte. Ja, er würde ihm die Konsequenzen für seine Situation darlegen, sollte er – Dain – den Holländern in die Hände fallen und auspacken. In diesem Falle hätte er nichts mehr zu verlieren und würde mit der Wahrheit herausrücken. Und sollte seine Rückkehr nach Sambir tatsächlich Lakambas Seelenfrieden gestört haben – was weiter? Er war gekommen, um nach seinem Eigentum zu sehen. Hatte er nicht Ströme von Silber in Mrs. Almayers gierigen Schoß fließen lassen? Er hatte für das Mädchen gezahlt – und der Preis war eines großen Prinzen würdig, obgleich er des Geschöpfes unwürdig war, das ihm so süß die Sinne verwirrte und nach dem sich seine unbändige Seele in einem Verlangen verzehrte, das quälender war als der schärfste Schmerz. Er wollte sein Glück. Er hatte ein Recht darauf, in Sambir zu sein.

Er erhob sich, trat an den Tisch und stützte sich mit beiden Ellbogen darauf; zur Antwort rückte Lakamba seinen Sessel ein wenig näher, und Babalatchi rappelte sich hoch und steckte seinen neugierigen Kopf zwischen die Köpfe der beiden andren. So nahe beisammen, tauschten sie hastig flüsternd ihre Vorstellungen aus – wobei Dain Vorschläge machte, Lakamba ihnen widersprach und Babalatchi, der sich die drohenden Schwierigkeiten lebhaft ausmalte, zu vermitteln versuchte. Er sprach am meisten, drehte seinen Kopf hin und her, damit er den jeweiligen Gesprächspartner, auf den er flüsternd einredete, im Visier seines einzigen Auges hatte. Welchen Sinn hätten denn solche Streitereien? sagte er. Sollte der Tuan Dain, den er beinahe so liebe wie seinen Herrn, doch ruhig für eine Weile untertauchen. Eine ganze Reihe von Orten würde sich dafür eignen. Am besten wäre das Haus von Bulangi – wegen der Entfernung bis zur Rodung. Bulangi bedeute Sicherheit. In dem Netz aus verschlungenen Wasserläufen würde sich kein Weißer zurechtfinden. Die Weißen seien zwar stark, dafür aber äußerst dumm. Wenn es auch nicht erstrebenswert war, mit ihnen zu kämpfen, so war es um so leichter, sie hinters Licht zu führen. Sie seien wie einfältige Weiber – wüßten nicht, ihren Verstand zu gebrauchen, und er nehme es mit jedem von ihnen auf –, fuhr Babalatchi mit dem Selbstvertrauen des Ahnungslosen fort. Wahrscheinlich würden die Holländer nach Almayer suchen. Vielleicht würden sie ihren Landsmann mitnehmen, wenn sie ihn verdächtigten. Das wäre das beste. Wenn die Holländer einmal weg waren, konnten Lakamba und Dain den Schatz ohne Schwierigkeiten in ihren Besitz bringen, und sie müßten mit einem Mann weniger teilen. War das kein kluger Vorschlag? Würde der

Tuan Dain nun ins Haus von Bulangi gehen, bis die Gefahr vorüber wäre – und zwar auf der Stelle? Dain akzeptierte den Vorschlag unterzutauchen, weil ihm daran lag, Lakamba und dem besorgten Staatsmann einen Gefallen zu erweisen, aber ebenso entschieden lehnte er es ab, sofort zu gehen – ein Nein, bei dem er Babalatchi bedeutungsvoll ins Auge sah. Der Staatsmann seufzte wie einer, der sich ins Unvermeidliche fügt, und wies mit dem Finger stumm zur anderen Seite des Flusses. Dain neigte langsam seinen Kopf.

»Ja, ich gehe da hinüber«, sagte er.

»Noch vor Tagesanbruch?« fragte Babalatchi.

»Ich fahre jetzt«, antwortete Dain bestimmt. »Der Orang Blanda wird vielleicht vor morgen abend nicht hier sein, und ich muß Almayer über unsere Vereinbarungen informieren.«

»Nein, Tuan. Nein – sag du nichts«, widersprach Babalatchi. »Ich werde selbst bei Sonnenaufgang hinüberfahren, um ihm zu berichten.«

»Ich werde sehen«, sagte Dain, schon im Aufstehen.

Das Unwetter draußen brach von neuem los; die schweren Wolken hingen tief. Das ständige Rollen des Donners in der Ferne wurde durch die regelmäßigen, heftigen Schläge in der Nähe unterbrochen, und das unaufhörliche Wetterleuchten tauchte die Wälder und den Strom in blaues Licht, in dem die Einzelheiten, wie immer bei einem derartigen Schauspiel, zugleich vage und überdeutlich waren. Dain und Babalatchi standen auf der bebenden Veranda vor der Tür zum Haus des Rajahs, wie von der Raserei des Sturms überwältigt und betäubt. Sie standen zwischen den Umrissen der kauernden Sklaven des Rajahs und der Gefolgsleute, die vor dem Regen Schutz suchten, und Dain rief laut nach seinen Bootsleuten, die mit einem einstimmigen »Ada! Tuan!« antworteten – den Blick unbehaglich auf den Fluß gerichtet.

»Das ist ja ein scheußliches Hochwasser!« brüllte Babalatchi in Dains Ohr. »Der Fluß ist wie toll! Da, schau! Schau, wie die Baumstämme fortgerissen werden! Glaubst du, daß du es schaffst?«

Dain blickte voll Zweifel auf die bleierne Fläche aus brodelndem Wasser, die weit drüben, an der anderen Seite des Stroms, von der schmalen schwarzen Linie der Wälder begrenzt wurde. Plötzlich zuckte im grellen Licht eines niederfahrenden Blitzes die niedrige Landzunge auf, flakkerte und versank wieder in Dunkelheit – und mit ihr die sich im Sturm biegenden Bäume und Almayers Haus. Dain stieß Babalatchi zur Seite und rannte zum Wassertor, gefolgt von den zitternden Bootsleuten.

Babalatchi zog sich langsam ins Haus zurück und schloß die Tür, dann wandte er sich um und blickte schweigend auf Lakamba hinunter. Der Rajah saß stumm da und starrte wie versteinert vor sich auf den Tisch, und Babalatchi musterte neugierig den verwirrten Mann, dem er viele Jahre in Glück und Unglück treu gedient hatte. Kein Zweifel, daß dieser einäugige Staatsmann, in dessen Brust das ebenso rohe wie überkomplizierte Herz eines Wilden schlug, in sich das ungewohnte Gefühl des Mitleids und vielleicht sogar Erbarmens mit jenem Mann verspürte, den er seinen Herrn und Meister nannte. Aus der sicheren Position der grauen Eminenz ließ er die entschwundenen Jahre vorüberziehen und sah undeutlich sich selbst – einen Gelegenheitsmörder, der im bescheidenen Reisfeld der ersten Anfänge unter dem Dach dieses Mannes Unterschlupf gefunden hatte. Die lange Zeit danach war durch uneingeschränkte Erfolge, weise Ratschläge und listenreiche Intrigen gekennzeichnet gewesen, die der furchtlose Lakamba unbeirrbar auszuführen wußte, bis sich die gesamte Ostküste – von Poulu Laut bis Tanjong Batu – dem klugen Ratschlag Babalatchis beugte, der aus dem Munde des Herrschers von Sambir sprach. Wie vielen Gefahren war er in all diesen Jahren entkommen, wie vielen Feinden tapfer entgegengetreten, und wie viele Weiße hatte er erfolgreich überlistet! Und nun blickte er auf das Ergebnis so vieler Jahre geduldiger Arbeit zurück: der furchtlose Lakamba, eingeschüchtert von einem Problem, das seinen Schatten vorauswarf. Der Herrscher wurde allmählich alt, und bei der plötzlich ebenso lebhaften wie traurigen Vorstellung des unabwendbaren eigenen Älterwerdens legte Babalatchi seine beiden Hände auf die Magengegend, wo er ein nervöses Kribbeln verspürte; und er tat es im Bewußtsein, daß die Zeit unbekümmerten Draufgängertums hinter ihnen lag und daß sie ihr Heil nun in Weitblick und List suchen mußten. Sie wünschten sich Frieden; sie waren bereit, Reformen in die Wege zu leiten; sogar zu Selbstbeschränkung waren sie bereit – ein Mittel, sich von den Unbilden der Zeit freizukaufen, sofern ein solches Freikaufen möglich war. Babalatchi seufzte zum zweitenmal an diesem Abend, als er sich wieder zu Füßen seines Gebieters hinhockte und ihm in stummer Anteilnahme seine Betelnußschachtel anbot. Und da saßen sie nun in der trauten, aber schweigenden Zweisamkeit von Betelnußessern, mahlten langsam mit ihren Kiefern, spuckten – wie es sich gehörte – in das Messinggefäß mit der großen Öffnung, das zwischen ihnen hin und her ging, und lauschten dem schrecklichen Tosen des Kampfes der Elemente vor der Tür.

»Ein ausgesprochen scheußliches Unwetter«, bemerkte Babalatchi bekümmert.

»Ja«, sagte Lakamba. »Ist Dain gefahren?«

»Er ist gefahren, Tuan. Er ist zum Fluß hinunter wie ein vom Satan Besessener.«

Wieder entstand eine lange Pause.

»Am Ende ertrinkt er«, warf Lakamba schließlich in einer Anwandlung von Anteilnahme ein.

»Es treiben massenhaft Baumstämme auf dem Wasser«, gab Babalatchi zurück und setzte träge hinzu, »aber er ist ein guter Schwimmer.«

»Er sollte am Leben bleiben«, sagte Lakamba, »immerhin weiß er, wo der Schatz ist.«

Babalatchi pflichtete übellaunig grunzend bei. Seine erfolglose Anstrengung, das Geheimnis des weißen Mannes zu lüften und herauszufinden, wo der Schatz versteckt war, war der wunde Punkt des Staatsmannes von Sambir – weil sie den einzigen offensichtlichen Fehlschlag in einer ansonsten glänzenden Karriere darstellte.

Tiefer Friede war dem Aufruhr des Unwetters gefolgt. Nur die kleinen, verspäteten Wolken, die über die Köpfe hinweg der Masse der anderen nachjagten, in der es von ferne blitzte, ließen noch ein paar Schauer niedergehen, die sanft und mit beschwichtigendem Zischen auf das Dach aus Palmblättern herabprasselten.

Lakamba rappelte sich aus seiner Lethargie hoch, und es schien, als hätte er die Situation endlich erfaßt.

»Babalatchi!« rief er entschlossen und versetzte ihm einen leichten Fußtritt.

»Ada Tuan! Ich höre!«

»Wenn die Orang Blanda hierherkommen, Babalatchi, und Almayer mit sich nach Batavia nehmen, um ihn für den Schießpulverschmuggel zu bestrafen – was glaubst du, wird er dann tun?«

»Ich weiß nicht, Tuan.«

»Du bist ein Dummkopf«, trumpfte er auf. »Er wird ihnen verraten, wo der Schatz ist, damit sie ihn laufenlassen. Bestimmt tut er das.«

Babalatchi blickte zu seinem Herrn auf und nickte – alles andere als freudig überrascht. Daran hatte er nicht gedacht; damit gab es eine weitere Komplikation.

»Almayer muß sterben«, erklärte Lakamba entschlossen, »damit unser Geheimnis gewahrt bleibt. Es muß in aller Stille geschehen, und du mußt das erledigen, Babalatchi.«

Babalatchi willigte ein und erhob sich müde. »Morgen?« fragte er.

»Ja. Bevor die Holländer hier sind. Er trinkt eine Menge Kaffee«, antwortete Lakamba wie nebenbei.

Babalatchi streckte sich und gähnte, aber Lakamba, dem das Wissen schmeichelte, daß er ein kniffliges Problem ohne fremde, nur mit Hilfe eigener intellektueller Anstrengung gelöst hatte, war mit einem Mal hellwach.

»Babalatchi«, trug er dem erschöpften Staatsmann auf, »hol den Kasten mit der Musik, den mir der weiße Kapitän geschenkt hat. Ich kann nicht schlafen.«

Bei diesem Befehl zog ein tiefdunkler Schatten der Melancholie über Babalatchis Gesicht. Widerwillig trat er hinter den Vorhang und erschien gleich darauf mit einer kleinen Drehorgel im Arm, die er tief bekümmert auf den Tisch stellte. Lakamba machte es sich in seinem Armsessel bequem.

»Dreh, Babalatchi, dreh«, murmelte er, die Augen geschlossen.

Babalatchis Hand packte den Griff mit der Kraft der Verzweiflung, und beim Drehen verwandelte sich der Ausdruck tiefster Bedrücktheit in seiner Miene in hoffnungslose Resignation. Durch die geöffneten Fensterbalken und hinaus in die große Stille über Strom und Wald fluteten die Töne von Verdis Musik. Lakamba lauschte mit geschlossenen Augen und entzücktem Lächeln; Babalatchi drehte, nickte bisweilen ein und kippte langsam vornüber, dann fing er sich wieder angsterfüllt und machte ein paar rasche Drehungen mit dem Griff. Nach dem wilden Aufruhr fiel die Natur erschöpft in den Schlaf, während unter den unregelmäßigen Handbewegungen des Staatsmanns von Sambir der Troubadour heulte und wehklagte und seiner Leonore in einem jammervollen Kanon tränenreicher, endloser Wiederholungen immer wieder von neuem ade sagte.

Siebentes Kapitel

DER strahlende Sonnenschein des klaren, nebelfreien Morgens, der auf die stürmische Nacht gefolgt war, überflutete den Hauptweg der Siedlung, der vom flachen Ufer des Pantai zum Tor von Abdullas Kampong führte. Der Weg war an diesem Morgen menschenleer; seine dunkelgelbe, vom Getrampel vieler nackter Fußsohlen festgestampfte Oberfläche lief zwischen Gruppen von Palmen dahin, deren hohe Stämme sich in unregelmäßigen Abständen wie Gitterstäbe als kräftige schwarze Striche über ihn legten, während die eben erst aufgegangene Sonne die Schatten ihrer blattreichen Wipfel weit über die Dächer der Gebäude, die das Flußufer säumten, hinweg, ja sogar bis auf den Fluß hinaus warf, der rasch und still an den verlassenen Häusern vorüberströmte. Denn auch die Häuser waren verlassen. Auf dem schmalen Streifen niedergetretenen Grases, der von ihren offenen Türen zur Straße führte, schwelte unbehütet das morgendliche Feuer, ließ dünne, flötenförmige Rauchsäulen in die kühle Luft aufsteigen und breitete einen hauchzarten Schleier aus geheimnisvollem, blauem Dunst über die sonnenbeschienene Öde der Siedlung. Almayer, der sich soeben aus seiner Hängematte erhoben hatte, starrte verschlafen auf dieses ungewohnte Bild Sambirs und wußte nicht recht, was er von diesem Fehlen jeglichen Lebens halten sollte. Sein eigenes Haus war sehr still; weder die Stimme seiner Frau war zu hören noch das Geräusch von Ninas Schritten in dem großen Zimmer, das auf die Veranda hinausging und das er in der Gesellschaft von Weißen immer seinen *sitting-room* nannte, wenn er betonen wollte, daß auch er Anspruch auf die selbstverständlichen Annehmlichkeiten der Zivilisation erhob. Niemals saß jemand darin; es gab nichts, worauf man sich hätte setzen können, denn in ihren Anfällen von Raserei, wenn die Erinnerung an ihr Piratenleben mit ihr durchging, hatte Mrs. Almayer die Vorhänge heruntergerissen und Sarongs für die Sklavenmädchen daraus geschneidert und hatte Stück um Stück des zweifelhaften Mobiliars verheizt, um Reis für die Familie zu kochen. Im Augenblick aber dachte Almayer nicht an seine Möbel. Er dachte an Dains Rückkehr, an Dains nächtliche Unterredung mit Lakamba und ihre Auswirkung auf seine reiflich durchdachten Pläne, für die nun der Zeitpunkt der Ausführung kam. Auch daß Dain, der ihm einen frühen Besuch angesagt hatte, nicht erschien, beunruhigte ihn. Der Bursche hatte reichlich Zeit, über den Fluß zu setzen, grübelte er, und es gab heute so viel zu tun. Die Klärung von Einzelheiten betreffend den frühmorgendlichen Aufbruch am folgenden Tag; das Wassern der Boote; die tausendundein letzten Handgriffe. Denn die Ausrüstung mußte beim Start der Expedition komplett sein, nichts durfte übersehen werden, nichts sollte –

Mit einem Mal wurde er sich der ungewohnten Einsamkeit bewußt, und er ertappte sich dabei, wie er sich in der ungewöhnlichen Stille sogar danach sehnte, daß der gewöhnlich unangenehme Klang der Stimme seiner Frau das bedrückende Schweigen breche, das – so erschien es seiner geängsteten Phantasie – das Heraufkommen eines neuen Unheils ankündigte. »Was ist geschehen?« murmelte er halblaut und schlurfte in seinen Hausschuhen, die er sich nur achtlos übergestreift hatte, zum Geländer der Veranda. »Schlafen denn alle? oder ist alles tot?«

Die Siedlung war lebendig und hellwach. Sie war schon seit den frühen Morgenstunden wach gewesen – seit Mahmat Banjer in einem Anfall nie dagewesener Energie aufgestanden war, nach seiner Axt gegriffen hatte, über die schlafenden Gestalten seiner beiden Frauen hinweggestiegen und fröstelnd zum Ufer hinuntergegangen war, um sich zu vergewissern, ob das neue Haus, mit dessen Bau er gerade beschäftigt war, nicht während der Nacht von den Fluten fortgerissen worden war.

Das Haus wurde vom betriebsamen Mahmat auf einem großen Floß errichtet, und damit ihm das Treibholz, das während des Hochwassers zweifellos hier stranden würde, nichts anhaben konnte, hatte er es unmittelbar am Zusammenfluß der beiden Arme des Pantai auf der schlammigen Landzunge sicher vertäut. Mahmat ging durch das feuchte Gras, schauerte zusammen, machte brrr! und fluchte halblaut auf die Unbilden eines tätigen Lebens, das ihn von seiner warmen Couch in die Kälte des Morgens hinaustrieb. Er sah sofort, daß sein Haus immer noch da war, und er gratulierte sich zu seinem Weitblick, der es ihn aus der Gefahrenzone hatte schaffen lassen, denn das zunehmende Tageslicht fiel auf ein wirres Durcheinander aus angeschwemmten Baumstämmen, die schon zur Hälfte auf dem schlammigen Ufer lagen und deren Äste sich zu einem unförmigen Floß ineinanderverkeilt hatten, die in dem Strudel, der durch den Zusammenfluß der beiden Wasserarme entstand, hin und her schaukelten und sich aneinander rieben. Mahmat ging hinunter zum Wasser, um die Rattanvertäuung seines Hauses zu überprüfen, als die Sonne eben über den Bäumen des Uferwaldes auf der anderen Seite des Flusses aufstieg. Als er sich über die Sicherung beugte, sah er wieder gleichgültig zu dem wogenden Durcheinander aus Baumstämmen hinüber und entdeckte etwas, bei dessen Anblick ihm die Axt entglitt und er sich aufrichtete – die Hand zum Schutz vor den Strahlen der aufgehenden Sonne über den Augen. Es war etwas Rotes, und die Stämme wälzten sich darüber hinweg, nahmen es bisweilen in ihre Mitte, entzogen es manchmal dem Blick. Zuerst sah es ihm nach einem Streifen roten Stoffs aus. Im nächsten Augenblick hatte es Mahmat jedoch erkannt, und er brüllte los.

»Ah ya! Dort!« schrie Mahmat. »Dort, zwischen den Baumstämmen ist ein Mann.« Er formte mit den Händen einen Trichter, wandte sein Gesicht zur Siedlung hin und brüllte laut, wobei er jedes Wort deutlich artikulierte. »Im Fluß ist der Körper eines Mannes! Kommt her, seht ihn euch an! Ein toter – Fremder!«

Die Frauen des nächstgelegenen Hauses waren schon im Freien, machten Feuer und schälten den Reis fürs Frühstück. Sie gaben den Ruf kreischend weiter, und so ging er von Haus zu Haus, bis er sich in der Ferne verlor. Die Männer stürzten aufgeregt, aber wortlos heraus und rannten zur schlammigen Landzunge, an der die toten Hölzer schaukelten, aneinander schabten und gegeneinander stießen und sich mit der stumpfsinnigen Sturheit unbeseelter Gegenstände über den toten Fremden hinwegwälzten. Die Frauen folgten ihnen, ohne sich weiter um ihre häuslichen Pflichten oder den drohenden familiären Streit zu kümmern, während die Kinder als Nachhut vor Entzükken über die unverhoffte Aufregung jauchzten.

Almayer rief laut nach Frau und Tochter, erhielt aber keine Antwort und blieb angespannt lauschend stehen.

Das Gemurmel der Menge drang leise bis an sein Ohr und bestätigte ihm, daß etwas Ungewöhnliches passiert war. Beim Verlassen der Veranda warf er einen raschen Blick auf den Fluß hinaus und stutzte, als er ein kleines Kanu entdeckte, das vom Anlegeplatz des Rajahs auf ihn zuhielt. Der einsame Insasse (in dem er bald Babalatchi erkannte) beendete die Überfahrt knapp unterhalb des Hauses und paddelte im toten Wasser unter der Böschung zu Lingards Landesteg herauf. Babalatchi kletterte langsam heraus und machte sein Kanu mit geradezu übertriebener Sorgfalt fest, so als habe er es nicht eilig, Almayer zu treffen, der, wie er feststellte, von der Veranda zu ihm heruntersah. Sein Trödeln gab Almayer Gelegenheit, kopfschüttelnd Babalatchis offizielle Aufmachung zu bestaunen. Der Staatsmann von Sambir hatte ein Kleid angelegt, das seinem hohen Rang entsprach. Um die Hüften hatte er sich einen grellkarierten Sarong geschlungen, zwischen dessen vielen Falten der silberne Griff eines Kris vorstand, der nur bei großen Festlichkeiten und während der offiziellen Empfänge zur Schau getragen wurde. Über der linken Schulter und der ansonsten nackten Brust des bejahrten Diplomaten blinkte ein glanzlederner Gurt samt Messingplakette mit dem Wappen der Niederlande und darunter der Inschrift »Sultan von Sambir«. Ein roter Turban, dessen fransige Enden über die linke Wange und Schulter herabfielen und dem greisen Gesicht einen lächerlichen Anstrich von fidelem Draufgängertum verliehen, bedeckte Babalatchis Haupt. Als das Kanu endlich zu seiner Zufriedenheit vertäut war, richtete er sich auf, schüttelte die Falten seines Sarongs zurecht und eilte in Riesenschritten auf Almayers Haus zu, wobei er seinen langen Ebenholzstab, dessen mit wertvollen Steinen verzierter Goldknauf in der Morgensonne blitzte, im Takt auf und ab wippen ließ. Almayer wies mit der Hand nach rechts zu der für ihn verborgenen, vom Landesteg aber zur Gänze sichtbaren Landzunge.

»Oh, Babalatchi. Oh«, rief er aus, »was ist da drüben los? Kannst du etwas sehen?«

Babalatchi hielt inne und blickte gespannt zur Menschenmenge auf dem Flußufer hinüber, und kurz darauf sah der erstaunte Almayer, wie er vom Weg abbog, in der einen Hand den Sarong raffte und langsam durch das Gras zu der schlammigen Landzunge trottete. Almayer, dessen Interesse nun hellwach war, rannte die Verandastufen hinunter. Das Murmeln der Männer- und Kreischen der Frauenstimmen drang deutlich an sein Ohr, und sobald er um die Ecke des Hauses gebogen war, konnte er die Menschenmenge sehen, die auf der vorspringenden Landzunge hin und her wogte und sich interessiert um einen Gegenstand scharte. Babalatchis Stimme war deutlich zu vernehmen; die Menge wich vor dem bejahrten Staatsmann zurück und schloß sich mit erregtem Gemurmel, das sich zu lauten Schreien steigerte, um ihn.

Als sich Almayer der Menge näherte, löste sich ein Mann aus ihr und rannte an ihm vorbei zur Siedlung, ohne sich um seinen Ruf zu kümmern und stehenzubleiben, um ihm den Grund für die Aufregung zu nennen. Almayer stand am äußersten Rand dieser Ansammlung und war plötzlich zwischen unnachgiebigen Menschenmassen eingekeilt, die für seine flehentlichen Bitten, ihn durchzulassen, taub waren und seine zaghaften Versuche, zwischen ihnen hindurch zum Ufer vorzudringen, nicht einmal zur Kenntnis nahmen.

Als er sich vorsichtig und langsam vorwärtsschob,

glaubte er plötzlich, mitten im dichtesten Gedränge die Stimme seiner Frau zu vernehmen. Kaum anzunehmen, daß er Mrs. Almayers schrilles Organ verwechseln würde, aber die Worte waren zu undeutlich für ihn, als daß er ihren Inhalt hätte verstehen können. Er hielt inne und versuchte bei den Umstehenden etwas in Erfahrung zu bringen, das Sinn ergab, als ein langer, durchdringender Aufschrei die Luft zerriß und das Gemurmel der Menge sowie die Stimmen seiner Informanten zum Verstummen brachte. Almayer erstarrte momentlang wie vor Überraschung und Entsetzen zu Stein, denn nun war er sicher, daß er die Stimme seiner Frau gehört hatte, die in eine Totenklage ausgebrochen war. Ninas ungewöhnliche Abwesenheit fiel ihm wieder ein, und wie verrückt vor Angst um ihre Sicherheit drängte er blindlings und rücksichtslos nach vorne, so daß die Menge vor seinem rasenden Ansturm zurückwich und vor Überraschung und Schmerz laut aufschrie.

Auf einem kleinen, ausgesparten Flecken der Landzunge lag der Körper des Fremden, den man gerade unter den Baumstämmen hervor aus dem Wasser gezogen hatte. Ihm zur Seite stand Babalatchi, das Kinn auf den Knauf seines Stabs gestützt, die Augen unverwandt auf der unförmigen Masse aus gebrochenen Gliedern, zerfetztem Fleisch und blutverschmierten Lumpen. Als Almayer durch die Kette entsetzter Zuschauer brach, warf Mrs. Almayer gerade ihren Gesichtsschleier über das nach oben gewandte Gesicht des Ertrunkenen, kauerte sich neben ihm hin und brach neuerlich in ein Geheul aus, das die schweigende Menge zusammenschauern ließ. Der triefnasse Mahmat wandte sich an Almayer und wollte unbedingt seine Geschichte loswerden.

In der ersten Reaktion auf seine quälenden Ängste schien das Licht vor Almayers Augen zu flimmern, und er horchte den um ihn herum gesprochenen Worten nach, ohne ihren Sinn zu begreifen. Als er mit Mühe seiner Sinne wieder mächtig wurde, sagte Mahmat gerade:

»So ist das Leben, Tuan. Sein Sarong verfing sich in dem abgebrochenen Ast, und da hing er nun, den Kopf unter Wasser. Wie ich sah, was das war, hätte ich es lieber sonstwo gehabt. Ich wollte, es hätte sich losgemacht und wäre flußab getrieben. Weshalb sollten wir einen Fremden inmitten unserer Häuser begraben – bloß damit sein Geist unsere Frauen und Kinder erschreckt? Haben wir nicht schon genug Geister hier?«

An dieser Stelle wurde er von zustimmendem Gemurmel unterbrochen. Mahmat sah vorwurfsvoll zu Babalatchi hin. »Aber der Tuan Babalatchi hat mir befohlen, die Leiche an Land zu ziehen« – er sah wieder in die Runde seiner Zuhörer, sprach aber ausschließlich Almayer an – »also zog ich sie am Fuß heraus; ich hab sie durch den Schlamm herausgezogen, obwohl ich sie von Herzen gern flußabwärts hätte treiben sehen; vielleicht wäre sie sogar an Bulangis Rodung gestrandet – Schande über das Grab seines Vaters!«

Bei diesen Worten brach unterdrücktes Lachen aus, denn die Feindschaft zwischen Mahmat und Bulangi war jedermann in Sambir bekannt, und jedermann schenkte ihr sein nicht versiegendes Interesse. Plötzlich unterbrach Mrs. Almayer diese Fröhlichkeit mit neuerlichem Klagegeheul.

»Allah! Was hat denn dieses Weib?« schrie Mahmat zornig. »Da, ich habe diesen Kadaver angerührt, von dem keiner weiß, woher er kommt – und höchstwahrscheinlich habe ich mich dabei besudelt, bevor ich meinen Reis verzehrte. Ich habe das auf Tuan Babalatchis Anordnung getan, dem weißen Mann zu Gefallen. Seid Ihr mit mir zufrieden, o Tuan Almayer? Und welches wird mein Lohn sein? Tuan Babalatchi versprach mir Belohnung, und zwar durch Euch. Bedenkt, ich bin besudelt, und wenn schon nicht besudelt, so liegt vielleicht ein böser Zauber auf mir. Seht seine Fußreifen an! Wer hätte je von einer Leiche gehört, die in der Nacht zwischen Baumstämmen aufgetaucht ist und goldene Fußreifen trug? Das ist Zauberei! Sei's wie es sei«, fügte Mahmat nach einer Pause des Nachdenkens hinzu. »Ich will die Fußringe behalten, wenn Ihr es mir erlaubt, denn ich weiß ein Mittel gegen Geister und kenne keine Furcht. Gott ist groß!«

Ein neuerlicher Ausbruch lautstarken Jammers unterbrach Mahmats Redefluß. Almayers verstörter Blick wanderte von seiner Frau zu Mahmat und Babalatchi und blieb schließlich wie hypnotisiert an dem Körper hängen, der mit zugedecktem Gesicht ausgestreckt im Schlamm lag – die verstümmelten und gebrochenen Glieder auf groteske und unnatürliche Weise verrenkt, einen Arm verdreht, das Fleisch zerfetzt und an mehreren Stellen von weißen Knochen durchbohrt, während die Hand mit ihren gespreizten Fingern beinahe seinen Fuß berührte.

»Weißt du, wer das ist?« wollte er mit leiser Stimme von Babalatchi wissen.

Babalatchi starrte vor sich hin und bewegte kaum seine Lippen, so daß seine leise geflüsterte Antwort, die nur für Almayers Ohr bestimmt war, im unaufhörlichen Wehgeschrei von Mrs. Almayer unterging.

»Kismet! – Seht her, bei deinem Fuß, weißer Mann. Ich

kann an den zerfetzten Fingern da einen Ring sehen, den ich sehr gut kenne.«

Bei diesen Worten tat Babalatchi lässig einen Schritt nach vorn, trat mit seinem Fuß wie unabsichtlich auf die Hand des Leichnams und drückte sie in den weichen Schlamm. Er drohte der Menge mit seinem Stab, daß sich diese ein Stück zurückzog.

»Macht, daß ihr weiterkommt«, sagte er streng, »und schickt eure Frauen zurück ans Feuer, das sie erst gar nicht hätten verlassen dürfen, bloß um einem toten Fremden hinterherzulaufen. Das hier ist Männersache. Im Namen des Rajahs – ich nehme ihn hiermit in meinen Gewahrsam. Keiner bleibt hier, bis auf Tuan Almayers Sklaven. Und nun fort mit euch!«

Die Menge zerstreute sich widerwillig. Zuallererst die Frauen, die die Kinder wegzerrten, die sich mit ihrem ganzen Gewicht gegen die mütterliche Hand stemmten. Die Männer bummelten hinterher – in ständig wechselnden und sich neu formierenden Gruppierungen, die sich, je mehr sie sich der Siedlung näherten, auflösten, und die Vorfreude auf die morgendliche Reisration trieb sie zu immer schnelleren Schritten an, bis sie schließlich vor der eigenen Haustür standen. Einzig auf der kleinen Erhebung, von der sich das Gelände zur schlammigen Landzunge abwärtssenkte, blieben ein paar Männer – entweder Freunde Mahmats oder seine Feinde – neugierig stehen und sahen noch eine Weile zu der kleinen Gruppe hinunter, die sich um den Körper am Flußufer scharte.

»Ich weiß nicht, was du meinst, Babalatchi«, sagte Almayer. »Was ist mit dem Ring, von dem du da redest? Wer dieser arme Teufel auch sein mag – du hast seine Hand mitten in den Schlamm getreten. Zieh ihm den Schleier vom Gesicht«, sagte er nun zu Mrs. Almayer, die neben dem Kopf der Leiche kauerte, hin und her schwankte, ab und zu ihre zerzausten Locken schüttelte und leise jammerte.

»Hai!« rief Mahmat aus, der sich noch immer da herumtrieb. »Seht her, Tuan; so hat es die Stämme gegeneinander gedrückt«, dabei preßte er die Handflächen zusammen, »und der Kopf muß genau dazwischengeraten sein, und jetzt ist vom Gesicht nichts mehr übrig. Fleisch und Knochen, Nase und Lippen sind zwar noch da, und vielleicht auch die Augen – aber was was ist, kann keiner mehr feststellen. Es stand bereits am Tag seiner Geburt geschrieben, daß ihn nach seinem Tod kein Mensch solle ansehen und sagen können: ›Dies ist das Gesicht meines Freundes.‹«

»Schweig, Mahmat; das reicht jetzt!« sagte Babalatchi, »und starr nicht ununterbrochen den Fußreifen an, du Schweinefleischfresser. Tuan Almayer«, fuhr er fort und senkte dabei seine Stimme, »hast du Dain heute morgen schon gesehen?« Almayer riß erschrocken seine Augen auf. »Nein«, sagte er schnell. »Hast du ihn denn nicht gesehen? Ist er nicht beim Rajah? Ich warte auf ihn. Warum kommt er nicht?«

Babalatchi senkte traurig den Kopf.

»Er *ist* ja gekommen, Tuan. Er brach letzte Nacht noch auf, als der Sturm mächtig war und der Fluß voll Zorn redete. Die Nacht war pechschwarz, aber ein Licht in ihm wies ihm den Weg zu deinem Haus, so als wäre es eine Spazierfahrt über einen schmalen Seitenarm und als wären die vielen Baumstämme nichts als Büschel trockenes Gras. Also machte er sich auf – und nun liegt er hier.« Und Babalatchi wies mit einer Kopfbewegung zum Körper hin.

»Wie kannst du das behaupten«, sagte Almayer erregt und stieß seine Frau zur Seite. Er riß das Tuch herunter und starrte auf die formlose Masse aus Fleisch, Haaren und eintrocknendem Schlamm – dorthin, wo eigentlich das Gesicht des Ertrunkenen hätte sein sollen. »Niemand kann das mit Sicherheit sagen«, fügte er hinzu und wandte sich schaudernd ab.

Babalatchi ging in die Knie und wischte den Schlamm von den steif gewordenen Fingern der ausgestreckten Hand. Dann stand er wieder auf und hielt Almayer einen Goldring mit einem großen, grün aufblitzenden Stein unter die Nase.

»Den solltest du kennen«, sagte er. »Er wurde von Dains Hand nie abgezogen. Um ihn herunterzubekommen, mußte ich jetzt das Fleisch wegreißen. Glaubst du mir nun?«

Almayer hob seine Hände bis in Kopfhöhe und ließ sie mit dem Ausdruck tiefster Verzweiflung schlaff herunterfallen. Babalatchi beobachtete ihn neugierig und war erstaunt, daß er lächelte. Eine merkwürdige Vorstellung hatte von Almayers Gehirn Besitz ergriffen, in dem der Schmerz über dieses neuerliche Unglück raste. Es war ihm, als stürze er nun schon seit vielen Jahren in einen tiefen Abgrund. Tag um Tag, Monat um Monat, Jahr um Jahr war er gestürzt und gestürzt und gestürzt; es war ein glattes, rundes, schwarzes Loch, und die schwarzen Wände waren mit einer Schnelligkeit emporgestürzt, die ihn ermüdet hatte. Ein rasender Sturz, dessen Brausen noch in seinen Ohren widerhallte; und nun war er mit einem fürchterlichen Knall am Boden aufgeschlagen, und siehe – er war unversehrt und war am Leben, und Dain war tot, und ihm hatte es sämtliche Knochen gebrochen. Es war ein Witz! Ein toter Malaie; er hatte eine Menge toter Malaien gesehen, und er hatte nie etwas dabei empfunden; und nun empfand er den Drang zu weinen – aber das war wegen des Schicksals eines weißen Mannes, den er kannte; ein Mann, der von einer hohen Klippe gestürzt war und nicht starb. Es kam ihm irgendwie so vor, als stünde er etwas abseits und beobachtete von da aus einen gewissen Almayer, der in einem großen Schlamassel steckte. Armer, armer Teufel! Warum schneidet er sich denn nicht die Kehle durch? Er wollte ihm Mut machen; er wünschte sich inständig, ihn tot über dieser anderen Leiche liegen zu sehen. Warum stirbt er denn nicht und macht endlich Schluß mit diesem Leiden? Er stöhnte laut, ohne es zu bemerken, und schrak beim Klang der eigenen Stimme entsetzt zusammen. Verlor er den Verstand? In schierem Grauen beim Gedanken daran wandte er sich ab, rannte zu seinem Haus und sagte sich immerfort den Satz vor: »Ich verliere nicht den Verstand; natürlich nicht, nein, nein, nein!« Ganz fest wollte er sich an diesem Gedanken anklammern. Nicht den Verstand verlieren, nicht verlieren. Er rannte blindlings die Stufen hinauf und stolperte, während er immer schneller und schneller diese Worte wiederholte, in denen für ihn seine Rettung lag. Er sah Nina dastehen und wollte ihr etwas sagen, wußte dann aber in seiner entsetzlichen Angst, nur ja nicht zu vergessen, daß er den Verstand nicht verlor, nicht mehr, was es war, und so sagte er es sich immer weiter in seinem Kopf vor, als er um den Tisch herumrannte, als er gegen einen der Lehnsessel stieß, als er sich ermattet hineinfallen ließ. Er saß und starrte Nina mit irrem Blick an, und noch immer versicherte er sich im Geist, daß bei ihm alles in Ordnung war, und fragte sich, weshalb denn das Mädchen mit vor Entsetzen geweiteten Augen vor ihm zurück-schreckte. Was hatte sie denn? Das war doch lächerlich. Er knallte die geballte Faust zornig auf den Tisch und brüllte heiser: »Bring den Gin her! Aber plötzlich!« Und dann, als Nina ins Haus lief, saß er ganz still und ruhig in seinem Stuhl und war selbst erstaunt, daß er solchen Lärm ge-macht hatte.

Nina kam mit einem halbvollen Glas Gin zurück zum Vater, der geistesabwesend vor sich hin starrte. Almayer war nun sehr müde – als hätte er eine lange Reise hinter sich. Es war ihm, als wäre er an diesem Morgen meilen-weit zu Fuß gegangen und sehnte sich nun sehr nach Ruhe. Er griff mit zittriger Hand nach dem Glas, und während er trank, schlugen seine Zähne gegen das Gefäß, das er mit einem Zug leerte und schwer auf den Tisch niedersetzte. Er wandte seinen Blick langsam Nina zu, die neben ihm stand, und sagte mir ruhiger Stimme:

»Jetzt ist alles vorbei, Nina. Er ist tot, und ich kann ebensogut meine Boote verheizen.«

Er war sehr stolz, daß er das so ruhig sagen konnte. Kein Zweifel – den Verstand verlor er nicht. Diese Ge-wißheit war äußerst tröstlich, und er horchte selbstgefäl-lig seiner eigenen Stimme nach, als er fortfuhr davon zu erzählen, wie sie die Leiche gefunden hätten. Nina stand schweigend da, ihre Hand leicht auf der Schulter des Va-ters, ihr Gesicht unbewegt – und doch verrieten jede Linie dieses Gesichts und ihre Körperhaltung konzentrierte und angsterfüllte Aufmerksamkeit.

»Dann ist Dain also tot«, sagte sie kalt, als ihr Vater verstummte.

Augenblicklich verlor Almayer wieder die Selbstbe-herrschung, um die er so mühsam gerungen hatte, und seine rasende Empörung machte sich explosionsartig Luft.

»Du stehst da rum, als wärst du schon halb hin, und redest so«, schrie er, »als wär das alles nebensächlich. Ja, er ist tot! Begreifst du das? Tot! Was schert dich das? Du hast dich nie um was gekümmert; du hast mir zugeschaut, wie ich gearbeitet und geschuftet und mich abgerackert hab – und hast mit keiner Wimper gezuckt; und welche Schmerzen ich gelitten habe, das hast du nie bemerkt. Nein, nie. – Du hast kein Herz, und du hast kein Hirn – denn sonst hättest du begriffen, daß ich nur für dich gearbeitet habe, nur damit du glücklich wirst. Ich wollte reich sein; ich wollte fort von hier. Ich wollte sehen, wie sich weiße Männer vor deiner Schönheit und deinem Reichtum verneigen. Alt wie ich bin, hat es mich in ein fernes Land gezogen, in eine Gesellschaft, die mir fremd ist, um dort als Zeuge deines Reichtums, deiner Triumphe, deines Glücks ein neues Leben anzufangen. Nur deshalb habe ich geduldig die Last der Arbeit, der Enttäuschung und Erniedrigung unter diesen Wilden hier auf mich genommen, und ich hatte es schon fast geschafft.«

Er sah in das aufmerksame Gesicht seiner Tochter, sprang auf und stieß dabei den Sessel um.

»Hörst du? Ich hatte so gut wie alles beisammen: so! Ich brauchte nur noch die Hand auszustrecken.«

Er unterbrach sich und versuchte seinen aufkeimenden Ärger niederzuhalten, aber es gelang ihm nicht.

»Hast du denn keinen Funken Gefühl?« fuhr er fort. »Hast du ohne alle Hoffnung gelebt?« Ninas Schweigen machte ihn wütend; seine Stimme wurde lauter, obwohl er versuchte, seine Gefühle zu beherrschen.

»Gibst du dich damit zufrieden, in dieser Misere zu

leben und in diesem Drecksloch zu sterben? Sag was, Nina; kennst du denn gar kein Mitgefühl? Kannst du nicht irgendwas sagen, was mich irgendwie tröstet? Mich, der ich dich so sehr geliebt habe?«

Er wartete kurz auf eine Antwort, und als er keine bekam, hielt er seiner Tochter die Faust unter das Gesicht.

»Ich glaube, du bist blöde!« brüllte er.

Er sah sich nach dem Sessel um, hob ihn auf und ließ sich steif auf ihm nieder. Sein Zorn war verraucht; er schämte sich für seinen Ausbruch, und doch erleichterte ihn das Bewußtsein, daß er seiner Tochter klargemacht hatte, welchen inneren Sinn sein Leben für ihn hatte. Er war davon völlig überzeugt – irregeführt von Gefühlen bei der Bewertung seiner Motive, unfähig, das Verschlungene seines Wegs zu sehen, das Wirklichkeitsfremde seiner Ziele, das Vergebliche seiner Reue. Und jetzt erfüllte einzig die große Zärtlichkeit und Liebe zu seiner Tochter sein Herz. Er wollte sie verzweifeln sehen und seine Verzweiflung mit ihr teilen; aber das war bloß der Wunsch eines Schwächlings, der sich in seinem Elend nach dem Beistand von anderen sehnt, die an diesem Elend keine Schuld haben. Litt sie selbst auch, dann würde sie ihn verstehen und mit ihm Mitleid haben; im Augenblick wollte oder konnte sie aber kein tröstliches oder liebendes Wort für ihn und seine schreckliche Lage finden. Das Wissen um seine vollständige Einsamkeit ergriff sein Herz abermals mit einer Macht, die ihn zusammenschauern ließ. Er schwankte und fiel, Gesicht voraus, die Arme ausgestreckt und starr, vornüber auf den Tisch. Nina wandte sich mit einer raschen Bewegung ihrem Vater zu und blieb stehen; ihr Blick lag auf dem Haupt und den breiten Schultern, die von der Heftigkeit, mit der sich seine Gefühle in Schluchzen und Weinen entluden, konvulsivisch zuckten.

Nina seufzte tief und trat vom Tisch weg. Der Ausdruck steinerner Gleichgültigkeit, der bei ihrem Vater den Ausbruch von Wut und Schmerz ausgelöst hatte, wich aus ihren Gesichtszügen. In ihrem Mienenspiel vollzog sich, unbemerkt von ihrem Vater, ein rascher Wandel. Scheinbar ungerührt hatte sie zugehört, wie Almayer um Mitleid, um ein einziges Wort des Trostes gefleht hatte, und doch wurde sie von den widerstrebenden Empfindungen in ihrer Brust zerrissen, die nun so überraschend von Ereignissen geweckt wurden, die sie nicht vorhergesehen oder wenigstens nicht so früh erwartet hatte. So tief der Anblick von Almayers Elend sie auch in ihrem Herzen rührte, weil sie wußte, daß es in ihrer Macht lag, es mit einem einzigen Wort zu beenden, und weil sie diesem gequälten Herzen nichts so sehnlich wünschte wie Frieden, vernahm sie entsetzt die Stimme ihrer übermächtigen Liebe, die ihr gebot zu schweigen. Und nach einem kurzen, leidenschaftlichen Kampf zwischen dem alten Ich und dem neuen Lebensprinzip gab sie sich geschlagen. Sie hüllte sich nun in völliges Schweigen – den einzigen Schutz gegen ein fatales Eingeständnis. Sie getraute sich nicht, auch nur ein Zeichen zu geben, ein einziges Wort zu murmeln – aus Angst, sie könnte zu viel sagen; und gerade die Heftigkeit des Gefühls, durch das ihre Seele bis in die Tiefen aufgewühlt wurde, schien sie zu einer Statue erstarren zu lassen. Die geweiteten Nasenflügel und die blitzenden Augen waren die einzigen Hinweise auf den Sturm, der in ihrem Inneren tobte, aber diese Anzeichen der Gefühle seiner Tochter nahm Almayer nicht wahr, weil sein Blick von Selbstmitleid, Zorn und Verzweiflung getrübt war.

Hätte Almayer seine Tochter, die sich über das Geländer der Veranda lehnte, angeblickt, so hätte er bemerken können, wie der Anschein von Gleichgültigkeit einem Ausdruck des Schmerzes wich und wie auch dieser wieder verging, so daß schließlich ein Gesicht zurückblieb, dessen wunderbare Schönheit durch die tiefen Furchen überwacher Angst entstellt war. Das hohe Gras des verwahrlosten Hofes stand in der Mittagshitze kerzengerade aufgerichtet vor ihren Augen. Vom Flußufer her drangen Stimmen und das Schlurfen nackter Füße herüber, die sich dem Haus näherten; man hörte Babalatchi, der Almayers Männern Anweisungen gab, und das unterdrückte Gejammer von Mrs. Almayer wurde vernehmbar, als die kleine Prozession mit der Leiche des ertrunkenen Mannes unter der Führung der bekümmerten Hausherrin um die Ecke bog. Babalatchi hatte den zerbrochenen Fußreif vom Bein des Toten entfernt und trug ihn in der Hand, während er neben den Trägern einherschritt, gefolgt von Mahmat, der in der Hoffnung auf die versprochene Belohnung schüchtern hinterhertrottete.

»Legt ihn dahin«, sagte Babalatchi zu Almayers Männern und wies auf einen Stoß Bretter, die vor der Veranda trockneten. »Legt ihn dahin. Er war ein Ungläubiger und ein Hundesohn, und er war der Freund des weißen Mannes. Er hat das starke Wasser des weißen Mannes getrunken«, fügte er mit gespieltem Abscheu hinzu. »Das habe ich selbst gesehen.«

Die Männer streckten die gebrochenen Gliedmaßen auf zwei Brettern, die sie nebeneinander aufgelegt hatten, aus, Mrs. Almayer bedeckte den Leichnam mit einem Stück weißen Baumwolltuchs, und nachdem sie noch ein wenig mit Babalatchi getuschelt hatte, widmete sie sich wieder ihren häuslichen Pflichten. Als Almayers Männer ihre Last niedergelegt hatten, zerstreuten sie sich, um einen Platz im Schatten zu suchen, wo sie den Tag totschlagen konnten. Sie ließen Babalatchi bei der Leiche zurück, die starr unter dem weißen Tuch im prallen Sonnenlicht dalag.

Nina kam die Treppen herunter und gesellte sich zu Babalatchi, der die Hände an seine Stirn führte und sich respektvoll niederließ.

»Ihr habt da einen Fußreif«, sagte Nina und blickte Babalatchi ins Auge, der ihr sein Gesicht zugewandt hatte.

»Das habe ich, Mem Putih«, erwiderte der höfliche Staatsmann. Dann drehte er sich zu Mahmat, winkte ihn zu sich und rief: »Komm her da!«

Mahmat näherte sich zögernd. Er vermied es, Nina anzusehen, dafür ließ er Babalatchi nicht aus den Augen.

»Jetzt hör mir gut zu«, sagte Babalatchi scharf. »Du hast den Ring und den Fußreif gesehen, und du weißt, sie gehörten dem Händler Dain und keinem anderen. Dain ist gestern nacht in einem Kanu zurückgekehrt. Er hatte eine Unterredung mit dem Rajah, und mitten in der Nacht brach er auf, weil er den Fluß überqueren und zum Haus des weißen Mannes fahren wollte. Es hat starkes Hochwasser gegeben, und heute morgen hast du ihn im Fluß gefunden.«

»An den Füßen hab ich ihn an Land gezogen«, murmelte Mahmat leise. »Tuan Babalatchi, ich muß auf einer Belohnung bestehen«, rief er laut.

Babalatchi hielt Mahmat den goldenen Fußreif hin. »Was ich zu dir gesagt habe, ist für alle Ohren bestimmt. Doch was ich dir hier schenke, ist allein für deine Augen da. Hier, nimm!«

Mahmat griff gierig nach dem Fußreif und ließ ihn zwischen den Falten seines Hüfttuchs verschwinden. »Ich bin doch kein Narr, daß ich so etwas in einem Haus mit drei Frauen herzeige!« knurrte er. »Dafür werde ich ihnen von Dain, dem Händler, erzählen, das gibt Gesprächsstoff genug.«

Er wandte sich um, um zu gehen, und sobald er Almayers Kampong hinter sich gelassen hatte, beschleunigte er seine Schritte.

Babalatchi sah ihm nach, bis er hinter Büschen verschwunden war. »Habe ich recht gehandelt, Mem Putih?« fragte er Nina unterwürfig.

»Das hast du«, gab Nina zurück. »Den Ring kannst du selbst behalten.«

Babalatchi berührte Lippen und Stirne und rappelte sich hoch. Er blickte Nina an, so als wartete er noch auf ein Wort von ihr – aber Nina hatte sich schon umgewandt, und mit einem Wink, der ihn entließ, erklomm sie die Stufen zur Veranda.

Babalatchi hob seinen Stab auf und wollte sich empfehlen. Es war sehr warm, und die lange Überfahrt zum Haus des Rajahs war nicht nach seinem Geschmack. Und doch mußte er gehen, um dem Rajah Bericht zu erstatten – Bericht von diesem Ereignis; von den Änderungen seiner Pläne; von seinen Vermutungen. Er ging zum Landesteg und machte die Fangleinen aus Rattan von seinem Kanu los.

Der untere Flußlauf, dessen schimmernde Oberfläche von den schwarzen Punkten der Fischerboote übersät war, dehnte sich vor seinen Augen. Es schien ihm, als veranstalteten die Fischer ein Wettrennen. Babalatchi unterbrach seine Arbeit und war mit einem Mal hellwach vor

Interesse. Der Mann im ersten Kanu, das sich nun in Rufweite der ersten Häuser von Sambir befand, legte sein Paddel ins Boot, richtete sich auf und brüllte:

»Die Schiffe! Die Schiffe! Die Kriegsschiffe kommen! Sie sind hierher unterwegs!«

Im nächsten Augenblick wimmelte es in der Siedlung abermals von Menschen, die zum Flußufer hinunterrannten. Die Männer schickten sich an, ihre Boote loszumachen, die Frauen standen in Gruppen beisammen und suchten mit ihren Blicken die Flußbiegung ab. Über den Bäumen, die den Arm des Flusses säumten, erschien ein Rauchwölkchen – ein schwarzer Schmutzfleck im strahlenden Blau des wolkenlosen Himmels.

Babalatchi stand da, ratlos, in der Hand die Fangleine. Er blickte den Strom hinunter, dann hinauf zu Almayers Haus und schließlich wieder hinaus auf den Strom. Dann vertäute er sein Kanu in aller Eile, rannte zum Haus und treppauf zur Veranda.

»Tuan! Tuan!« rief er aufgeregt. »Die Schiffe kommen. Die Kriegsschiffe. Mach dich bereit! Die Offiziere kommen bestimmt hierher, ich weiß es.«

Almayer hob seinen Kopf langsam vom Tisch und starrte ihn verständnislos an.

»Mem Putih!« rief Babalatchi nun Nina zu. »Seht ihn an. Er hört nicht. Ihr müßt auf ihn aufpassen«, fügte er bedeutungsvoll hinzu.

Nina lächelte ihn unsicher an und wollte etwas sagen, aber die Worte, die sie schon auf ihren Lippen hatte, wurden vom lauten Knall der Bordkanone im Bug des Schiffes verschluckt, das in diesem Augenblick in Sicht kam. Das Lächeln erstarb und wich dem früheren Ausdruck ängstlicher Erwartung. Von den fernen Hügeln hallte das

Echo wie ein langer, klagender Seufzer zurück – so als antwortete das Land mit ihm auf die Stimme seines Gebieters.

Achtes Kapitel

DIE Neuigkeiten über die Identität des Leichnams, der nun in Almayers Kampong lag, verbreitete sich rasch in der Siedlung. Während des Vormittags trieben sich die meisten Bewohner auf der langen Straße herum, um über die mysteriöse Rückkehr und den unerwarteten Tod des Mannes zu diskutieren, der bei ihnen als der Händler bekannt war. Seine Ankunft während des Nordostmonsuns, sein langer Aufenthalt in ihrer Mitte, sein plötzlicher Aufbruch mit der Brigg, und – vor allem – das mysteriöse Auftauchen des Körpers zwischen Baumstämmen, von dem es hieß, es sei seiner, waren etwas, worüber man wieder und wieder und mit unvermindertem Interesse rätselte und redete. Mahmat ging von Haus zu Haus und von Gruppe zu Gruppe – jederzeit bereit, seine Geschichte von vorne zu erzählen: wie er den Leichnam entdeckt hatte, der sich mit dem Sarong in einer Astgabel des Baumstamms verfangen hatte; wie Mrs. Almayer, die als eine der ersten auf seine Rufe herbeigeeilt sei, ihn erkannt habe, bevor er ihn noch ans Ufer gezogen hatte; wie Babalatchi ihm befohlen hatte, ihn aus dem Wasser zu ziehen: »An seinen Füßen hab ich ihn an Land gezogen, und Kopf war keiner mehr dran«, rief Mahmat aus, »und woher hat die Frau des weißen Mannes wissen können, wer es war? Sie ist eine Hexe, das weiß doch jeder. Und habt ihr gesehen, wie der weiße Mann selbst weggelaufen ist, als er die Leiche sah? Wie ein Reh ist er gelaufen!« Und zum Vergnügen seiner Zuschauer machte

Mahmat dabei die riesigen Schritte nach, mit denen Almayer davongerannt war. Und Lohn habe es für all seine Mühe keinen gegeben. Den Ring mit dem grünen Stein habe Tuan Babalatchi behalten. »Nichts! Nichts!« Zum Zeichen seiner Entrüstung spuckte er vor sich auf den Boden und verließ die Gruppe, um sich nach neuen Zuhörern umzusehen.

Die Neuigkeiten, die sich bis in die äußersten Winkel der Siedlung verbreiteten, erreichten Abdulla in der kühlen, ruhigen Abgeschiedenheit seines Godons, wo er saß und seine arabischen Angestellten und die Männer überwachte, die die für die Fahrt ins Landesinnere bestimmten Kanus be- und entluden. Reshid, der sich auf dem Landesteg umtat, wurde von seinem Onkel herbeizitiert und fand ihn – wie gewöhnlich – sehr gelassen, ja sogar gut aufgelegt, wenn auch höchst überrascht, vor. Das Gerücht von der Aufbringung und Zerstörung von Dains Brigg hatte die Ohren des Arabers bereits drei Tage davor aus dem Mund von Meeresfischern und von Siedlern am Unterlauf des Flusses erreicht. Es war von Nachbar zu Nachbar stromauf weitergetragen worden, bis Bulangi, dessen Rodung der Siedlung am nächsten war, Abdulla, um dessen Gunst er warb, die Neuigkeit persönlich überbrachte. Aber außerdem munkelte man von einem Kampf und vom Tod Dains an Bord seines eigenen Schiffes. Und nun war die ganze Siedlung voll dem Gerede über Dains Besuch beim Rajah und von seinem Tod, als er den Fluß bei Dunkelheit überquerte, um Almayer aufzusuchen. Sie konnten das einfach nicht begreifen. Reshid fand es höchst befremdlich. Unruhe und Zweifel befielen ihn. Abdulla aber setzte mit der für das Alter typischen Abneigung gegen das Auflösen von Rätseln, und nachdem der erste Schock der Überraschung verflogen war, eine Miene der Schicksalsergebenheit auf, die ihm wohl anstand. Er stellte fest, daß der Mann nun jedenfalls tot, also nicht länger gefährlich sei. Wem nützte es denn, über die Ratschlüsse des Schicksals nachzugrübeln, besonders dann, wenn sie für die Rechtgläubigen günstig waren? Mit einem frommen Stoßseufzer zu Allah dem Allergnädigsten und Allerbarmer schien Abdulla den Vorfall als vorläufig abgeschlossen zu betrachten.

Nicht so Reshid. Er wich seinem Onkel nicht von der Seite und zupfte nachdenklich an seinem säuberlich gestutzten Bart.

»Es sind so viele Lügen im Umlauf«, murmelte er. »Er war schon einmal tot und ist wieder zum Leben erwacht, nur um hier abermals zu sterben. Bestimmt sind in ein paar Tagen die Holländer hier und machen ein Riesengeschrei wegen diesem Mann. Soll ich meinen Augen nicht eher trauen als den Zungen von Weibern und Faulpelzen?«

»Man sagt, die Leiche sei in Almayers Kampong gebracht worden«, sagte Abdulla. »Wenn du hingehen willst, mußt du's tun, bevor die Holländer hier sind. Fahr hin, wenn es schon dunkel ist. Es soll keiner behaupten, man hätte uns in letzter Zeit im Kampong dieses Mannes gesehen.«

Reshid fand, sein Onkel habe recht damit, und entfernte sich. Er lehnte sich an den Rahmen der großen Tür und ließ seinen Blick träge über den Hof hinweg und durch das offene Hoftor schweifen, das auf die Hauptstraße der Siedlung hinausging. Sie lag menschenleer, schnurgerade und gelb im herabflutenden Tageslicht. In der Mittagshitze, die vom dampfenden Erdboden abstrahlte, schienen die glatten Stämme der Palmen, die Umrisse der Häuser und – weit draußen, am anderen Ende der Straße – das Dach von Almayers Haus, das sich über den Büschen vor dem dunklen Hintergrund des Waldes abhob, zu zittern. Schwärme gelber Schmetterlinge stiegen auf und ließen sich nach kurzem Flug vor den halb geschlossenen Augen Reshids nieder, nur um gleich darauf wieder aufzusteigen. Zu seinen Füßen vernahm er das dumpfe Summen von Insekten im hohen Gras des Hofes. Er sah schläfrig vor sich hin.

Aus einem der Seitenpfade zwischen den Häusern trat eine Frau auf die Straße hinaus – eine schlanke, mädchenhafte Erscheinung, die im Schatten eines großen Tabletts dahinging, das sie auf dem Kopf balancierte. Das Bewußtsein, daß sich da etwas bewegte, riß Reshids Sinne aus dem Zustand des Halbschlafs in jenen relativer Wachheit. Er erkannte Taminah, die Sklavin von Bulangi, mit ihrem Tablett und den zum Verkauf feilgebotenen Plätzchen darauf – ein täglich wiederkehrender Anblick, der ohne Bedeutung war. Sie war auf dem Weg zu Almayers Haus. Sie konnte von Nutzen sein. Er rappelte sich hoch und lief zum Tor, von wo er ihr laut nachrief: »Taminah, oh!« Das Mädchen hielt inne, zögerte und kehrte langsam um. Reshid wartete und gab ihr ungeduldig zu verstehen, sie solle näher kommen.

Als Taminah mit niedergeschlagenen Augen neben Reshid stand, sah dieser sie eine Weile an, bevor er fragte:

»Gehst du zu Almayers Haus? Die Leute in der Siedlung behaupten, Dain, der Händler, der, den man heute früh ertrunken aufgefunden hat, liege im Kampong des weißen Mannes.«

»Davon hab ich auch schon gehört«, flüsterte Taminah,

»und heute früh habe ich am Flußufer die Leiche gesehen. Wo sie jetzt ist, weiß ich nicht.«

»Also hast du sie gesehen?« fragte Reshid eifrig. »Ist es Dain? Du hast ihn so oft gesehen – du müßtest ihn eigentlich erkennen.«

Die Lippen des Mädchens bebten, eine Zeitlang schwieg sie und atmete rasch ein und aus.

»Es ist nicht lange her, daß ich ihn gesehen habe«, sagte sie schließlich. »Was man sich da erzählt, stimmt. Er ist tot. Was willst du von mir, Tuan? Ich muß jetzt gehen.«

Eben in jenem Augenblick hörte man den Knall einer Kanone, die an Bord des Dampfschiffs abgefeuert wurde und Reshids Antwort unterbrach. Er ließ das Mädchen stehen, rannte zum Haus und stieß auf dem Weg auf Abdulla, der seinerseits zum Tor wollte.

»Die Orang Blanda kommen«, sagte Reshid, »und nun bekommen wir unseren Lohn.«

Abdulla schüttelte zweifelnd den Kopf. »Die Belohnungen der weißen Männer lassen lange auf sich warten«, sagte er. »Weiße Männer sind rasch in ihrem Zorn und langsam in ihrer Dankbarkeit. Wir werden sehen.«

Er stand am Tor und strich seinen grauen Bart und horchte auf die fernen Begrüßungsrufe am anderen Ende der Siedlung. Als Taminah sich umwandte und gehen wollte, rief er sie zurück.

»Paß auf, Kleine«, sagte er. »In Almayers Haus werden sich viele Männer versammeln. Geh du dahin und verkaufe den Seeleuten deine Plätzchen. Und mir kannst du später erzählen, was du gesehen und gehört hast. Komm vor Sonnenuntergang zurück, und ich schenke dir ein blaues Taschentuch mit roten Punkten. Geh jetzt und vergiß nicht wiederzukommen.«

Er versetzte ihr mit dem Ende seines langen Stabes einen Stoß, so daß sie davonstolperte.

»Diese Sklavin ist sehr langsam«, bemerkte er zu seinem Neffen und sah dem Mädchen mißbilligend nach.

Taminah ging weiter, auf dem Kopf das Tablett, die Augen auf den Boden geheftet. Als sie an den Häusern vorüberkam, drangen aus den offenen Türen freundliche Rufe zu ihr heraus, und man lud sie ein, hineinzukommen und ihre Ware herzuzeigen, sie aber war in Gedanken vertieft, beachtete die Rufe nicht und ließ so die Möglichkeit, etwas zu verkaufen ungenützt. Sie hatte seit den frühen Morgenstunden viel gehört und gesehen, was ihr Herz mit Freude füllte, in die sich aber auch großes Leid und große Furcht mischten. Vor Tagesanbruch, als alle außer ihr noch geschlafen hatten und bevor sie noch von Bulangis Haus aufgebrochen war, um nach Sambir hinaufzupaddeln, hatte sie draußen Stimmen vernommen. Und weil sie wußte, welche Worte da in der Dunkelheit gesagt worden waren, hatte sie nun ein Menschenleben in ihrer Hand, und auf ihrer Brust lastete eine schwere Sorge. Und doch hätten ihr elastischer Gang, ihre hochaufgerichtete Gestalt und ihr Gesicht hinter dem Schleier des täglichen Ausdrucks apathischer Gleichgültigkeit keinem verraten, daß sie unter der sichtbaren Last des Tabletts, auf dem sich die Backwaren türmten, die die sparsamen Hände von Bulangis Frauen hergestellt hatten, schwer an einer anderen Last trug. In dieser geschmeidigen Gestalt, die wie ein Bogen gespannt und deren Gang so anmutig und frei war, hinter diesen sanften Augen, die nichts als unbewußte Resignation spiegelten, schlummerten alle Gefühle und Leidenschaften, alle Hoffnungen und Ängste, der Fluch des Lebens und die Tröstungen des Tods. Und sie wußte von alledem nichts. Sie lebte wie die hohen Palmen, zwischen denen sie jetzt dahinschritt: sie strebten nach dem Licht, sehnten sich nach der Sonne, fürchteten den Sturm, ohne sich dessen bewußt zu sein. Der Sklave hatte keine Hoffnung, kannte keine Veränderung. Sie kannte keinen anderen Himmel, kein anderes Wasser, keinen anderen Wald, keine andere Welt, kein anderes Leben. Sie hatte keinen Wunsch, keine Hoffnung, keine Liebe, keine Furcht (außer der, geschlagen zu werden) und keine lebendige Empfindung (außer der des gelegentlichen Hungers – und auch die war selten, denn Bulangi war reich, und Reis gab es in diesem einsam auf seiner Rodung stehenden Haus in Hülle und Fülle). Ihr Glück war das Fehlen von Schmerzen und Hunger – und wenn sie sich trotzdem unglücklich fühlte, dann nur, weil sie müde war, müder als gewöhnlich nach der täglichen Arbeit. Dann schlief sie in den heißen Nächten des Südwestmonsuns auf der vor dem Haus über dem Fluß errichteten Plattform, traumlos unter strahlenden Sternen. Die im Haus schliefen ebenfalls: Bulangi neben der Tür, seine Frauen weiter drinnen, die Kinder bei ihren Müttern. Sie konnte ihren Atem hören, Bulangis schlaftrunkene Stimme. Den hohen Schrei eines Kindes, das sich von zärtlichen Worten gleich wieder beruhigen ließ. Und bei dem Gemurmel des Wassers unter ihr und dem Geflüster des warmen Windes über ihr schloß sie die Augen, und sie ahnte nichts vom unerschöpflichen Leben dieser tropischen Natur, das vergeblich zu ihr sprach – mit den tausend leisen Stimmen des nahen Waldes, mit dem Atem des lauen Winds; mit den schweren Düften, die in der Luft hingen; mit den gespenstisch bleichen Schemen des morgendlichen Nebels, der sie mit dem feierlichen Schweigen aller Schöpfung vor Tagesanbruch umhüllte.

Dieses Leben hatte sie vor der Ankunft der Brigg und der Fremden geführt. Sie erinnerte sich gut an diese Zeit; an den Tumult in der Siedlung, das nicht versiegende Staunen, die tage- und nächtelangen Gespräche und die Aufregung. Sie erinnerte sich daran, wie verschüchtert sie von den fremden Männern war, bis die am Ufer ankernde Brigg gewissermaßen Teil der Siedlung geworden war und die Angst sich in der Vertrautheit ständigen Umgangs abnützte. Der Besuch an Bord war von nun an eine Station auf ihrer täglichen Runde. Sie bestieg unter den ermutigenden Zurufen und mehr oder weniger anzüglichen Witzen der Männer, die an der Schiffswand lehnten, die schrägen Planken der Gangway. Dort verkaufte sie ihre Ware an eben jene Männer, die so laut geredet und sich so freizügig gebärdet hatten. Es herrschte Gedränge, ein ständiges Kommen und Gehen; Rufe gingen hin und her, Befehle wurden erteilt und schreiend ausgeführt; Flaschenzüge rasselten, Seilrollen flogen durch die Luft. Sie saß daneben, im Schatten des Sonnensegels, vor sich das Tablett, hatte den Schleier ganz vors Gesicht gezogen und empfand angesichts der vielen Männer Scheu. Sie lächelte alle Käufer an, sprach aber zu keinem und ließ ihre Witze phlegmatisch über sich ergehen. Von allen Seiten hörte sie Geschichten von fernen Ländern, von sonderbaren Sitten und noch sonderbareren Vorkommnissen. Diese Männer waren mutig; aber selbst die mutigsten unter ihnen redeten noch voll Furcht von ihrem Anführer. Oft ging der Mann, den sie ihren Gebieter nannten, an ihr vorüber, mit erhobenem Haupt und undurchdringlicher Miene, dem Stolz der Jugend, dem Blitzen reicher Gewänder und dem Klingeln von goldenem Zierat, während alle anderen zurückwichen, begierig, ihm jeden Wunsch von den Lippen abzulesen. Dann schien ihr ihr ganzes inneres Leben in die Augen zu steigen, und unter ihrem Schleier starrte sie ihn an, verzaubert und doch voll Angst, sie könnte seine Aufmerksamkeit auf sich ziehen. Eines Tages nahm er von ihr Notiz und fragte: »Wer ist dieses Mädchen?« – »Eine Sklavin, Tuan! Ein Mädchen, das Kuchen verkauft«, gab ein Dutzend Stimmen gleichzeitig zur Antwort. Sie erhob sich in Panik, um an Land zu rennen. Er rief sie zurück – und als sie zitternd und mit gesenktem Kopf vor ihm stand, redete er sie freundlich an, hob ihr Kinn, sah ihr in die Augen und schenkte ihr ein Lächeln. »Hab keine Angst«, sagte er. Später richtete er nie mehr das Wort an sie. Irgend jemand rief vom Flußufer etwas herüber. Er wandte sich ab und vergaß, daß es sie gab. Taminah erblickte Almayer, der mit Nina am Arm am Flußufer stand. Sie hörte Ninas fröhliche Stimme rufen und sah, wie Dains Gesicht vor Freude in die Breite ging, als er ans Ufer sprang. Seit damals haßte sie den Klang dieser Stimme.

Von diesem Tag an stellte sie ihre Besuche in Almayers Kampong ein und verbrachte die Mittagsstunden im Schatten des Sonnensegels der Brigg. Sie erwartete sein Kommen, und ihr Herz klopfte immer schneller und schneller, wenn er tatsächlich kam, und steigerte sich zu einem wilden Aufruhr neuerwachter Gefühle des Jubels, der Hoffnung und der Ängste, der mit dem Verschwinden von Dains Gestalt wieder abebbte und sie ermattet zurückließ – so als hätte sie einen Kampf hinter sich, nach dem sie lange und, traumbefangen vor Müdigkeit, ganz still dasaß. Am Nachmittag paddelte sie langsam heimwärts, ließ ihr Kanu mit der trägen Strömung des stillen Stauwassers dahintreiben. Das Paddel hing unnütz im

Wasser, wenn sie, das Kinn in die Hand gestützt, die Augen weit offen, im Heck saß und aufmerksam dem Flüstern ihres Herzens lauschte, das immer mehr zu einem süßen, wohlklingenden Gesang anzuschwellen schien. Noch beim Reisschälen zu Hause horchte sie diesem Gesang nach. Er machte ihre Ohren unempfindlich für das Kreischen der streitenden Frauen Bulangis und den Lärm der gegen sie gerichteten Vorwürfe. Und kurz bevor die Sonne am Horizont versank und sie zum Badeplatz hinunterging, hörte sie ihn, wenn sie im weichen Gras des flachen Ufers stand und, zu ihren Füßen ihr Gewand, das Spiegelbild ihrer Figur auf der gläsernen Oberfläche des Flusses betrachtete. Und sie horchte ihm nach, wenn sie mit nassem, bis zu den Schultern herabfallendem Haar zurückging; und wenn sie sich unter den strahlenden Sternen zum Schlafen niederlegte, schloß sie beim Gemurmel des Wassers unter und des warmen Windes über ihr die Augen; beim Klang der Stimme der Natur, die durch das sanfte Rauschen des großen Waldes zu ihr sprach, und beim Gesang ihres Herzens.

Sie hörte es und verstand es doch nicht und schlürfte die traumhafte Lust ihrer neuen Existenz, ohne sich über ihre Bedeutung oder ihr Ziel Gedanken zu machen – bis ihr der Schmerz und die Wut ihr Leben voll zu Bewußtsein brachten. Und sie litt fürchterlich, als sie Ninas langes Kanu, das die Liebenden in die weißen Nebel über dem großen Fluß hinaustrug, zum ersten Mal lautlos am Haus Bulangis, das noch im Schlaf lag, vorübergleiten sah. Ihre Eifersucht und ihr Zorn erreichten ihren Höhepunkt in einem Anfall körperlichen Schmerzes, der sie am Ufer niederwarf, wo sie keuchend, in der dumpfen Agonie eines verwundeten Tiers liegenblieb. Aber sie lebte ihr

Leben geduldig weiter im Teufelskreis der Sklaverei, kam ihren Pflichten Tag um Tag mit all dem Pathos namenlosen Leids nach, das – namenlos auch für sie selbst – tief in ihrer Brust verschlossen war. Sie zuckte vor Nina zurück wie vielleicht vor der scharfen Klinge eines Messers, die ihr ins Fleisch drang, aber sie stellte ihre Besuche auf der Brigg nicht ein und nährte so ihre stumme, unwissende Seele an der eigenen Verzweiflung. Sie sah Dain viele Male. Nie hatte er einen Blick, nie ein Wort. Konnten seine Augen nur das Bild einer einzigen Frau aufnehmen? Konnten seine Ohren nur die Stimme einer einzigen Frau hören? Von ihr nahm er nie Notiz – nicht ein einziges Mal.

Und dann ging er fort. Zum letzten Mal sah sie ihn und Nina an jenem Morgen, als Babalatchi während der Kontrolle seiner Fischreusen die Tochter des weißen Mannes einer Liebesbeziehung zu Dain verdächtigte, was sich auch über alle Zweifel hinaus bestätigte. Dain war verschwunden, und Taminahs Herz, in welchem unnütz und gelt die Saat aller Liebe und allen Hasses lag, der Keim aller Leidenschaften und Opfer, vergaß, nunmehr ohne die Hilfe seiner Sinne, seine Freuden und seine Leiden. Ihr halb geformter, halb wilder Verstand, der Sklave ihres Körpers (der seinerseits der Sklave eines fremden Willens war), vergaß das blasse und verschwommene Bild des Ideals, das seine Existenz dem physischen Verlangen ihrer ungezügelten Natur verdankte. Sie fiel zurück in die Lethargie ihres früheren Lebens und fand Trost – ja, sogar eine Art Glückseligkeit – beim Gedanken daran, daß Nina und Dain nun voneinander getrennt waren, und das wahrscheinlich für immer. Er würde vergessen. Dieser Gedanke linderte die letzten Stiche schwindender Eifersucht, der nunmehr die Nahrung fehlte – und Taminah fand Frieden.

Es war die trostlose Ruhe einer Wüste, in der nur deshalb Frieden herrscht, weil es kein Leben gibt.

Und nun war er zurückgekehrt. Sie hatte ihn an der Stimme erkannt, die in der Nacht laut nach Bulangi gerufen hatte. Sie war hinter ihrem Herrn herausgekrochen, um ihrem berauschenden Klang näher zu sein. Dain war in einem Boot und redete mit Bulangi. Taminah, die mit angehaltenem Atem lauschte, hörte auch noch eine zweite Stimme. Die berauschende Freude, von der sie noch vor einer Stunde geglaubt hatte, sie würde ihr rasend schlagendes Herz zerspringen lassen, verflog, und zurück blieb jener alte, quälende körperliche Schmerz, unter dem sie schon einmal beim Anblick von Dain und Nina gelitten hatte, und ließ sie erschauern. Nun sprach Nina, die abwechselnd kategorisch Befehle erteilte, dann wieder flehentlich bettelte, während Bulangi abwechselnd rundweg abschlug, Protest einlegte und schlußendlich nachgab. Er ging ins Haus, um von dem Stoß Paddel hinter der Türe eines zu nehmen. Draußen ging das Stimmengemurmel der beiden weiter, und dann und wann schnappte sie ein Wort auf. Sie entnahm ihm, daß er auf der Flucht vor weißen Männern war, daß er ein Versteck suchte und in Gefahr war. Aber sie hörte auch Worte, die aufs neue die rasende Eifersucht weckten, die so viele Tage in ihrer Brust geschlummert hatte. Während sie in der pechschwarzen Dunkelheit zusammengekauert zwischen pechschwarzen Pfosten hockte, hörte sie im Boot flüstern, daß alle Mühe, alle Entbehrung und Gefahr, ja, das Leben selbst nichts galten, wenn der Lohn ein – und sei es noch so flüchtiger – Moment der liebenden Umarmung war, ein Blick aus diesen Augen, der Hauch dieses Atems, die Berührung dieser sanften Lippen. Dies sagte Dain, der im

Boot saß und Ninas Hände hielt, während sie auf Bulangis Rückkehr warteten; und Taminah, die sich am glitschigen Pfeiler festhielt, war es, als würde sie vom eigenen Gefühl erdrückt, hinunter, ins schwarze ölige Wasser zu ihren Füßen. Sie wollte schreien, auf die beiden losstürzen und ihre nebelhaften Schatten auseinanderreißen, Nina ins stille Wasser stoßen, sich ganz fest an sie anklammern und auf den Grund drücken, wo sie dieser Mann nicht würde finden können. Sie konnte nicht schreien, konnte sich nicht bewegen. Dann waren über ihr auf der Plattform aus Bambusrohr Schritte zu hören; sie sah, wie Bulangi in sein kleinstes Boot stieg und vorausfuhr, gefolgt vom anderen Boot, in dem Dain und Nina paddelten. Ihre schemenhaften Gestalten tauchten die Paddel verstohlen und leise klatschend ins Wasser, glitten an ihren schmerzenden Augen vorüber und verschwanden im Dunkel des Wasserarms.

Sie verharrte da, in Kälte und Nässe, ohnmächtig, sich zu bewegen, atmete unter Qualen, weil das Gewicht der geheimnisvollen Hand des Schicksals, das so schwer auf ihren schmalen Schultern lag, sie zu erdrücken drohte, und sie zitterte und fühlte ein Feuer in sich brennen, das aus ihrem eigensten Leben Nahrung zog. Als der anbrechende Tag ein goldenes Band über der schwarzen Silhouette der Wälder ausgebreitet hatte, hob sie ihr Tablett hoch und brach zur Siedlung auf, aber sie machte sich nur aus der Macht der Gewohnheit ans Werk. Noch bevor sie in Sambir war, bemerkte sie, daß alles in Aufregung war, und einen Augenblick lang stutzte sie, als sie hörte, man hätte Dains Leiche aufgefunden. Das stimmte natürlich nicht. Sie wußte es nur zu gut. Sie bedauerte, daß er nicht tot war. Es hätte ihr wohl getan, wenn Dain tot gewesen wäre, nur damit er von dieser Frau getrennt war – von allen Frauen. Sie empfand den heftigen Wunsch, Nina zu sehen, obwohl sie nicht wußte, wozu. Sie haßte sie, sie fürchtete sie, und sie fühlte den unwiderstehlichen Drang, der sie zu Almayers Haus trieb, damit sie das Gesicht der weißen Frau ansehe, damit sie ihre Augen aus der Nähe betrachte, damit sie diese Stimme wieder höre – wegen deren Klang Dain bereit war, seine Freiheit, ja, sein Leben zu riskieren. Sie hatte sie viele Male gesehen; sie hatte ihre Stimme in den vergangenen Monaten jeden Tag gehört. Was hatte sie Besonderes an sich? Was war an dieser Person, daß ein Mann so redete, wie Dain geredet hatte, daß er für alle anderen Gesichter blind, für alle anderen Stimmen taub war?

Sie ließ die Menschenmenge am Ufer zurück und wanderte ziellos zwischen den verlassenen Häusern umher und widerstand dem Drang, der sie zu Almayers Kampong trieb, um in Ninas Augen das Geheimnis des eigenen Elends zu entdecken. Die Sonne, die nun höher stieg, verkürzte die Schatten und flutete mit ihrem Licht und ihrer erstickenden Hitze über sie hinweg, wenn sie aus dem Schatten ins Licht hinüberwechselte und aus dem Licht in den Schatten, zwischen den Häusern, den Büschen, den hohen Bäumen – immer unbewußt auf der Flucht vor den Qualen ihres Herzens. In ihrem abgrundtiefen Elend fand sie die Worte nicht, um um Erlösung zu flehen, denn sie hatte keinen Himmel für ihr Gebet, und so schleppte sie sich müde fort, stumm vor Staunen und Entsetzen über die Ungerechtigkeit, mit der ihr grundlos und gnadenlos Leiden aufgebürdet worden waren.

Das kurze Gespräch mit Reshid, der Vorschlag Abdullas beruhigten sie ein wenig und lenkten ihre Gedanken in eine andere Richtung. Dain war in Gefahr. Er versteckte sich vor weißen Männern. So viel hatte sie in der vergangenen Nacht mitbekommen. Alle glaubten, er wäre tot. Sie wußte, daß er lebte, und kannte sein Versteck. Was wollten die Araber über die Weißen herauskriegen? Was hatten die Weißen mit Dain vor? Wollten sie ihn umbringen? Sie konnte ihnen alles erzählen – nein, sie würde nichts sagen, und in der Nacht würde sie ihn aufsuchen und ihm sein Leben für ein Wort, ein Lächeln, ja, sogar für eine Geste verkaufen, und weit weg von Nina, in fernen Ländern, würde sie seine Sklavin sein. Doch es drohten bestimmte Gefahren. Der einäugige Babalatchi, der alles wußte; die Frau des weißen Mannes – sie war eine Zauberin. Vielleicht würden sie etwas weitererzählen. Und außerdem war da noch Nina. Sie mußte sich beeilen – dann würde sie weitersehen.

In ihrer Ungeduld wich sie vom Weg ab und rannte durchs Unterholz zwischen den Palmen zu Almayers Haus. Sie gelangte an seine Rückseite, wo ein schmaler Graben, der mit stehendem Wasser – Überschuß aus dem Strom – gefüllt war, Almayers Kampong vom Rest der Siedlung trennte. Mit seinem dichten Bewuchs aus Büschen verbarg das Ufer den großen Hof mit dem Küchenschuppen. Darüber stiegen ein paar dünne Rauchsäulen auf, und der Klang fremdländischer Stimmen von weiter hinten verriet ihr, daß die Seeleute vom Kriegsschiff bereits gelandet waren und nun zwischen Graben und Haus lagerten. Von links kam eine Sklavin Almayers zum Graben herunter und beugte sich über das glitzernde Wasser, um einen Kessel auszuwaschen. Rechts zitterten und wiegten sich die Wipfel der Bananenplantage, die über die Büsche emporsahen, unter den Griffen unsichtbarer Hände, die die Früchte abpflückten. Auf dem stillen Gewässer war eine Gruppe von Kanus angepflockt, die gerade da, wo Taminah stand, eine beinahe lückenlose Brücke bildeten. Die Stimmen im Hof schwollen von Zeit zu Zeit an, explodierten in Zurufen, Antworten und Gelächter, verstummten zu völligem Schweigen, das gleich wieder durch neuerliche Schreie unterbrochen wurde. Ab und zu wurden die dünnen, blauen Rauchsäulen dicker und schwärzer, stiegen rasch hoch und trieben in mächtigen, übelriechenden Wolken über den Bach zu ihr hin, hüllten sie einen Augenblick lang ein und drohten sie zu erstikken; wenn das frische Holz schließlich hell aufloderte, löste sich der Rauch im strahlenden Sonnenschein auf, und von den prasselnden Feuern wehte nur mehr der Duft würzig riechenden Holzes herüber.

Taminah stellte ihr Tablett auf einen Baumstumpf und verharrte da – den Blick auf Almayers Haus gerichtet, von dem das Dach samt Partien einer weißgetünchten Wand über die Büsche emporragte. Die Sklavin war mit ihrer Arbeit fertig, sah eine Weile neugierig zu Taminah hin und machte sich durch dichtes Buschwerk wieder auf den Weg zurück zum Hof. Jetzt war Taminah von völliger Stille umgeben. Sie warf sich auf den Boden und verbarg ihr Gesicht in den Händen. Jetzt, so nahe am Ziel, hatte sie nicht den Mut, Nina zu sehen. Jedesmal, wenn der Stimmenlärm aus dem Hof laut an ihr Ohr schlug, überlief es sie kalt bei der Vorstellung, Ninas Stimme könnte darunter sein. Sie beschloß, sich bis zum Einbruch der Dunkelheit nicht von hier wegzurühren und dann direkt zu Dains Versteck zu gehen. Von ihrem Standort aus konnte sie die Bewegungen der weißen Männer verfolgen, die Bewegungen Ninas und aller Freunde und Feinde Dains. Sie haßte sie alle unterschiedslos, denn sie würden ihn von ihr wegbringen, so daß er für sie unerreichbar wäre. Im Gras versteckt, wartete sie ungeduldig auf den Sonnenuntergang, der sich so viel Zeit zu lassen schien.

Auf Almayers gastfreundliche Aufforderung hin hatte die Besatzung der Fregatte auf der anderen Seite des Grabens hinter den Büschen neben lodernden Feuern ihr Lager aufgeschlagen. Almayer, den Ninas flehentliche Bitten und Sturheit aus seiner Apathie gerissen hatten, hatte es noch rechtzeitig bis zum Landesteg hinunter geschafft, um die Offiziere nach ihrer Landung zu empfangen. Der befehlshabende Leutnant nahm die Einladung in sein Haus an – mit dem Hinweis, der Grund ihrer Anwesenheit sei ohnedies Almayer, und dem Zusatz, außerdem sei er eben nicht gerade erfreulich. Almayer hörte kaum hin. Er schüttelte ihnen geistesabwesend die Hände und führte sie auf dem Weg zum Haus an. Er war sich kaum bewußt, mit welch höflichen Worten er die Fremden willkommen geheißen und daß er sie dann – nur um ja unbefangen zu scheinen – mehrmals wiederholt hatte. Die Hektik ihres Gastgebers entging den Offizieren nicht, und mit leiser Stimme vertraute der Kommandant seinem Untergebenen seine Zweifel an Almayers Nüchternheit an. Der junge Unterleutnant lachte und erwiderte flüsternd, er hoffe nur, die Alkoholisierung des weißen Mannes würde nicht so weit gehen, daß er es unterließe, ein paar Erfrischungen anzubieten. »Er sieht nicht besonders gefährlich aus«, fügte er hinzu, während sie hinter Almayer die Stufen zur Veranda hinaufstiegen.

»Nein; sieht mir eher nach einem Narren als nach einem Spitzbuben aus. Ich hab schon von ihm gehört«, antwortete der ältere.

Sie setzten sich an den Tisch. Almayer bereitete zitternd Cocktails mit Gin zu, bot sie reihum an, sprach selbst fleißig zu, wobei er sich bei jedem ‚Schluck stärker, gefaßter und besser imstande glaubte, allen Unbilden seiner Lage die Stirn zu bieten. Da er keine Ahnung hatte, welches Schicksal die Brigg ereilt hatte, hegte er bezüglich des eigentlichen Zwecks dieses Besuches der Offiziere keinerlei Verdacht. Er hatte den allgemeinen Eindruck, daß etwas über den Schießpulverhandel durchgesickert sein müsse, befürchtete aber nichts, was über einen kurzfristigen Ärger hinausgehen könnte. Nachdem er sein Glas geleert hatte, fing er an unbeschwert draufloszuplappern, warf ein Bein lässig über die Lehne und ließ sich in seinen Stuhl zurücksinken. Der Leutnant, der, einen glimmenden Stumpen im Mundwinkel, rittlings auf seinem Stuhl saß, hörte ihm, versteckt hinter den dichten Rauchschwaden, die zwischen seinen zusammengekniffenen Lippen hervorquollen, listig lächelnd zu. Der junge Unterleutnant stützte sich mit beiden Ellbogen auf den Tisch und sah, Kopf in den Händen, apathisch vor Müdigkeit und Gin, schläfrig zu. Almayer sprach weiter:

»Es ist mir ein großes Vergnügen, Gesichter von Weißen um mich zu haben. Ich lebe schon seit vielen Jahren in größter Isolation hier. Die Malaien sind keine Gesellschaft für einen Weißen, verstehen Sie; außerdem sind sie unfreundlich; sie verstehen unsere Lebensart nicht. Mordshalunken sind das. Ich glaube, ich bin der einzige Weiße an der Ostküste, der ständig hier lebt. Manchmal kommen Besucher aus Makassar oder Singapur – Händler, Kommissionäre, Forschungsreisende –, aber sie sind rar. Vor mehr als einem Jahr war ein Naturforscher hier. Er lebte in meinem Haus, trank von früh bis spät. Er hat

ein paar freudlose Monate hier verlebt, und als der mit-
gebrachte Schnaps ausgetrunken war, kehrte er mit einem
Bericht über die Bodenschätze im Landesinneren nach
Batavia zurück. Hahaha! Gut – nicht wahr?«

Er unterbrach sich unvermittelt und starrte seine Gäste
mit leerem Blick an. Sie lachten, und er sagte die alte
Geschichte vor sich hin: »Dain tot, all meine Pläne zunichte. Das Ende aller Hoffnungen, das Ende überhaupt.«
Er verzagte. Ihm war totenübel.

»Sehr gut. Kapital!« riefen die beiden Offiziere.

Mit einem neuerlichen Wortschwall rettete sich Almayer aus seiner Verzweiflung.

»Hallo! Wie wär's mit 'nem Abendessen? Sie haben
doch einen Koch mit. Gut so. Im anderen Hof ist ein
Küchenschuppen. Ich kann Ihnen eine Gans anbieten.
Sehen Sie sich meine Gänse an – die einzigen Gänse ent-
lang der Ostküste, vielleicht auf der ganzen Insel. Ist das
Ihr Koch? Ausgezeichnet. Ali, zeig diesem Chinesen die
Küche und sag Mrs. Almayer, sie soll Platz für ihn ma-
chen. Meine Gattin kommt nicht heraus, meine Herren.
Vielleicht meine Tochter. Genehmigen Sie sich inzwischen
noch einen. Es ist heute sehr heiß.«

Der Leutnant nahm die Zigarre aus dem Mund, prüfte kri-
tisch die Asche, stippte sie ab und wandte sich an Almayer.

»Wir müssen mit Ihnen noch eine etwas unerfreuliche
Angelegenheit erledigen«, sagte er.

»Tut mir leid«, gab Almayer zurück. »Aber es ist doch
sicher nichts weiter Ernstes.«

»Wenn Sie meinen, daß der Versuch, wenigstens vierzig
Mann in die Luft zu jagen, nichts weiter Ernstes ist – dann
werden Sie wahrscheinlich nicht viele finden, die sich dieser
Meinung anschließen«, erwiderte der Offizier schneidend.

»In die Luft jagen? Was? Ich weiß nicht, wovon Sie reden«, rief Almayer. »Wer hat das denn getan – oder wer hat das versucht?«

»Ein Mann, mit dem Sie Geschäfte gemacht haben«, gab der Leutnant zur Antwort. »Man kannte ihn hier unter dem Namen Dain Maroola. Sie haben ihm das Schießpulver verkauft, das er auf der Brigg hatte, die wir aufgebracht haben?«

»Woher haben Sie das von der Brigg gewußt?« fragte Almayer. »Ich hatte keine Ahnung vom Schießpulver, das er geladen haben soll.«

»Ein hiesiger arabischer Händler hat die Informationen über Ihre Machenschaften vor ein paar Monaten nach Batavia gemeldet«, sagte der Offizier. »Wir haben die Brigg auf offenem Meer abgewartet, aber an der Flußmündung ging uns der Bursche durch die Lappen, so daß wir ihn nach Süden hinunterjagen mußten. Wie er uns gesichtet hat, hat er die Brigg zwischen die Riffe gesteuert und stranden lassen. Die Mannschaft ist in Booten entkommen, bevor wir sie noch in die Finger kriegten. Als sich unsere Boote der Brigg näherten, flog sie in einer riesigen Explosion in die Luft; eins der Boote, das schon zu nahe war, wurde versenkt. Zwei Männer ertranken – das ist das Resultat Ihrer waghalsigen Machenschaften, Mr. Almayer. Wir wollen jetzt diesen Dain, und wir haben guten Grund anzunehmen, daß er sich in Sambir versteckt hält. Wissen Sie, wo er ist? Sie täten besser dran, sich mit den Behörden gut zu stellen und mir gegenüber absolut offen zu sein. Wo steckt dieser Dain?«

Almayer stand auf und trat ans Geländer der Veranda. Er schien nicht über die Frage des Offiziers nachzudenken. Er blickte auf den Leichnam hinunter, der starr unter dem weißen Tuch ausgestreckt lag, über das die zwischen den Wolken im Westen untergehende Sonne ihr blasses, rötliches Licht warf. Der Leutnant wartete auf die Antwort und sog hastig an seiner halberloschenen Zigarre. Hinter ihnen deckte Ali geräuschlos den Tisch, legte mit weihevollem Ernst das schlecht zusammenpassende und schäbige Geschirr auf, die Blechlöffel, die Gabeln mit den abgebrochenen Zinken und die Messer mit den sägeartigen Schneiden und losen Griffen. Er hatte fast schon vergessen, wie man den Tisch für weiße Männer deckt. Er war gekränkt; Mem Nina weigerte sich, ihm zu helfen. Er trat einen Schritt zurück, um sein Werk zu bewundern, und war sehr stolz. So muß es passen; und wenn der Herr nachher wütend ist und flucht – um so schlimmer für Mem Nina. Warum half sie ihm nicht? Er verließ die Veranda, um das Essen zu bringen.

»Nun, Mr. Almayer, wollen Sie mir meine Frage so offen beantworten, wie sie Ihnen gestellt wurde?« fragte der Leutnant nach längerem Schweigen.

Almayer wandte sich um und sah seinen Gesprächspartner fest an: »Wenn Sie diesen Dain erwischen – was werden Sie mit ihm tun?« fragte er.

Das Gesicht des Offiziers lief rot an. »Das ist keine Antwort«, sagte er ärgerlich.

»Und was werden Sie mit mir tun?« fuhr Almayer fort, ohne auf seinen Einwurf zu achten.

»Haben Sie etwa vor, zu handeln?« knurrte der andere. »Da wären Sie schlecht beraten, das kann ich Ihnen versichern. Im Augenblick habe ich noch keine Anweisungen, was Ihre Person angeht, aber wir erwarten von Ihnen, daß Sie uns helfen, diesen Malaien zu erwischen.«

»Ah!« unterbrach Almayer, »so einfach ist das also: Sie sind ohne mich aufgeschmissen, und ich, der ich diesen Mann gut kenne, soll Ihnen dabei helfen, ihn zu finden.«

»Genau das erwarten wir«, bestätigte der Offizier. »Sie haben das Gesetz gebrochen, Mr. Almayer, und sollten sich dafür erkenntlich zeigen.«

»Und sich damit den Hals aus der Schlinge ziehen?«

»Nun – gewissermaßen. Ihr Hals ist allerdings nicht in Gefahr«, sagte der Leutnant und lachte kurz.

»Ausgezeichnet«, sagte Almayer. »Ich werde Ihnen den Mann übergeben.«

Die beiden Offiziere sprangen auf und suchten ihre Dolche, die sie abgelegt hatten. Almayer lachte heiser.

»Nicht so hastig, meine Herren!« rief er aus. »Ich bestimme, wann und wie. Nach dem Essen sollen sie ihn haben.«

»Das ist doch absurd«, drängte der Leutnant. »Mr. Almayer, es handelt sich hier um keinen Scherz. Der Mann ist ein Verbrecher. Er hat den Strick verdient. Während wir hier essen, ist er vielleicht schon über alle Berge. Das Gerücht von unserer Ankunft –«

Almayer schritt zum Tisch. »Gentlemen, ich gebe Ihnen mein Ehrenwort, daß er nicht entkommen soll; ich habe ihn in Gewahrsam gebracht.«

»Die Verhaftung sollte noch vor Einbruch der Dunkelheit erfolgen«, bemerkte der junge Unterleutnant.

»Im Falle des Mißlingens werde ich Sie zur Verantwortung ziehen. Wir sind bereit, können im Augenblick aber ohne Sie nichts unternehmen«, fügte der ältere offensichtlich verärgert hinzu.

Almayer bestätigte das mit einer zustimmenden Geste.

»Auf mein Ehrenwort«, wiederholte er dunkel. »Und nun wollen wir essen«, fügte er forsch hinzu.

Nina trat durch die Türöffnung und blieb einen Augenblick lang stehen, in der Hand den Vorhang, den sie für Ali und die alte Malaiin aufhielt, die die Speisen auftrugen; dann trat sie zu den drei Männern, die um den Tisch standen.

»Gestatten Sie«, sagte Almayer übertrieben. »Dies ist meine Tochter. Nina, diese Herren hier sind Offiziere von der Fregatte draußen und haben mir die Ehre erwiesen, meine Gastfreundschaft in Anspruch zu nehmen.«

Nina beantwortete die tiefen Verbeugungen der beiden Offiziere, indem sie ihren Kopf leicht neigte, und nahm ihren Platz am Tisch, gegenüber ihrem Vater, ein. Man setzte sich. Der Steuermann des Dampfschiffs kam herauf und brachte ein paar Flaschen Wein.

»Sie erlauben, daß ich das auf den Tisch stellen lasse?« sagte der Leutnant zu Almayer.

»Was? Wein? Sie sind ja zu freundlich. Wirklich. Ich besitze selbst keinen. Schlechte Zeiten.«

Bei den letzten Worten schwankte Almayers Stimme. Der Gedanke, daß Dain tot war, durchfuhr ihn von neuem, und er hatte das Gefühl, eine unsichtbare Hand packe ihn an der Kehle. Während sie den Wein entkorkten, griff er nach der Ginflasche und tat einen kräftigen Zug. Der Leutnant, der sich gerade mit Nina unterhielt, warf ihm einen raschen Seitenblick zu. Der junge Unterleutnant erholte sich allmählich vom Erstaunen und der Verwirrung, die Ninas unerwartetes Auftreten und große Schönheit bei ihm ausgelöst hatten. ›Sie ist sehr schön und beeindruckend‹, dachte er, ›aber eben doch nur ein Mischling‹. Bei diesem Gedanken schöpfte er Mut und sah Nina von der Seite an. Nina beantwortete die höflichen Fragen des älteren Offiziers betreffend Land und Lebensweise mit unbewegter Miene und mit leiser, monotoner Stimme. Almayer stieß seinen Teller weg und trank schweigend und mit düsterer Miene den Wein seiner Gäste.

Neuntes Kapitel

SOLL ich glauben, was du mir da erzählst? Das hört sich ja wie ein Märchen von den Lippen einer Frau an, das für Männer bestimmt ist, die halbschlafen am Lagerfeuer zuhören.«

»Wen sollte ich hier wohl täuschen wollen, o Rajah?« gab Babalatchi zurück. »Ohne dich bin ich nichts. Alles, was ich dir berichtet habe, halte ich für wahr. Jahrelang hast du deine schützende Hand über mich gehalten. Jetzt ist nicht die Zeit, mir zu mißtrauen. Es besteht höchste Gefahr. Auf der Stelle sollten wir uns beraten und dann handeln – noch bevor die Sonne untergeht.«

»Das stimmt. Das stimmt«, murmelte Lakamba nachdenklich. Sie waren während der vergangenen Stunde im Empfangszimmer des Rajah gesessen, denn Babalatchi hatte, gleich nachdem er Zeuge der Landung der holländischen Offiziere geworden war, den Fluß überquert, um seinen Herrn und Gebieter über die morgendlichen Vorkommnisse zu unterrichten und mit ihm zu beratschlagen, welche Strategie sie angesichts der veränderten Umstände nunmehr verfolgen sollten. Beide erfüllte die unerwartete Entwicklung der Lage mit Schrecken und Ratlosigkeit. Der Rajah, der mit untergezogenen Beinen auf seinem Stuhl saß, blickte starr zu Boden; Babalatchi hockte in einer Haltung, die tiefste Niedergeschlagenheit verriet, knapp neben ihm.

»Und wo, sagst du, versteckt er sich im Augenblick?« Lakambas Frage brach endlich das von düsteren Vorahnungen erfüllte Schweigen, in dem die beiden lange versunken waren.

»Auf Bulangis Rodung – und zwar auf der, die von seinem Haus am weitesten entfernt ist. Heute nacht sind sie dahin. Die Tochter des weißen Mannes hat ihn hingebracht. Das hat sie ganz offen zugegeben, weil sie eine halbe Weiße ist und keinen Anstand kennt. Sie sagte, sie habe auf ihn gewartet, während er hier gewesen sei; dann, nach langer Zeit, sei er aus der Dunkelheit hervorgetreten und erschöpft zu ihren Füßen niedergefallen. Wie ein Toter sei er dagelegen, sie aber habe ihn in ihren Armen zu neuem Leben erweckt und mit ihrem Atem atmen gemacht. Sie sagte mir das ins Gesicht, genau so, wie ich es jetzt dir wiedererzähle, Rajah. Sie ist schamlos wie die weißen Frauen.«

Er hielt schockiert inne. Lakamba nickte. »Gut – und dann?« fragte er.

»Sie haben nach der alten Frau gerufen«, fuhr Babalatchi fort, »und er hat ihnen alles erzählt – von der Brigg und davon, wie er versuchte, viele Männer zu töten. Er wußte, daß die Orang Blanda ganz in der Nähe waren, obwohl er zu uns nichts davon gesagt hatte; er wußte von der großen Gefahr, in der er steckte. Er dachte, er hätte viele getötet, aber es waren bloß zwei Tote, wie mir die Matrosen von den Beibooten erzählten.«

»Und der andere Mann – der, den man im Fluß gefunden hat?« unterbrach Lakamba.

»Das war einer von seiner Besatzung. Als die Baumstämme sein Kanu kentern ließen, schwammen die beiden zusammen weiter, aber der andere muß sich verletzt haben. Dain schwamm und hielt ihn über Wasser. Er ließ ihn in den Büschen liegen und ging hinauf zum Haus. Als dann alle bei ihm unten waren, hatte sein Herz zu schlagen aufgehört; dann redete die alte Frau; Dain fand es gut. Er entfernte seinen Fußreif, und als er ihn um das Bein des Mannes bog, zerbrach er ihn. Auch seinen Ring steckte er dem Sklaven an. Er zog den Sarong aus und bekleidete damit das Ding, das keine Kleidung mehr nötig hatte und das die beiden Frauen unterdessen aufrecht hielten – alles in der Absicht, die Augen aller zu täuschen und die Köpfe der Menschen in der Siedlung zu verwirren, damit sie etwas hätten, worauf sie schwören konnten, was es aber nicht gab, und damit sie nichts verraten konnten, wenn die weißen Männer kämen. Dann brach Dain mit der weißen Frau auf, um Bulangi aufzusuchen und ein Versteck zu finden. Die alte Frau blieb bei der Leiche zurück.«

»Hai!« rief Lakamba. »Sie besitzt Weisheit.«

»Ja, sie besitzt einen eigenen Teufel, der ihr seine Ratschläge ins Ohr flüstert«, stimmte ihm Babalatchi zu. »Sie zerrte den Körper unter größten Anstrengungen zur Landzunge, wo massenhaft Baumstämme gestrandet waren. Und das geschah alles bei Dunkelheit, nachdem der Sturm abgeklungen war. Dann wartete sie ab. Im ersten Morgengrauen zermalmte sie das Gesicht des Toten mit einem schweren Stein, dann schob sie ihn zwischen die Stämme hinein. Sie blieb in der Nähe und paßte auf. Bei Sonnenaufgang kam Mahmat Banjer und entdeckte ihn. Alle glaubten es; selbst ich ließ mich täuschen, wenn auch nicht lange. Der weiße Mann glaubte es, und in seinem Kummer eilte er zurück ins Haus. Als wir dann alleine waren, sprach ich mit der Frau, weil ich meine Zweifel hatte, und sie, die Angst vor meinem Zorn und deiner Macht hat, gestand mir alles und bat um Hilfe bei der Rettung Dains.«

»Er darf den Orang Blanda nicht in die Hände fallen«, sagte Lakamba, »aber wenn sich das still und leise machen läßt, dann töte ihn.«

»Das geht so nicht, Tuan! Bedenke, da ist diese Frau, die eine halbe Weiße und nicht zu bändigen ist und einen Riesenkrawall machen würde. Und obendrein sind die Offiziere schon da. Die schäumen jetzt schon vor Wut. Dain muß entkommen; er muß weg. Wir müssen ihm jetzt im Interesse unserer eigenen Sicherheit helfen.«

»Sind die Offiziere sehr wütend?« fragte Lakamba neugierig.

»Und ob. Der oberste Anführer hat harte Worte gebraucht, als er mit mir sprach – mit mir, gerade als ich ihm in deinem Namen ein Selam entbot. Ich glaube nicht«, fügte Babalatchi nach einer kurzen Pause äußerst besorgt hinzu – »ich glaube nicht, daß ich einen weißen Anführer jemals dermaßen wütend erlebt habe. Er sagte, wir seien leichtfertig – wenn nicht gar Schlimmeres. Er sagte, er wünsche mit dem Rajah zu sprechen – ich sei ein Niemand.«

»Mit dem Rajah sprechen!« wiederholte Lakamba nachdenklich. »Hör zu, Babalatchi: Ich bin krank und werde mich zurückziehen. Fahr hinüber, und teile das den weißen Männern mit.«

»Ja«, sagte Babalatchi, »ich breche sofort auf – und was ist nun mit Dain?«

»Du versteckst ihn, so gut es geht. – Das macht mir am allermeisten Sorgen«, seufzte Lakamba.

Babalatchi erhob sich, trat ganz nah zu seinem Herrn hin und redete ernst auf ihn ein.

»An der südlichen Flußmündung liegt eine unserer

Praus. Das holländische Schiff liegt weiter im Norden und überwacht die Hauptmündung. Ich werde Dain heute nacht in einem Kanu durch die versteckten Wasserläufe zur Prau schaffen und an Bord schicken. Sein Vater ist ein großer Fürst und soll von unserer Großzügigkeit hören. Die Prau soll ihn nach Ampanam bringen. Dein Ruhm wird groß und deine Belohnung die Freundschaft eines Mächtigen sein. Almayer wird den Körper des Toten zweifellos als jenen Dains an die Offiziere übergeben, und die weißen Dummköpfe werden dann sagen: ›Das ist sehr gut; laßt uns nun Frieden machen.‹ Und die Sorgen werden dir von der Seele genommen werden, Rajah.«

»Sehr wahr. Sehr wahr«, sagte Lakamba.

»Und da nun ich als dein Sklave das vollbringen werde, wirst du mich großzügig belohnen. Das weiß ich bestimmt. Der weiße Mann trauert dem verlorenen Schatz nach – wie eben weiße Männer tun, die nach Dollars dürsten. Und wenn alles andere in Ordnung gebracht ist, dann werden wir vielleicht vom weißen Mann den Schatz erhalten. Dain muß entkommen, und Almayer muß am Leben bleiben.«

»Geh nun, Babalatchi, geh!« sagte Lakamba und erhob sich aus seinem Stuhl. »Ich bin sehr krank und brauche Medizin. Sag das dem weißen Anführer.«

Doch Babalatchi war nicht so leicht abzuschütteln. Er wußte, daß sein Herr in der Art der Großen gerne die Last der Mühe und Gefahr den Schultern seiner Diener aufbürdete, doch in der Zwickmühle, in der sie sich im Augenblick befanden, mußte der Rajah seinen Teil wohl oder übel selbst übernehmen. Mochte er für die weißen Männer, ja für die ganze Welt, schwerkrank sein – solange er nur die Durchführung zumindest eines Teils von Babalatchis wohldurchdachtem Plan in die Hände nahm. Babalatchi benötigte ein großes Kanu mit zwölf Mann, das nach Einbruch der Nacht zu Bulangis Rodung ausgeschickt werden sollte. Vielleicht mußte Dain mit Gewalt niedergezwungen werden. Keiner kann erwarten, daß ein Liebender den Pfad klar erkennt, der zur eigenen Sicherheit führt, wenn er vom Gegenstand der eigenen Gefühle wegführt, meinte Babalatchi, und wenn das so war, dann mußten sie wohl oder übel Gewalt anwenden, um ihn zur Flucht zu bewegen. Wollte der Rajah wohl dafür sorgen, daß das Boot mit vertrauenswürdigen Männern bemannt würde? Die Sache müßte im geheimen erledigt werden. Vielleicht wolle der Rajah höchstpersönlich kommen, um das ganze Gewicht seiner Autorität in die Waagschale zu werfen, falls Dain sich eigensinnig weigern sollte, sein Versteck zu verlassen. Der Rajah wollte sich auf kein konkretes Versprechen einlassen und drang nachdrücklich darauf, daß Babalatchi aufbrach, weil er befürchtete, die weißen Männer könnten ihm einen unerwarteten Besuch abstatten. Der betagte Staatsmann empfahl sich widerwillig und trat hinaus auf den Hof.

Bevor er zu seinem Boot hinunterging, blieb Babalatchi noch eine Zeitlang auf dem großen offenen Platz stehen, wo die dicht belaubten Bäume ein Muster aus dunklen Schatten schufen, die auf einer Flut aus weichem, hellem Licht dahinzutreiben schienen, das herauf zum Haus und hinunter zum Pfahlzaun strömte und über den Fluß hinweg, wo es sich in tausend glitzernden kleinen Wellen brach und zersprühte – in einem Band, das aus Azur und Gold und dem strahlenden Grün der Wälder gewoben war, die die beiden Ufer des Pantai säumten. In der vollkommenen Stille vor dem Einsetzen der nachmittäglichen

Brise ragte die unregelmäßig gezackte Silhouette der Baumwipfel regungslos auf – wie von einer unsicheren Hand in das klare Blau des heißen Himmels gezeichnet. Über dem vom hohen Pfahlzaun umfriedeten Areal hing der Geruch von faulenden Blüten aus den nahen Wäldern, ein Hauch von getrocknetem Fisch und dann und wann eine Bö aus beißendem Rauch, den es von den Feuern der Kochstellen unter die dicht belaubten Zweige herüberwirbelte, wo er sich träge über dem verbrannten Gras hielt.

Als Babalatchi zum Fahnenmasten emporsah, der eine Gruppe niedriger Bäume in der Mitte des Hofs überragte, flatterte da – zum ersten Mal, seit sie an diesem Morgen anläßlich der Ankunft der Kriegsschiffe gehißt worden war – die Trikolore der Niederlande leise im Wind. In leichten Stößen fuhr die Brise durch kaum hörbar raschelnde Bäume und zupfte eine Weile verspielt mit diesem Emblem von Lakambas Macht, das allerdings auch das Brandzeichen seiner Knechtschaft war; dann frischte die Brise wieder in einem heftigen Windstoß auf, und die Flagge stand steif und reglos über den Bäumen. Ein dunkler Schatten eilte den Fluß entlang und überspülte und verdeckte das Glitzern des sinkenden Sonnenlichts. Eine große, weiße Wolke segelte träge über den dunkelnden Himmel, blieb weiter westwärts stehen, als warte sie darauf, daß sich die Sonne ihr anschlösse. Menschen und Dinge schüttelten die Lethargie der nachmittäglichen Hitze ab und erwachten unter dem ersten Stoß der Meeresbrise zu neuem Leben.

Babalatchi eilte zum Wassertor hinunter; bevor er aber die Schleuse durchfuhr, hielt er inne, um einen Blick auf den Hof mit seinem Licht und seinem Schatten zu tun, den lustigen Feuern und Lakambas Soldaten und Dienern, die sich in Gruppen um sie geschart hatten. Sein eigenes Haus stand zwischen anderen Gebäuden in diesem Hof, und der Staatsmann von Sambir fragte sich kleinmütig, wann und unter welchen Umständen es ihm wohl gegeben sein würde, dieses Haus wiederzusehen. Er hatte es mit einem Mann zu tun, der gefährlicher war als alle wilden Tiere, die er kannte: ein stolzer Mann, ein willensstarker Mann – wie es sich für einen Prinzen gebührte. Ein Mann, der liebte. Und zu diesem Mann wollte er nun eine kühl überlegte, nüchterne Sprache sprechen. Gab es etwas, was noch widerlicher war? Was aber, wenn nun dieser Mann an irgendeinem eingebildeten Angriff auf seine Ehre, an einer Nichtachtung seiner Gefühle Anstoß nehmen und plötzlich Amok laufen sollte? Der weise Ratgeber wäre zweifellos das erste Opfer und sein Lohn der Tod. Und hinter diesem Szenario des Schreckens stand drohend die Gefahr, die von diesen aufdringlichen Dummköpfen ausging – den weißen Männern. Der Alptraum eines trostlosen Exils im fernen Madura stieg vor Babalatchis Augen auf. War das nicht schlimmer als der Tod? Und dann war noch diese halbe Weiße mit den furchterregenden Augen. Wie sollte er denn wissen, wozu ein so unberechenbares Wesen wie sie fähig war? Sie wußte so viel, daß es unmöglich war, Dain umzubringen. Das stand fest. Und doch ist der scharfe Kris mit seinem Wellenschliff ein guter Freund, dachte Babalatchi und prüfte den seinen liebevoll, um ihn mit einem Seufzer des Bedauerns in die Scheide zurückzustecken, bevor er sein Kanu losmachte. Als er die Fangleine wegwarf, das Boot in den Strom hinausschnellen ließ und zum Paddel griff, kam ihm lebhaft zu Bewußtsein, wie lästig es war, wenn sich Frauen in

Staatsgeschäfte einmischten. Junge Frauen, versteht sich. Für die reife Weltklugheit einer Mrs. Almayer und für die Eleganz, mit der sie das Intrigenspiel beherrschte und die das weibliche Gehirn im Lauf der Zeit erwirbt, empfand er größte Hochachtung.

Er paddelte gemächlich dahin und ließ das Kanu mit der Strömung treiben, als er auf die Landzunge zusteuerte. Die Sonne stand noch hoch; nichts trieb zur Eile. Er würde sein Werk erst mit dem Einfall der Dunkelheit beginnen. Er vermied Lingards Landesteg, indem er die Landzunge umschiffte und auf dem kleinen Wasserlauf zur Rückseite von Almayers Haus paddelte. Eine Reihe von Kanus lag, die Nasen eng beieinander, am selben Pfahl vor Anker. Babalatchi steuerte das seine zwischen sie hinein und stieg an Land. An der anderen Grabenseite bewegte sich etwas im Gras.

»Wer ist da?« rief Babalatchi. »Komm heraus und sprich zu mir.«

Niemand antwortete. Babalatchi sprang über die Boote hinüber und stocherte grimmig mit seinem Stab an der verdächtigen Stelle herum. Mit einem Schrei sprang Taminah hoch.

»Was tust du hier?« fragte er überrascht. »Beinahe wäre ich auf dein Tablett getreten. Bin ich ein Dayak, daß du dich bei meinem Anblick versteckst?«

»Ich war müde, und – bin eingeschlafen«, flüsterte Taminah verwirrt.

»Du hast geschlafen! Du hast ja heute noch gar nichts verkauft – wenn du nach Hause kommst, wird man dich schlagen«, sagte Babalatchi.

Taminah stand da – verlegen und stumm. Babalatchi musterte sie zufrieden von oben bis unten. Keine Frage –

er würde diesem Dieb Bulangi um fünfzig Dollar mehr anbieten. Das Mädchen gefiel ihm.

»Geh jetzt nach Hause, es ist spät«, sagte er scharf. »Sag Bulangi, daß ich noch vor Mitternacht bei seinem Haus sein werde und daß er alles für eine lange Reise vorbereiten soll. Hast du verstanden? Eine lange Reise, Richtung Süden. Sag ihm das noch vor Sonnenuntergang und vergiß meine Worte nicht.«

Taminah bestätigte mit einer Geste, daß sie verstanden hatte, und sah Babalatchi nach, als er den Graben überquerte und durch die Büsche verschwand, die Almayers Kampong umgaben. Sie zog sich ein wenig weiter vom Wasserlauf zurück, ließ sich wieder ins Gras fallen und bebte, das Gesicht zu Boden, vor tränenlosem Jammer.

Babalatchi ging direkt zum Küchenschuppen und hielt Ausschau nach Mrs. Almayer. Im Hof war die Hölle los. Ein fremder Chinese hatte die Herrschaft über die Küche übernommen und verlangte lautstark nach einer anderen Saucenpfanne. Im Dialekt von Kanton und in schlechtem Malaiisch warf er einer Gruppe von Sklavinnen, die – halb verängstigt, halb amüsiert – ein wenig zur Seite getreten waren, Beschimpfungen an den Kopf, und die Seeleute von der Fregatte, die um die Lagerfeuer saßen, stachelten ihn mit Zurufen an, in die sich Gelächter und Spott mischten. Und im Zentrum dieses Lärms und Wirrwarrs entdeckte Babalatchi Ali, der einen leeren Teller in der Hand hielt.

»Wo sind die weißen Männer?« fragte Babalatchi.

»Sie essen auf der vorderen Veranda«, antwortete Ali. »Halt mich nicht auf, Tuan. Ich bin gerade dabei, den weißen Männern das Essen aufzutragen, ich habe keine Zeit.«

»Wo ist Mem Almayer?«

»Drinnen im Gang. Sie horcht, was geredet wird.«

Ali grinste und ging weiter; Babalatchi betrat den Plankensteg, der zur hinteren Veranda führte, und nachdem er Mrs. Almayer mit einem Wink herausgerufen hatte, verwickelte er sie in ein ernstes Gespräch. Durch den langen Gang, dessen unteres Ende der rote Vorhang abschloß, drang ab und zu Almayers Stimme zu ihnen, die sich mit unerwarteter Lautstärke in die Unterhaltung mischte, was Mrs. Almayer zu einem vielsagenden Blick zu Babalatchi veranlaßte.

»Hör dir das an«, sagte sie. »Er hat eine Menge getrunken.«

»Das ist wahr«, flüsterte Babalatchi. »Er wird heute nacht gut schlafen.«

Mrs. Almayer schien das zu bezweifeln.

»Manchmal hält ihn der Teufel des Gins wach, und dann geht er die ganze Nacht auf der Veranda auf und ab und flucht, dann kommen wir ihm lieber nicht in die Nähe«, erklärte Mrs. Almayer, die es nach mehr als zwanzig Ehejahren besser wußte.

»Aber dann hört er und begreift er ohnehin nichts, und seine Hand besitzt keine Kraft. Wir wollen doch, daß er heute nacht nichts hört.«

»Nein«, pflichtete ihm Mrs. Almayer nachdrücklich, aber vorsichtshalber leise bei. »Wenn er was hört, scheut er auch vor einem Mord nicht zurück.«

Babalatchi sah ungläubig drein.

»Hai, Tuan – du kannst mir ruhig glauben. Hab ich nicht viele Jahre mit diesem Mann zusammengelebt? Hab ich nicht mehr als einmal den Tod in seinen Augen gesehen, als ich noch jünger und er mir gegenüber oft mißtrauisch war? Wäre er einer von meinem Volk gewesen – ein zweites Mal hätte ich den Ausdruck in seinen Augen nicht erlebt; aber er –«

Mit einer wegwerfenden Handbewegung schien sie unaussprechlichen Hohn über Almayers kleinmütigen Skrupel gegenüber schnellfertigem Blutvergießen auszuschütten. »Wenn er den Wunsch, aber nicht die Kraft hat – wovor fürchten wir uns dann?« fragte Babalatchi nach kurzem Schweigen, in dem sie Almayers Gepolter hörten, das im allgemeinen Gemurmel unterging. »Wovor fürchten wir uns dann?« wiederholte Babalatchi.

»Wenn es ihm dadurch gelänge, die geliebte Tochter zu behalten, dann würde er ohne zu zögern dein und mein Herz durchbohren«, sagte Mrs. Almayer. »Wenn das Mädchen verschwunden ist, wird er hemmungslos wie ein Teufel wüten. Dann heißt es aufpassen.«

»Ich bin ein alter Mann und fürchte mich nicht vor dem Tod«, antwortete Babalatchi mit geheuchelter Gleichgültigkeit. »Aber was willst du tun?«

»Ich bin eine alte Frau und möchte leben«, entgegnete Mrs. Almayer. »Sie ist auch meine Tochter. Ich werde Schutz zu Füßen unseres Rajahs suchen und ihn an unsere gemeinsame Vergangenheit erinnern, an damals, als wir noch jung waren und er –«

Babalatchi hob seine Hand.

»Genug. Du wirst den Schutz bekommen«, beschwichtigte er sie.

Wieder war Almayers Stimme zu hören, und wieder unterbrachen sie ihre Unterhaltung, um dem verworrenen, aber lautstarken Wortschwall, der in unterschiedlicher Heftigkeit aus ihm hervorbrach, mit überraschenden Pausen und geräuschvollen Wiederholungen, so daß manche Worte und Sätze sich deutlich vom unsinnigen Wirrwarr erregter Ausrufe abhoben, und zu dem das dumpfe Getrommel von Almayers Faust auf dem Tisch den Takt angab. In den kurzen Schweigepausen hing der hohe, klagende Ton von Trinkgläsern in der Luft, die einander berührten und bei jedem Aufschlag vibrierten, bis er allmählich verklang, nur um sich von neuem zu aufgeregtem Klingeln zu steigern – wenn ein neuer Einfall einen neuen Wortschwall nach sich zog und neuerlich die schwere Hand herabsausen ließ. Endlich hörte das laute Krakeelen auf, und die hohe dünne Klage des verstörten Glases verhallte widerstrebend.

Babalatchi und Mrs. Almayer hatten mit vorgeneigten Körpern aufmerksam in den Gang hineingelauscht. Bei jedem lauten Brüllen setzten sie die lächerliche Miene von moralisch entrüsteten Menschen auf und nickten einander zu; aber auch wenn der Lärm wieder abgeklungen war, behielten sie ihre Pose eine Zeitlang bei.

»Das ist dieser Teufel im Gin«, flüsterte Mrs. Almayer. »Ja, so spricht er bisweilen, wenn keiner ihm zuhört.«

»Was sagt er denn?« forschte Babalatchi neugierig. »Du solltest das verstehen.«

»Ich hab ihre Sprache vergessen. Ein bißchen was hab ich verstanden. Er redet ohne Respekt vom weißen Herrscher in Batavia und von Schutz und sagt, man habe ihn getäuscht; das hat er ein paarmal wiederholt. Mehr hab ich nicht verstanden. Horch! Er redet schon wieder!«

»Ts-ts-ts!« Babalatchi schnalzte mit der Zunge und tat schockiert, zwinkerte dabei allerdings fröhlich mit seinem einsamen Auge. »Das wird großen Ärger zwischen den weißen Männern geben. Ich mache jetzt eine Runde und sehe mich um. Du sagst deiner Tochter, daß ihr eine überraschende und lange Reise bevorsteht, daß aber Ruhm und Reichtum an ihrem Ende warten. Und dann sag ihr noch, daß Dain weg muß von hier – oder er muß sterben – und daß er nicht alleine gehen wird.«

»Nein, allein wird er nicht gehen«, wiederholte Mrs. Almayer langsam und nachdenklich, nachdem sie gewartet hatte, daß Babalatchi um die Ecke des Hauses bog und in den Korridor schlich.

Der Staatsmann von Sambir brannte vor Neugier und war in Windeseile an der Vorderseite des Hauses, doch kaum war er da, wurden seine Bewegungen langsam und vorsichtig, und er erklomm die Verandatreppe Stufe um Stufe. Er setzte sich schweigend auf den Treppenabsatz, die Füße fluchtbereit auf der Stufe darunter – für den Fall, daß sich seine Anwesenheit als unerwünscht herausstellen sollte. So fühlte er sich einigermaßen sicher. Das Ende des Tisches war fast genau ihm gegenüber, und im Blick hatte er Almayers Rücken; Nina konnte er direkt ins Gesicht sehen, von den beiden Offizieren sah er das Profil, aber von den vier Personen am Tisch nahmen nur Nina und der jüngere Offizier sein geräuschloses Erscheinen wahr. Mit einem flüchtigen Lidschlag gab Nina zu erkennen, daß sie Babalatchis Anwesenheit registriert hatte; dann wandte sie sich an den jungen Unterleutnant, der sich ihr mit Feuereifer widmete, aber ihr Blick wich nicht vom Gesicht ihres Vaters, während dieser seine Brandreden hielt.

». . . Illoyalität und Skrupellosigkeit! Was habt ihr jemals unternommen, um mich loyal zu stimmen? Ihr habt das Land nicht unter Kontrolle. Ich mußte selber schauen, wie ich weiterkam, und wenn ich einmal um Schutz bat, dann habt ihr mich bedroht und verhöhnt und mir die Verleumdungen der Araber vorgehalten. Mir! Einem Weißen!«

»Werden Sie nicht ausfallend, Almayer«, erwiderte der Leutnant. »Das hab ich alles schon mal gehört.«

»Was erzählen Sie mir dann von Skrupeln? Ich brauchte Geld, und im Tausch dafür gab ich Schießpulver her. Woher hätte ich denn wissen sollen, daß es ein paar von Ihren armseligen Leuten wegpusten würde? Skrupel! Pah!«

Seine Hand tappte unsicher zwischen den Flaschen herum, probierte eine nach der anderen, und dazu brummelte er vor sich hin. »Kein Wein mehr da«, knurrte er unzufrieden.

»Sie haben genug gehabt, Almayer«, sagte der Leutnant, der sich eine Zigarre anzündete. »Wäre es nicht langsam Zeit, daß Sie uns Ihren Gefangenen übergeben? Wenn ich Sie richtig verstanden habe, dann haben Sie diesen Dain Maroola irgendwo in Gewahrsam. Trotzdem – besser, wir kriegen das hinter uns. Wir können ja anschließend weitertrinken. Kommen Sie schon! Sehen Sie mich nicht so an.«

Almayers Augen waren wie aus Stein, und mit zitternden Fingern faßte er sich an die Kehle.

»Gold«, stieß er mit Mühe hervor. »Hm! Eine Hand an der Gurgel, verstehen Sie. Das werden Sie bestimmt verzeihen. Ich meine – ein bißchen Gold für ein bißchen Schießpulver. Was ist da schon dabei?«

»Jaja, ich weiß«, sagte der Leutnant beschwichtigend.

»Nein! Nichts wissen Sie. Keiner von euch weiß was!« brüllte Almayer. »Die Regierung – das ist ein Narrenhaus, sage ich Ihnen. Berge von Gold. Ich bin der Mann, der Bescheid weiß; ich und noch einer. Aber der wird den Mund nicht aufmachen. Er ist –«

Er unterbrach sich, matt lächelnd, und im erfolglosen Versuch, dem Offizier auf die Schulter zu klopfen, stieß er ein paar leere Flaschen um.

»Persönlich sind Sie ein patenter Bursche«, sagte er überdeutlich und etwas von oben herab. Sein Kopf fiel ihm schwer auf die Brust, während er vor sich hin brummte.

Die beiden Offiziere warfen sich hilflose Blicke zu.

»So geht das nicht weiter«, sagte der Leutnant zu seinem Untergebenen. »Laß die Männer hier im Kampong antreten. Ich muß ihn irgendwie zur Raison bringen. He, Almayer! Wachen Sie auf, Mann. Lösen Sie Ihr Versprechen ein. Sie haben mir Ihr Ehrenwort gegeben, falls Sie sich noch erinnern.«

Almayer schüttelte die Hand des Offiziers unwillig ab, aber dann verflog seine üble Laune, und den Zeigefinger am Nasenflügel, sah er auf.

»Sie sind noch sehr jung. Gut Ding braucht Weile«, sagte er mit einem Ausdruck höchsten Scharfsinns.

Der Leutnant appellierte an Nina, die, zurückgelehnt in ihren Stuhl, ihren Vater unverwandt ansah.

»Wirklich – ich finde diese ganze Angelegenheit schon ihretwegen höchst bedauerlich«, rief er aus. »Ich weiß nicht«, fuhr er dann ein wenig verlegen fort, »ob ich überhaupt das Recht habe, Sie um etwas zu bitten, es sei denn vielleicht, daß Sie sich diese peinliche Szene ersparen und gehen, aber das Gefühl, ich sollte Ihnen – schon wegen Ihres Vaters – den Rat geben, daß Sie – ich meine, wenn Sie überhaupt einen Einfluß auf ihn haben, also, dann sollten Sie den jetzt geltend machen und ihn dazu bringen, daß er das Versprechen einlöst, das er mir gegeben hat, bevor er – bevor er in diesem Zustand war.«

Entmutigt stellte er fest, daß sie dem, was er sagte, keine Beachtung zu schenken schien, sondern weiterhin reglos, mit halbgeschlossenen Augen sitzen blieb.

»Ich vertraue darauf —« fing er wieder an.

»Von welchem Versprechen reden Sie überhaupt?« fragte Nina unvermittelt, erhob sich aus ihrem Stuhl und ging zu ihrem Vater.

»Nichts, was nicht recht und billig wäre. Er versprach uns, einen Mann auszuliefern, der in Zeiten tiefsten Friedens unschuldige Menschen ums Leben brachte, um der verdienten Strafe für einen Gesetzesbruch zu entgehen. Er plante sein Verbrechen im großen Stil, und er ist nur zum Teil daran schuld, daß es schiefging. Der Name Dain Maroola ist Ihnen doch bekannt? Wenn ich richtig verstanden habe, so hat ihn Ihr Vater in sicherem Gewahrsam. Wir wissen, daß er den Fluß herauf entkommen ist. Vielleicht, daß Sie —«

»Und weiße Männer hat er umgebracht?« fiel Nina ein.

»Bedauerlicherweise waren es Weiße. Jawohl, zwei weiße Männer haben durch seine Schurkerei ihr Leben gelassen.«

»Zwei bloß!« rief Nina aus.

Der Offizier sah sie verblüfft an.

»Warum? Wie meinen Sie? Sie —« stammelte er verwirrt.

»Es hätten ja mehr sein können«, fiel ihm Nina ins Wort. »Und wenn Sie diesen – diesen Schurken kriegen, dann verschwinden Sie wieder?«

Der Leutnant nickte, immer noch sprachlos, zustimmend mit dem Kopf.

»Dann würde ich ihn Ihnen bringen, und wenn ich ihn aus dem Feuer holen müßte«, brach es wild aus ihr. »Ich hasse den bloßen Anblick eurer weißen Gesichter. Ich hasse den Klang eurer sanften Stimmen. Die Tonart, wie ihr mit den Frauen redet und für jedes hübsche Gesicht ein paar einschmeichelnde Worte habt. Ich kenne eure Stimmen noch von früher. Ich hab gehofft, daß mir hier der Anblick von weißen Gesichtern erspart bleiben würde – außer diesem da«, setzte sie zärtlich hinzu und berührte sanft die Wange ihres Vaters.

Almayer hörte auf, vor sich hin zu murmeln, und öffnete die Augen. Er faßte die Hand seiner Tochter und preßte sie an sein Gesicht, während ihm Nina mit der anderen über das zerzauste graue Haar strich und den Offizier über den Kopf des Vaters hinweg trotzig anstarrte, der seine Fassung wiedererlangt hatte und ihren Blick kühl und gelassen erwiderte. Vor der Veranda unten konnte sie das Getrampel von Seeleuten hören, die befehlsgemäß angetreten waren. Der Unterleutnant kam die Stufen herauf; Babalatchi erhob sich nervös und versuchte, einen Finger auf der Lippe, Ninas Blick aufzufangen.

»Du bist ein gutes Mädchen«, flüsterte Almayer geistesabwesend und ließ die Hand der Tochter wieder los.

»Vater! Vater!« rief sie; sie neigte sich zu ihm hinunter und flehte inbrünstig: »Schau, wie uns diese beiden Männer ansehen. Schick sie fort. Ich halt es nicht mehr aus. Schick sie fort. Tu, was sie wollen, und laß sie gehen.«

Ihr Blick fiel auf Babalatchi, und augenblicklich verstummte sie, aber in einem Anfall hektischer Ruhelosigkeit trommelte ihr Fuß wie verrückt auf den Boden. Die beiden Offiziere steckten die Köpfe zusammen und beobachteten sie neugierig.

»Was ist los? Was geht da vor?« flüsterte der Jüngere.

»Keine Ahnung«, antwortete der andere halblaut. »Sie hat einen Wutanfall, und er ist betrunken. Aber so betrunken auch wieder nicht. Verrückte Geschichte. Da, schau!«

Almayer war aufgestanden und hielt sich am Arm seiner Tochter fest. Einen Moment lang zauderte er, dann ließ er sie los und torkelte vor bis zur Verandamitte. Er riß sich zusammen und blieb kerzengerade stehen, keuchte laut und warf wütende Blicke in die Runde.

»Sind die Leute soweit?« fragte der Leutnant.

»Alles bereit, Sir.«

»Nun, Mr. Almayer – gehen sie uns voraus«, sagte der Leutnant.

Almayer musterte ihn eingehend, so als sähe er ihn zum ersten Mal.

»Zwei Mann«, sagte er dumpf. Sprechanstrengung und Gleichgewichtssinn schienen sich nicht miteinander zu vertragen. Um nicht der Länge nach hinzuschlagen, tat er einen schnellen Schritt vor, hielt inne und blieb schwankend stehen. »Zwei Mann«, fing er abermals an. Das Sprechen fiel ihm schwer. »Zwei weiße Männer – uniformierte Männer. Ehrenhafte Männer – ich meine Ehrenmänner. Sind Sie das?«

»Jetzt reicht's aber! Machen Sie schon«, sagte der Offizier ungeduldig. »Schaffen Sie endlich Ihren Freund her.«

»Was glauben Sie denn, daß ich bin?« fragte Almayer wütend.

»Betrunken sind Sie – aber nicht betrunken genug, um nicht zu wissen, was Sie tun. Schluß mit diesem Unfug«, sagte der Offizier hart, »oder ich lasse Sie in ihrem eigenen Haus unter Arrest stellen.«

»Unter Arrest stellen!« lachte Almayer krächzend. »Ha! Ha! Ha! Arrest – was glauben Sie denn! Seit zwanzig Jahren versuche ich von diesem gottverfluchten Ort wegzukommen, und ich schaff's einfach nicht. Begreifen Sie, Mann! Ich schaff es nicht, ich werde es nie schaffen! Nie!«

Seine Worte gingen in einem Schluchzen unter, und

schwankend stieg er die Treppe hinab. Im Hof unten trat der Leutnant auf ihn zu und faßte ihn am Arm. Unmittelbar dahinter folgten der Unterleutnant und Babalatchi.

»So ist's besser, Almayer«, sagte der Offizier ermunternd. »Wo wollen Sie denn hin. Hier gibt's doch bloß Planken. He«, fuhr er fort und schüttelte ihn ein wenig, »brauchen wir die Boote?«

»Nein«, antwortete Almayer hinterhältig. »Sie brauchen ein Grab.«

»Was? Sind Sie schon wieder toll geworden? Nehmen Sie doch endlich Vernunft an.«

»Grab!« brüllte Allmayer und versuchte sich loszureißen. »Ein Loch in der Erde. Kapieren Sie denn nicht? Sie sind wohl betrunken. Lassen Sie mich los! Loslassen, sage ich Ihnen!«

Er befreite sich mit einem Ruck aus der Umklammerung des Offiziers und taumelte zu den Planken hinüber, wo unter dem weißen Tuch der Leichnam lag; dann machte er eine schnelle Wendung und blickte in die Runde neugieriger Gesichter. Die Sonne sank nun rasch und warf die langen Schatten von Haus und Bäumen über den Hof, aber auf dem Strom, in dessen Mitte Baumstämme dahintrieben, deren schwarze Silhouette sich deutlich von der blaßroten Glut abhob, hielt sich das Licht noch. Die Baumstämme des Waldes am Ostufer verschmolzen mit dem Dunkel, während sich in ihren Wipfeln die Äste noch im scheidenden Sonnenlicht wiegten. Die Luft, die die Brise in sanften Stößen über das Wasser herübertrug, war klamm und schwer.

Almayer schauerte zusammen, als er mühsam nach Worten rang, und wieder schien es, als würde er mit einer unbestimmten Bewegung seine Kehle aus dem Griff einer unsichtbaren Hand befreien. Ziellos wanderten seine blut-unterlaufenen Augen von Gesicht zu Gesicht.

»Da!« sagte er schließlich. »Seid ihr alle da? Das ist ein gefährlicher Mann.«

Er riß heftig an dem Tuch, so daß der Leichnam steif von den Planken herabrollte und, in seiner Starre wider-standslos, ihm zu Füßen liegenblieb.

»Kalt – eiskalt«, sagte Almayer und lächelte freudlos in die Runde. »Bedaure, Ihnen nichts Besseres anbieten zu können. Und aus dem Hängen wird nun wohl auch nichts, denn, wie Sie bemerkt haben werden, meine Herren«, fügte er mit feierlichem Ernst hinzu, »vom Kopf ist nichts mehr übrig – und vom Hals auch kaum was.«

Der letzte Lichtstrahl zuckte hinter die Baumwipfel zu-rück; mit einem Mal war der Fluß dunkel, und in dem tiefen Schweigen schien das Murmeln des fließenden Was-sers die riesige Weite aus grauen Schatten zu erfüllen, die sich auf das Land herabsenkten.

»Da haben Sie Ihren Dain«, fuhr Almayer, zur schwei-genden Gruppe gewandt, fort, die ihn ihm Kreis umstand. »Und ich habe mein Wort gehalten. Zuerst geht eine Hoff-nung dahin, dann die nächste – und das hier ist die allerletzte. Nun bleibt mir nichts mehr. Wenn Sie glauben, Sie hätten hier einen Toten vor sich – dann täuschen Sie sich. Das verrate ich Ihnen. Ich bin um vieles toter. War-um hängen Sie denn nicht mich auf?« fragte er plötzlich und wandte sich dabei in freundlichem Ton an den Leut-nant. »Ich versi-, versichere Ihnen, das wäre alles nur reine For-, For-, Formsache.«

Diese letzten Worte waren bloß ein undeutliches Ge-murmel, und dabei steuerte er im Zickzackkurs sein Haus an. »Hau ab, da«, donnerte er Ali an, der sich ihm furchtsam genähert hatte, um ihm zu Hilfe zu kommen. Aus sicherer Entfernung verfolgten Gruppen von Männern und Frauen verschreckt seinen umständlichen Kurs. Er schleppte sich mühsam am Geländer über die Stufen hinauf, und irgendwie schaffte er es bis zu seinem Stuhl, in den er sich schwer hineinfallen ließ. Eine Zeitlang saß er, keuchend vor Zorn und Erschöpfung, da und hielt mit verschwommenem Blick nach Nina Ausschau; dann machte er eine drohende Gebärde in Richtung Kampong, wo er Babalatchis Stimme gehört hatte, und dabei trat er gegen den Tisch, der unter dem Klirren zerberstenden Geschirrs umkippte. Nun stieß er – diesmal aber gegen sich selbst – dunkle Drohungen aus, dann sank sein Kopf auf die Brust, die Augen fielen zu, und mit einem tiefen Seufzer schlief er ein.

In dieser Nacht sah die friedliebende und blühende Siedlung von Sambir – zum ersten Mal in ihrer Geschichte – die Lichter von »Almayers Luftschloß« brennen. Es waren die Laternen aus den Booten, die die Seeleute unter der Veranda angebracht hatten, auf der die beiden Offiziere eine hochnotpeinliche Untersuchung des Wahrheitsgehaltes jener Geschichte anstellten, die ihnen von Babalatchi aufgetischt worden war. Babalatchi hatte seine ganze Bedeutung wiedererlangt. Er war beredt und voll Überzeugungskraft und rief Himmel und Erde zum Zeugen an, daß er die Wahrheit gesprochen habe. Es gab auch noch andere Zeugen. Mahmat Banjer und eine Reihe anderer wurden einer eingehenden Befragung unterzogen, die sich bis zur Erschöpfung und bis tief in die Nacht hinzog. Man schickte einen Boten nach Abdulla, der sich wegen seines ehrwürdigen Alters entschuldigen ließ und an seiner Statt Reshid sandte. Mahmat mußte den Fußreif vorzeigen und zornig und zutiefst gekränkt mitansehen, wie ihn der Leutnant in seiner Tasche verschwinden ließ – als Beweisstück für Dains Tod, das gemeinsam mit dem offiziellen Bericht über den Verlauf der Mission eingeschickt werden mußte. Babalatchis Ring wurde zum gleichen Zweck beschlagnahmt, aber der weltläufige Staatsmann hatte sich mit diesem Verlust von vornherein abgefunden. Solange er sicher sein durfte, daß ihm die weißen Männer glaubten, war ihm das egal. Und er stellte sich diese Frage ganz im Ernst, als er, als einer der letzten, wegging und die Prozedur vor ihrem Abschluß stand. Er war nicht sicher. Trotzdem – wenn sie es auch nur eine Nacht lang glaubten, würde er Dain schon ihrem Zugriff entziehen und sich selbst in Sicherheit fühlen. Er entfernte sich rasch, vergewisserte sich aber aus Angst, jemand könnte ihm folgen, von Zeit zu Zeit durch einen Blick über die Schulter, sah und hörte allerdings nichts.

»Zehn«, sagte der Leutnant und sah gähnend auf die Uhr. »Wenn wir wieder zurück sind, werde ich vom Captain ein paar liebenswürdige Bemerkungen zu hören kriegen. Elende Geschichte, das.«

»Glaubst du, daß das wahr ist?« fragte der Jüngere.

»Wahr! Möglich ist es – mehr nicht. Aber auch wenn's nicht wahr sein sollte – was können wir schon tun? Wenn wir ein Dutzend Boote hätten, dann könnten wir auf den Wasserläufen patrouillieren, aber viel würde das auch nicht bringen. Dieser verrückte Trunkenbold hat recht gehabt: wir haben diese Küste nicht unter Kontrolle. Die machen einfach, was sie wollen. Sind unsere Hängematten festgemacht?«

»Ja, ich hab's dem Steuermann befohlen. Ein komisches Paar, die beiden da drüben«, sagte der Unterleutnant und wies mit seiner Hand auf Almayers Haus.

»Hm! Wirklich äußerst verrückt. Was hast du ihr denn zu erzählen gehabt? Ich hab mich die meiste Zeit um den Vater gekümmert.«

»Ich versichere dir, ich war der perfekte Kavalier«, protestierte der andere gereizt.

»Schon recht. Reg dich nicht auf. Also hat sie nicht viel für Kavaliere übrig – wenn ich das richtig deute. Ich hab schon gedacht, du hättest dich vielleicht zu Zärtlichkeiten hinreißen lassen. Immerhin sind wir im Dienst, oder?«

»Na klar. Das vergeß ich schon nicht. Immer der kühl distanzierte Kavalier. Mehr ist da nicht.«

Die beiden lachten, und da sie noch nicht reif fürs Bett waren, vertraten sie sich Seite an Seite auf der Veranda die Beine. Der Mond stahl sich hinter den Bäumen hervor und verwandelte den Fluß plötzlich in einen silbrig glitzernden Strom. Der Wald materialisierte sich aus dem schwarzen Nichts und erhob sich düster und nachdenklich über dem glitzernden Wasser. Die Brise flaute ab und wich einer atemlosen Windstille.

Im gemessenen Schritt von Seeleuten gingen die beiden Offiziere schweigend auf und ab. Unter ihren rhythmischen Schritten knarrten die losen Planken in der totenstillen Nacht überlaut. Mitten in einer Kehrtwendung hielt der jüngere Mann plötzlich alarmiert inne.

»Hast du das gehört?« fragte er.

»Nein!« gab der andere zurück. »Was soll ich gehört haben?«

»Ich hab mir eingebildet, ich hätte einen Schrei gehört. Ganz, ganz schwach. Hörte sich an wie die Stimme einer Frau. In dem anderen Haus da drüben. Ah! Da ist es wieder. Hörst du das?«

»Nein«, sagte der Leutnant und lauschte angestrengt.

»Ihr jungen Spunde hört ständig Frauenstimmen. Zum Träumen haust du dich besser in die Hängematte. Gute Nacht.«

Der Mond stieg höher und höher, und die warmen Schatten wurden kleiner, bis sie sich schließlich ganz verkrochen hatten – so als wollten sie sich vor dem kalten, grellen Licht verstecken.

Zehntes Kapitel

ENDLICH ist sie untergegangen«, sagte Nina zu ihrer Mutter und wies mit dem Finger auf die Hügel, hinter denen die Sonne verschwunden war. »Hör zu, Mutter, ich fahre jetzt zu Bulangis Wasserlauf, und wenn ich nicht mehr zurückkommen sollte –«

Sie unterbrach sich, und einen Augenblick lang dämpften so etwas wie Zweifel das Feuer heimlicher Begeisterung, die an diesem langen und aufregenden Tag in ihren Augen gebrannt und ihre gleichgültig-heitere Miene mit einem Strahl Lebensenergie erhellt hatte – an diesem Tag des Jubels und der Angst, der Hoffnung und des Schreckens, undefinierbaren Kummers und vagen Entzückens. Während die Sonne jenes gleißende Licht verströmte, unter dem ihre Liebe entstanden und gewachsen war, bis sie ihr ganzes Sein erfüllt hatte, bestärkten sie die geheimnisvollen Einflüsterungen ihrer Sehnsucht, die ihr Herz voll Ungeduld auf die Dunkelheit warten ließ, die das Ende der Gefahren und des Kampfes, den Anfang des Glücks, die Erfüllung der Liebe und des Lebens selbst bedeuten würde, in ihrem unabänderlichen Entschluß. Endlich war sie untergegangen! Das kurze tropische Dämmerlicht war ganz erloschen, ehe sie noch einen Seufzer der Erleichterung ausstoßen konnte; und nun erschien die jäh hereingebrochene Dunkelheit von drohenden Stimmen erfüllt, die ihr zuredeten, sie solle sich kopfüber ins Ungewisse stürzen, ihren innersten Impulsen gehorchen und sich ganz der Leidenschaft ausliefern, die sie geweckt hatte und selbst litt. Er wartete in diesem Augenblick! In der Einsamkeit der abgelegenen Rodung, in der ungeheuren Stille des Dschungels wartete er, allein, ein Mann auf der Flucht, in Todesangst. Unempfindlich gegenüber jeglicher Gefahr wartete er auf sie. Nur ihretwegen war er gekommen; und nun, da der Augenblick der Belohnung nahte, fragte sie sich bestürzt, was denn dieser ernüchternde Zweifel an den eigenen Zielen und Wünschen zu bedeuten hätte. Mit einem Ruck schüttelte sie die Furcht vor dieser momentanen Schwäche ab. Er sollte seinen gerechten Lohn erhalten. Die Liebe der Frau und ihre Ehre besiegten die Anwandlung von Kleinmut gegenüber der unbekannten Zukunft, die sie in der Dunkelheit des Flusses erwartete.

»Nein, du wirst nicht zurückkommen«, brummte Mrs. Almayer prophetisch. »Ohne dich wird er nicht von hier weggehen, und wenn er bleibt –« Ihre Hand zeigte auf »Almayers Luftschloß«, und der unvollendete Satz ging in drohendem Gemurmel unter.

Die beiden Frauen hatten sich hinter dem Haus getroffen, und nun gingen sie langsam nebeneinander zum Wasserlauf, wo alle Kanus festgemacht waren. Als sie bei den Büschen angekommen waren, hielten sie, einem gemeinsamen Impuls gehorchend, inne, und Mrs. Almayer legte die Hand auf den Arm ihrer Tochter und versuchte vergeblich, das abgewandte Gesicht des Mädchens mit ihren Blicken zu prüfen. Als sie zu sprechen ansetzte, erstickte ein Schluchzen die ersten Worte, ein Schluchzen, das sich aus dem Mund dieser Frau, die von allen menschlichen Leidenschaften nur Wut und Haß zu kennen schien, sonderbar anhörte.

»Du gehst von hier fort, um eine große Rani zu werden«, sagte sie nun mit fester Stimme, »und wenn du klug bist, wirst du große Macht haben, die viele Tage überdauern wird – bis in dein hohes Alter. Was war ich schon? Mein Leben lang war ich eine Sklavin und habe für den Mann Reis gekocht, der weder Mut noch Klugheit besaß. Hai! Ich! Selbst ich wurde von einem Anführer und Krieger zum Geschenk gemacht, der weder das eine noch das andere war. Hai! Hai!«

Sie jammerte leise vor sich hin, beklagte die versäumten Gelegenheiten zu Intrige und Mord – ihr Schicksal vielleicht, wäre sie nur einem ebenbürtigen Geist als Frau zur Seite gegeben worden. Nina beugte sich über Mrs. Almayers schmächtige Gestalt und musterte das verschrumpelte Gesicht ihrer Mutter im Licht der Sterne, die plötzlich auf dem schwarzen Firmament leuchteten und nun atemlos über dieser sonderbaren Abschiedsszene standen, und blickte ihr aufmerksam in die eingesunkenen Augen, die ihrerseits, im Lichte eines schmerzvollen, erfahrungsreichen Lebens, ins Dunkel ihrer Zukunft blicken konnten. Und wieder – wie schon seit je – war sie gebannt vom Zustand der Verzückung und der sibyllischen Sicherheit ihrer Redeweise, die – zusammen mit ihren Wutanfällen – nicht wenig zu ihrem Ruhm als Zauberin beigetragen hatten, den sie in der Ansiedlung genoß.

»Ich war eine Sklavin, und du sollst eine Königin sein«, fuhr Mrs. Almayer mit starrem Blick fort; »aber vergiß nicht die Stärke der Männer und nicht ihre Schwäche. Zittere vor seinen Zornesausbrüchen, damit er bei Tageslicht deine Furcht erkennen kann, doch im Innersten darfst du ruhig lachen, denn nach Sonnenuntergang ist er dein Sklave.«

»Ein Sklave! Er! Der Herr über Leben und Tod! Du kennst ihn nicht, Mutter.«

Mrs. Almayer schenkte ihr ein hochmütiges Lächeln.

»Du redest Unsinn wie eine Weiße«, rief sie. »Was weißt du schon vom Zorn und der Liebe der Männer? Hast du über den Schlaf von Männern gewacht, die vom vielen Töten müde waren? Hast du den starken Arm um deine Schultern gefühlt, der den Kris tief in ein schlagendes Herz zu treiben vermag? Yah! Du bist eine weiße Frau, und zu einem Weibergott solltest du beten!«

»Warum sagst du das? Ich hab dir so lange zugehört, daß ich das Leben von früher vergessen habe. Wäre ich weiß – würde ich dann hier stehen, um zu gehen? Mutter, ich kehr jetzt zum Haus zurück, um das Gesicht meines Vaters ein letztes Mal zu sehen.«

»Nein!« sagte Mrs. Almayer leidenschaftlich. »Nein, er schläft jetzt seinen Ginrausch aus, und wenn du hingehst, könnte er aufwachen und dich sehen. Nein – nie wieder soll er dich sehen. Als dich dieser entsetzliche alte Mann mir wegnahm, da warst du noch klein – erinnerst du dich, wie –«

»Es ist so lange her«, murmelte Nina.

»Ich erinnere mich gut«, fuhr Mrs. Almayer heftig fort. »Ich wollte dir noch einmal ins Gesicht sehen. Er sagte nein! Ich hörte dich schreien und sprang in den Fluß. Damals warst du seine Tochter – jetzt bist du meine. Nie wieder sollst du zu diesem Haus zurückgehen; nie wieder sollst du diesen Hof überqueren. Nein! Nein.«

Ihre Stimme steigerte sich fast zum Schrei. Am anderen Ufer des Wasserlaufs raschelte es im hohen Gras. Die beiden Frauen hörten es, verstummten erschrocken und lauschten.

»Ich gehe jetzt«, flüsterte Nina halblaut, aber voll Leidenschaft. »Was gehen mich schon dein Haß und deine Rache an?«

Sie wollte zum Haus, aber Mrs. Almayer klammerte sich an sie und versuchte sie zurückzuziehen.

»Halt! Du gehst nicht!« keuchte sie.

Nina stieß ihre Mutter ungeduldig zur Seite und raffte ihre Röcke, um rasch davonzurennen, aber ihre Mutter überholte sie, drehte sich um und blieb mit ausgebreiteten Armen vor ihrer Tochter stehen.

»Wenn du noch einen einzigen Schritt tust«, rief sie keuchend, »dann schreie ich. Siehst du die Lichter in dem großen Haus? Dort sitzen zwei Weiße, die wütend sind, weil sie nicht das Blut des Mannes kriegen können, den du liebst. Und in diesen dunklen Häusern«, fuhr sie etwas ruhiger fort und wies zur Siedlung, »könnte meine Stimme Männer aus dem Schlaf holen, die die Soldaten der Orang Blanda zu ihm führen würden, der jetzt wartet – auf dich!«

Sie konnte das Gesicht ihrer Tochter nicht sehen, aber die weiße Gestalt vor ihr blieb stumm und unentschlossen in der Dunkelheit stehen. Mrs. Almayer versuchte ihren Vorteil auszubauen.

»Mach Schluß mit deinem alten Leben! Vergiß!« beschwor sie sie. »Vergiß, daß du jemals in das Gesicht eines Weißen gesehen hast; vergiß, was sie sagen; vergiß, was sie denken. Ihre Sprache ist die Lüge. Und bei jedem Gedanken, den sie fassen, lügen sie, weil sie uns, die besser sind als sie, wenn auch nicht so stark, verachten. Vergiß ihre Freundschaft und ihren Hochmut; vergiß die vielen Götter, die sie haben. Meine Kleine, weshalb willst du an Vergangenes denken, wo du doch einen Krieger und einen

Fürsten zur Seite hast, der für ein einziges Lächeln von dir viele Menschenleben – und auch sein eigenes – hingeben würde.«

Während sie das sagte, dirigierte sie ihre Tochter mit sanfter Hand zu den Kanus und versteckte ihre eigenen Ängste, Sorgen und Zweifel unter einer Flut leidenschaftlicher Worte, die Nina – selbst wenn sie es gewollt hätte – keine Zeit ließen nachzudenken und keine Gelegenheit zu protestieren. Hinter dem flüchtigen Verlangen, einen letzten Blick auf das Gesicht des Vaters zu werfen, stand kein starkes Gefühl. Sie empfand keine Skrupel und keine Gewissensbisse, daß sie diesen Mann, dessen Empfindungen ihr gegenüber sie nicht begreifen, ja, nicht einmal wahrnehmen konnte, so blitzartig verließ. Sie klammerte sich bloß instinktiv an ihre frühere Lebensweise, frühere Gewohnheiten, frühere Gesichter; diese Angst vor der Unwiderruflichkeit, die in jeder Brust schlummert und die so viele Helden- und so viele Schandtaten verhindert. Jahrelang war sie zwischen ihrer Mutter und ihrem Vater gestanden, die eine so stark in ihrer Schwäche, der andere so schwach, wo er stark hätte sein können. Zwischen diesen beiden Wesen, die einander so unähnlich, die so gegensätzlich waren, stand sie, stumm bis ins Herz, ratlos und wütend über die unumstößliche Tatsache der eigenen Existenz. Es schien so widersinnig, so erniedrigend, in diese Siedlung hineingeworfen zu sein und die Tage verfliegen und Vergangenheit werden zu sehen – ohne jede Hoffnung, wunschlos und ohne Ziel, das dieses kaum auszuhaltende Leben in ständig wachsender Langeweile gerechtfertigt hätte. Sie hatte wenig Vertrauen und überhaupt keine Sympathie für die Träume ihres Vaters, doch die rabiaten Wutanfälle ihrer Mutter brachten bei ihr unverhofft, irgendwo tief drinnen in ihrem verzagenden Herzen eine Saite zum Schwingen; und mit der beharrlichen Selbstvergessenheit der Gefangenen, die in den Mauern ihrer Gefängniszelle an ihre Freiheit denkt, träumte sie ihre eigenen Träume. Dains Ankunft wies ihr den Weg in die Freiheit und ließ sie dem Befehl neuerwachter Triebe gehorchen, und freudig überrascht glaubte sie in seinen Augen die Antwort auf all die quälenden Fragen ihres Herzens zu finden. Nun verstand sie Sinn und Ziel des Lebens; und in der triumphalen Enthüllung dieses Geheimnisses warf sie ihre Vergangenheit von sich – mitsamt ihren traurigen Gedanken, ihren bitteren Gefühlen und blassen Empfindungen, die nun unter der Berührung ihrer heftigen Leidenschaft verdorrten und schon erstorben waren.

Mrs. Almayer machte nun Ninas eigenes Kanu los und blieb, indem sie sich unter Schmerzen streckte, die Fangleine in der Hand, stehen und sah ihre Tochter an.

»Schnell«, sagte sie, »sieh zu, daß du wegkommst, bevor der Mond aufgeht und solange es auf dem Fluß noch dunkel ist. Ich fürchte Adullas Sklaven. Diese Banditen schleichen nachts gerne herum; sie könnten dich sehen und dir folgen. Es sind zwei Paddel im Kanu.«

Nina ging zu ihrer Mutter, und ihre sanften Lippen berührten zögernd ihre gerunzelte Stirn. Mrs. Almayer protestierte verächtlich schnaubend angesichts dieser Zärtlichkeit, die sie für ansteckend hielt.

»Werde ich dich jemals wiedersehen, Mutter?« murmelte Nina.

»Nein«, sagte Mrs. Almayer nach kurzem Schweigen. »Wozu solltest du hierher zurückkehren, wo mir bestimmt ist, zu sterben? Du wirst fern von hier in Glanz und Macht leben. Wenn man mir erzählen wird, daß weiße Männer von den Inseln vertrieben wurden, dann werde ich wissen, daß du lebst und dich an meine Worte erinnerst.«

»Ich werde mich immer erinnern«, erwiderte Nina ernst, »worin aber liegt meine Macht, und was kann ich tun?«

»Laß nicht zu, daß er dir zu lange in deine Augen sieht, und ebensowenig, daß er seinen Kopf auf deine Knie bettet, ohne daß du ihn daran erinnerst, daß richtige Männer kämpfen, bevor sie sich ausruhen. Und zögert er, dann drück ihm selbst den Kris in die Hand und schick ihn fort, wie es sich für die Frau eines mächtigen Prinzen gehört, wenn der Feind nahe ist. Mag er die weißen Männer schlachten, die, um Handel zu treiben, zu uns kommen – auf den Lippen Gebete und in den Händen die geladenen Gewehre. Ah«, schloß sie mit einem Seufzer, »auf allen Meeren sind sie zu finden und an allen Küsten; und es gibt so viele von ihnen!«

Sie stieß den Bug des Kanus mit einem Schwung zur Flußmitte, ließ aber die Bordkante nicht los, sondern hielt sie, in Gedanken versunken, unentschlossen fest. Nina bohrte das Ende des Paddels in den Uferrand, bereit, sich abzustoßen.

»Was hast du, Mutter?« fragte sie leise. »Hörst du etwas?«

»Nein«, sagte Mrs. Almayer abwesend. »Hör mir gut zu, Nina«, fuhr sie nach einer kurzen Pause unvermittelt fort, »in späteren Jahren wird es andere Frauen geben –«

Ein erstickter Schrei aus dem Boot unterbrach sie, und das Paddel, das aus Ninas abwehrend erhobenen Händen glitt, fiel klappernd ins Kanu. Mrs. Almayer fiel am Ufer auf die Knie nieder und beugte sich über die Bordkante, um mit ihrem Gesicht näher bei dem ihrer Tochter zu sein.

»Es wird andere Frauen geben«, wiederholte sie mit fester Stimme. »Ich erkläre dir das, weil du eine halbe Weiße bist und vielleicht vergißt, daß er ein großer Fürst ist und diese Dinge eben so sein müssen. Verbirg deinen Zorn und laß nicht zu, daß er von deinem Gesicht abliest, welcher Schmerz dein Herz zerfrißt. Wenn du ihm entgegentrittst, dann sei Freude in deinen Augen und Weisheit auf deinen Lippen – denn du bist es, an die er sich in Trauer und Sorge wenden wird. Solange er seine Gunst vielen Frauen schenkt, wirst du deine Macht behalten, sollte es aber einmal nur eine geben, nur eine einzige, bei der er dich zu vergessen scheint, dann –«

»Ich würde sterben«, rief Nina und schlug sich die Hände vors Gesicht. »Sag so was nicht, Mutter. Das darf nicht sein.«

»Dann«, fuhr Mrs. Almayer ungerührt fort, »sollst du zu dieser Frau gnadenlos sein, Nina.«

Sie packte das Kanu mit beiden Händen an der Bordkante und schob es, Bug voraus, in den Fluß.

»Weinst du?« fragte sie ihre Tochter streng, die, das Gesicht verdeckt, reglos dasaß. »Steh auf und nimm dein Paddel, er wartet schon lange genug. Und denk daran, Nina: keine Gnade. Und wenn du zustoßen mußt, dann tu es mit ruhiger Hand.«

Sie nahm alle Kraft zusammen und stieß das leichte Fahrzeug mit einem weitausholenden Schwung ihres Körpers in den Strom hinaus. Als sie sich von dieser Anstrengung wieder erholt hatte, versuchte sie noch vergeblich, mit einem raschen Blick das Bild des Kanus einzufangen, das sich unversehens im weißen Dunst, der träge über den aufgeheizten Wassern des Pantai dahintrieb, aufgelöst zu haben schien. Nachdem Mrs. Almayer eine Weile angestrengt auf ihren Knien gehorcht hatte, erhob sie sich mit einem tiefen Seufzen, und über ihre verwitterten Wangen rollten langsam zwei Tränen. Sie trocknete sie rasch mit einer Strähne ihres grauen Haars ab, so als würde sie sich schämen, konnte aber auch ein zweites lautes Seufzen nicht unterdrücken, denn das Herz war ihr schwer, und sie litt Qualen, weil ihr zärtliche Empfindungen ansonsten fremd waren. Jetzt bildete sie sich ein, ein leises Geräusch gehört zu haben – wie das Echo ihres eigenen Seufzers, und sie hielt inne, spitzte angestrengt die Ohren, um noch den leisesten Laut aufzufangen, und spähte ängstlich zu den nahen Büschen.

»Wer ist da?« fragte sie mit schwankender Stimme, und ihre Phantasie bevölkerte das einsame Ufer mit gespenstischen Gestalten. »Wer ist da?« wiederholte sie schwach.

Niemand gab Antwort: nur die Stimme des Flusses, der hinter dem weißen Schleier monoton und traurig dahinmurmelte, schien für einen Augenblick anzuschwellen, um allerdings gleich wieder im Gegurgel der sanft gegen das Ufer schlagenden Wellen zu verebben.

Wie zur Antwort auf die eigenen Gedanken schüttelte Mrs. Almayer ihren Kopf und entfernte sich rasch von den Büschen, wobei sie sich vorsichtig nach allen Seiten umsah. Sie ging geradewegs zum Küchenschuppen, und sofort bemerkte sie, daß die Glut des Feuers darin heller glühte als gewöhnlich – so als hätte jemand im Lauf des Abends frisches Brennmaterial nachgelegt. Als sie näher kam, erhob sich Babalatchi, der am warmen Feuer gehockt hatte, und trat zu ihr hinaus in den Schatten.

»Ist sie fort?« fragte der nervöse Staatsmann ungeduldig.

»Ja«, antwortete Mrs. Almayer. »Was treiben die weißen Männer? Wann bist du von ihnen fort?«

»Ich denke, die werden jetzt schlafen. Wenn sie nur nie wieder aufwachen würden!« rief Babalatchi heftig. »Oh! Das sind aber wirklich Teufel – und wegen dieser Leiche haben sie einen Riesenkrawall geschlagen und riesige Schwierigkeiten gemacht. Der Anführer hat mir zweimal mit einer Ohrfeige gedroht und gesagt, er würde mich an einem Baum aufknüpfen lassen. Mich an einem Baum aufknüpfen! Mich!« wiederholte er und schlug sich dabei mit der Hand wild auf die Brust.

Mrs. Almayer lachte höhnisch.

»Und du hast Selam zu ihnen gesagt und um Gnade gebettelt. Zu meiner Zeit pflegten sich Männer mit Waffen im Gürtel anders zu verhalten.«

»Und wo sind sie jetzt – die Männer deiner Jugend? Verrücktes Weib!« gab Babalatchi ärgerlich zurück. »Von den Holländern umgebracht. Aha! Ich möchte aber am Leben bleiben, um sie hinters Licht zu führen. Ein richtiger Mann weiß, wann es Zeit ist zu kämpfen und wann, friedfertige Lügen zu erzählen. Wärst du nicht ein Weib, so wüßtest du das.«

Aber Mrs. Almayer schien ihn nicht zu hören. Den Körper vorgebeugt und den Arm vorgestreckt, schien sie irgendeinem Geräusch hinter dem Schuppen nachzuhorchen.

»Da sind so komische Laute«, flüsterte sie, offensichtlich alarmiert. »Es hat sich angehört, wie wenn jemand jammert – wie Seufzen und Weinen. Das war vorhin am Fluß unten. Und jetzt hab ich wieder gehört –«

»Wo?« fragte Babalatchi mit veränderter Stimme. »Was hast du gehört?«

»Das war ganz in der Nähe. Es klang wie wenn jemand tief Atem holt. Hätte ich doch das Papier über der Leiche verbrannt, bevor man sie eingegraben hat.«

»Ja«, stimmte Babalatchi zu. »Aber die weißen Männer ließen ihn auf der Stelle in ein Loch werfen. Wie du weißt, hat er auf dem Fluß den Tod gefunden«, fügte er fröhlich hinzu, »und wenn sein Geist schon die Kanus mit seinen Zurufen verfolgt – das Land würde er immer in Frieden lassen.«

Mrs. Almayer hatte ihren Hals verdreht, um in die Ecke des Küchenschuppens zu lugen. Nun zog sie den Kopf zurück.

»Niemand da«, sagte sie beruhigt. »Sollte das Kriegsschiff des Rajahs nicht jetzt zur Rodung aufbrechen?«

»Ich hab hier darauf gewartet, weil es für mich ebenfalls Zeit ist, aufzubrechen«, erklärte Babalatchi. »Ich denke, ich paddle hinüber und sehe nach, weshalb sie sich so verspäten. Und wann wirst du kommen? Der Rajah gewährt dir Unterschlupf.«

»Ich werde vor Tagesanbruch hinüberpaddeln. Ich kann meine Dollars nicht hier lassen«, murmelte Mrs. Almayer.

Sie gingen auseinander. Babalatchi überquerte den Hof in Richtung Wasserlauf, um in sein Kanu zu steigen, Mrs. Almayer ging langsam zum Haus, stieg die Planken hinauf und verschwand über die hintere Veranda im Korridor, der zur Frontseite des Hauses führte; bevor sie ihn aber betrat, drehte sie sich in der Tür noch zu einem letzten Blick auf den verlassen und schweigend daliegenden Hof um, den nun die Strahlen des aufgehenden Mondes beschienen. Sie war aber noch nicht verschwunden, als auch schon ein formloser Schatten zwischen den Schäften der Bananenplantage herausschoß, über den mondbeschienenen Platz huschte und mit dem Dunkel am Fuße der Veranda verschmolz. Es hätte der Schatten einer dahineilenden Wolke sein können, so lautlos und schnell war er verflogen – wäre nicht diese verräterische Spur aus aufgeregtem Gras gewesen, dessen gefiederte Grannen noch lange im Mondlicht zitterten und schwankten, bevor sie sich wieder beruhigten und reglos und glänzend standen – ein verästeltes Ornament aus Silberstickerei auf einem düsteren Hintergrund.

Mrs. Almayer zündete die Kokoslampe an, hob vorsichtig den roten Vorhang und warf einen Blick auf ihren Mann, das Licht von ihrer Hand abgeschirmt. Almayer lag – den einen Arm herabbaumelnd, den anderen quer über die untere Hälfte seines Gesichts geworfen, als wollte er einen unsichtbaren Feind abwehren – mit ausgestreckten Beinen in den Stuhl gefläzt und schlief einen schweren Schlaf, ohne um die unfreundlichen Augen zu wissen, die ihn verächtlich musterten. Neben seinen Füßen lag in einem Trümmerhaufen kaputten Geschirrs und zerbrochener Flaschen der umgekippte Tisch. Der Eindruck, es handle sich dabei um Zeugen eines verzweifelten Kampfes, wurde noch durch die Stühle verstärkt, die mutwillig kreuz und quer über das Gelände geschleudert worden zu sein schienen und nun in ihrer Hilflosigkeit den bedauernswerten Anblick von Betrunkenen boten, die auf der Veranda herumlagen. Nur Ninas großer Schaukelstuhl thronte auf seinen Kufen schwarz und reglos über diesem Chaos aus zerrüttetem Mobiliar – unerschütterlich in seiner Würde und Langmut und immer bereit, seine Last zu tragen.

Mrs. Almayer warf einen letzten vernichtenden Blick auf den Schläfer, bevor sie hinter dem Vorhang in ihrem Zimmer verschwand. Ermutigt von der Dunkelheit und die nun eingetretene Beruhigung der Lage, fingen ein paar

Fledermäuse neuerlich an, über Almayers Kopf ihre lautlosen und bizarren Schleifen zu ziehen, und lange Zeit störte nichts außer den tiefen Atemzügen des schlafenden Mannes und dem leisen Klirren von Silber in den Händen der Frau, die die Vorbereitungen für ihre Flucht traf, die Stille des Hauses. Im stärker werdenden Licht des Mondes, der nun aus dem nächtlichen Nebel aufgetaucht war, hoben sich die Umrisse der Gegenstände auf der Veranda in ihrer verboten widerlichen Unordnung scharf als schwarze Schattenkleckse ab, und auf der schmutzigweißen Wand hinter dem schlafenden Almayer erschien, in grotesker Übertreibung von Haltung und Gesichtszügen und zu heroischen Ausmaßen aufgeblasen, eine Karikatur seiner selbst. Mißvergnügt machten sich die Fledermäuse auf die Suche nach dunkleren Örtlichkeiten, und mit knappen, nervösen Bewegungen tauchte eine Eidechse auf der Bildfläche auf und verharrte, zufrieden mit dem weißen Tischtuch, in atemloser Unbeweglichkeit, die auf einen jähen Tod hingewiesen hätte – wäre nicht dieser melodische Laut gewesen, den sie mit einem weniger abenteuerlustigen Genossen austauschte, der sich auf dem Hof unter Bauholz versteckt hielt. Dann knarrten die Fußbodenbretter im Korridor, die Eidechse verschwand, und Almayer schreckte unruhig hoch und seufzte; langsam kehrte er aus dem dumpfen Nichts des Schlafs eines Trinkers und durch das Land der Träume zurück in den Zustand erwachenden Bewußtseins. Unter der Last seines Traums rollte Almayers Kopf hin und her; die Himmel hatten sich wie ein schwerer Mantel um ihn gelegt, und ihre sternenbesetzten Falten fielen wie eine Schleppe tief unter seine Füße hinab. Sterne über ihm, Sterne um ihn herum; und aus den Sternen zu seinen Füßen drang ein

Flüstern zu ihm empor, in das sich flehentliche Bitten und Tränen mischten, und kummervolle Gesichter tauchten auf und vergingen zwischen den Sternenhaufen, die den unendlichen Raum unter ihm füllten. Wie konnte er diesem aufdringlichen Wehklagen entkommen und dem Blick aus starren, traurigen Augen in den Gesichtern, die ihn so lange bedrängten, bis er unter dem erdrückenden Gewicht der Welten, das auf seinen schmerzenden Schultern lastete, verzweifelt nach Atem rang? Verschwinde! Aber wie? Schon die Andeutung einer Bewegung wäre ein Schritt ins Nichts, würde bedeuten, daß er begraben würde unter dem krachend niederstürzenden All, dessen einzige Stütze er war. Und was sprachen die Stimmen? Drängten ihn, sich zu bewegen! Wozu? Für den Schritt ins Verderben! Höchst unwahrscheinlich! Die Absurdität dieser Geschichte machte ihn wütend. Er stemmte seine Füße fester ab, und im heroischen Entschluß, seine Last bis in alle Ewigkeit zu tragen, spannte er seine Muskeln an. Und Ewigkeiten vergingen mit dieser übermenschlichen Anstrengung, inmitten der wie rasend ihn umkreisenden Welten, inmitten des klagenden Gemurmels kummervoller Stimmen, die ihn drängten, aufzuhören, bevor es zu spät war – bis die rätselhafte Macht, die ihm diese übermenschliche Aufgabe auferlegt hatte, zum letzten, ihn vernichtenden Schlag auszuholen schien. Starr vor Angst spürte er, wie eine übermächtige Hand ihn an den Schultern packte und schüttelte, während der Chor der Stimmen lauter und lauter zu einem verzweifelten Flehen anschwoll, er solle gehen, gehen, bevor es zu spät war. Er spürte, wie er ausglitt und das Gleichgewicht verlor, weil etwas an seinen Beinen zerrte, und dann fiel er. Mit einem schwachen Schrei entfloh er dem Alptraum des Weltuntergangs in einen Zustand des Halbschlafs, der noch ganz im Banne dieses Traums zu stehen schien.

»Was? Was?« murmelte er schlaftrunken, ohne sich zu rühren oder die Augen aufzumachen. Sein Kopf war immer noch schwer, und er hatte nicht den Mut, die Lider aufzuschlagen. In seinen Ohren hallte das Geräusch flehentlichen Geflüsters nach. – »Bin ich wach? – Warum höre ich die Stimmen?« fragte er sich. – »Ich werde diesen grauenhaften Alptraum noch immer nicht los. – Ich war sehr betrunken. – Was schüttelt mich da? Ich träume noch immer. – Ich muß die Augen aufmachen, damit das endlich vorbei ist. Ich bin bloß halbwach, soviel ist sicher.«

Er machte eine Anstrengung, seine Benommenheit abzuschütteln, und erblickte knapp über sich ein Gesicht, das mit starren Augäpfeln zu ihm herabblickte. Wieder schloß er, fassungslos vor Entsetzen, die Augen und richtete sich, am ganzen Leib zitternd, kerzengerade in seinem Sessel auf. Was war das für eine Erscheinung? – Zweifellos ein Gebilde seiner Phantasie. – Seine Nerven waren am vergangenen Tag schwer auf die Probe gestellt worden – und dazu noch das Trinken. Er würde es kein zweites Mal sehen, wenn er nur den Mut hatte hinzuschauen. – Sofort würde er hinsehen. – Er brauchte nur noch etwas mehr Standfestigkeit – so – jetzt.

Er schlug die Augen auf. Ihm gegenüber, am anderen Ende der Veranda, stand im stahlharten Licht, die Hände demütig flehend vorgestreckt, eine Frauengestalt; und durch den Raum zwischen ihm und diesem hartnäckigen Trugbild flutete das Gemurmel von Worten, das in einem Kauderwelsch peinigender Sätze an sein Ohr drang, deren Bedeutung seinem Verstand selbst unter größten Anstrengungen entging. Wer sprach diese malaiischen Worte? Wer war davongelaufen? Warum zu spät – und wozu zu spät? Was bedeuteten diese Worte des Hasses und der Liebe, die sich so sonderbar miteinander vermengten, und diese ständig wiederkehrenden Namen, die wieder und wieder an sein Ohr schlugen – Nina, Dain; Dain, Nina? Dain war tot, und Nina schlief – ohne von den Schrecken zu wissen, die er soeben ausstand. Sollte diese Quälerei bis in alle Ewigkeit weitergehen, ob er nun schlief oder wachte? Sollte er weder am Tag noch in der Nacht Frieden finden? Welchen Sinn hatte das denn?

Die letzten Worte schrie er laut heraus. Das weibliche Schattenwesen schien zusammenzuschrecken und nach hinten zur Türöffnung zurückzuweichen. Dann erklang ein schriller Schrei. Erbittert über die Sinnlosigkeit dieser Tortur warf sich Almayer auf dieses Gespenst, das sich seinem Griff entzog, und taumelte schwer gegen die Mauer. Er drehte sich blitzschnell um und setzte wutentbrannt der mysteriösen Gestalt nach, die mit durchdringenden Schreien, die seinen Zorn wie Öl aufflammen ließen, vor ihm davonrannte: Drüber über die Möbel, rund um den umgekippten Tisch – jetzt aber hatte er sie hinter Ninas Stuhl in der Falle! Sie tauchten nach links und nach rechts ab, zwischen ihnen dieser wie verrückt schaukelnde Stuhl – auf der einen Seite sie, die bei jeder Finte schrill aufschrie, auf der anderen er, der durch die fest zusammengebissenen Zähne sinnlose Flüche knurrte. O! dieser höllische Lärm, der seinen Kopf spaltete und ihm den Atem zu rauben drohte. – Es würde ihn umbringen. – Es mußte aufhören! Das wahnsinnige Verlangen, dieses gellende Wesen zu zerschmettern, brachte ihn dazu, sich ohne alle Rücksicht mit einem verzweifelten Sprung über den Stuhl zu werfen – und inmitten splitternden Holzes und einer Wolke aus Staub krachten sie aufeinander. Das letzte schrille Kreischen erstarb in einem schwachen Gurgeln unter ihm – absolute Stille trat ein: Er war erlöst.

Er blickte der Frau unter sich ins Gesicht. Eine wirkliche Frau! Und er kannte sie. War das nicht großartig! Taminah! Er schämte sich wegen seines Tobsuchtsanfalls und sprang hoch, stand verdattert da und wischte sich über die Stirn. Das Mädchen rappelte sich auf die Knie, umschlang seine Beine und flehte wie rasend um Gnade.

»Hab keine Angst«, sagte er und zog sie hoch. »Ich tu dir schon nichts. Was treibt dich in der Nacht zu meinem Haus? Und wenn es schon notwendig war zu kommen, warum gehst du dann nicht hinter den Vorhang zur Schlafstelle der Frauen?«

»Der Platz hinter dem Vorhang ist leer«, keuchte Taminah und rang nach jedem einzelnen Wort um Atem. »Es sind keine Frauen mehr in deinem Haus, Tuan. Ich habe die alte Mem fortgehen sehen, bevor ich dich aufzuwecken versuchte. Und ich habe nicht zu deiner Frau gewollt – ich wollte zu dir.«

»Die alte Mem?« wiederholte Almayer. »Meinst du meine Frau?«

Sie nickte.

»Aber vor meiner Tochter fürchtest du dich doch nicht!« sagte Almayer.

»Hast du's denn nicht gehört?« rief sie. »Hab ich nicht die ganze Zeit geredet, während du mit halboffenen Augen dalagst? Auch sie ist fort.«

»Ich hab geschlafen. Kannst du nicht unterscheiden, wann ein Mann schläft und wann er wach ist?«

»Manchmal«, antwortete Taminah leise, »manchmal hält sich der Geist in der Nähe eines schlafenden Körpers auf, und dann kann er auch hören. Ich habe lange gesprochen, bevor ich dich berührte, und ich habe ganz leise gesprochen, weil ich Angst hatte, er könnte bei einem unerwarteten Geräusch entfliehen und dich auf ewig schlafend hier zurücklassen. Ich habe dich erst an den Schultern gefaßt, als du anfingst, Worte zu murmeln, die ich nicht verstehen konnte. Hast du denn gar nichts gehört und nicht etwas mitbekommen?«

»Nichts von dem, was du gesagt hast. Was war's denn? Wenn du willst, daß ich's weiß, so sag es noch einmal.«

Er legte ihr den Arm um die Schultern, und sie ließ sich widerstandslos in die Veranda führen, wo das Licht heller war. Sie rang die Arme so verzweifelt, daß er es mit der Angst bekam.

»Sprich«, sagte er. »Der Lärm, den du gemacht hast, hätte ausgereicht, um einen Toten aufzuwecken. Aber nicht einmal ein Lebender ist gekommen«, flüsterte er nervös. »Hast du die Sprache verloren? Sprich!« wiederholte er.

Nach einem kurzen inneren Kampf sprudelte es in einer Sturzflut von Worten aus ihr, und mit bebenden Lippen erzählte sie ihm die Geschichte von Ninas Liebe und der eigenen Eifersucht. Er blickte sie mehrmals zornig an und befahl ihr zu schweigen; aber es gelang ihm nicht, die Laute aufzuhalten, die in einem heißen Strom aus ihr hervorzubrechen schienen, um seine Füße strudelten und in siedendheißen Wogen um ihn aufstiegen, immer höher und höher, bis sie über sein Herz hinweggespült waren und wie geschmolzenes Blei an seine Lippen drängten, ihn mit kochendheißem Dampf blendeten und über seinem Kopf zusammenschlugen – gnadenlos und todbringend. Als sie vom Täuschungsmanöver um den

Tod von Dain berichtete, dessen Opfer er an eben diesem Tag geworden war, warf er ihr abermals einen seiner fürchterlichen Blicke zu, der sie einen Moment lang unsicher werden ließ, doch drehte er sich sogleich wieder weg. Mit einem Mal war jeglicher Ausdruck aus seinem Gesicht gewichen, und mit versteinerter Miene blickte er weit hinaus auf den Fluß. Ah, der Fluß! Sein alter Freund, sein alter Feind, der mit der immer gleichen Stimme sprach, jahrein, jahraus, dahinfloß und auf der immer sich wandelnden und doch immer unveränderten Oberfläche aus blitzenden Driften und kreiselnden Strudeln Reichtümer oder Enttäuschung mit sich führte, Glück oder Schmerz. Viele Jahre hatte er dem leidenschaftslosen und beruhigenden Gemurmel gelauscht, das manchmal das Lied der Hoffnung war, manchmal der Gesang des Triumphs und der Ermutigung; und noch öfter freilich das Flüstern von Trostesworten, die von besseren künftigen Tagen erzählten. So viele Jahre lang! So viele Jahre! Und nun lauschte er dem Begleitgeräusch dieses Murmelns – dem langsamen und schmerzhaften Schlagen seines Herzens. Er lauschte aufmerksam und staunte über die Regelmäßigkeit seiner Schläge. Mechanisch begann er zu zählen. Eins, zwei. Wozu zählen? Beim nächsten Schlag mußte es aussetzen. Kein Herz konnte längere Zeit so sehr leiden und so gleichmäßig schlagen. Diese regelmäßigen Schläge, die wie das gedämpfte Pochen eines Hammers in seinen Ohren klangen, mußten bald aufhören. Aber immer weiter geht dieses Schlagen – unaufhaltsam und grausam. Kein Mensch kann das aushalten. Ist dieser der letzte – oder der nächste? – Wie lange noch? O Gott! Wie lange noch? Ohne es zu wollen, legte sich seine Hand schwerer auf die Schulter des Mädchens, und bei den letzten Worten ihrer Erzählung hockte sie zusammengekauert zu seinen Füßen – in den Augen Tränen des Schmerzes, der Scham und der Wut. Sollte ihre Rache fehlschlagen? Dieser weiße Mann war fühllos wie ein Stein. Zu spät! Zu spät!

»Und du hast gesehen, wie sie wegfuhr?« Almayers Stimme klang rauh über ihr.

»Hab ich dir das denn nicht schon erzählt?« schluchzte sie und versuchte sich dabei vorsichtig seinem Griff zu entwinden. »Hab ich dir denn nicht erzählt, daß ich sah, wie diese Hexe das Kanu abstieß? Ich hatte mich im Gras versteckt und jedes einzelne Wort gehört. Sie, die wir immer die weiße Mem genannt haben, wollte noch einmal hierherkommen, um einen Blick auf dein Gesicht zu werfen, aber die Hexe verbot es ihr, und –«

Sie ging noch tiefer hinunter – bis auf die Ellbogen, wandte sich unter dem Druck der schweren Hand halb um und blickte gehässig zu ihm auf.

»Und sie hat ihr gehorcht«, schrie sie, halb lachend, halb weinend vor Schmerz. »Laß mich los, Tuan. Weshalb bist du auf mich wütend? Beeil dich, oder du schaffst es nicht mehr, der falschen Schlange deine Wut zu zeigen.«

Almayer zerrte sie hoch und brachte sein Gesicht ganz nahe an das ihre, während sie um sich schlug und seinem wilden Blick auszuweichen suchte.

»Wer hat dich hierher geschickt, damit du mich quälst?« fragte er zornig. »Ich glaube dir nicht. Du lügst.«

Er streckte seinen Arm überraschend aus und schleuderte sie quer über die Veranda zur Tür hin, wo sie reglos und stumm liegen blieb, so als hätte sie ihr Leben in seiner Pranke gelassen – ein dunkles Häuflein, aus dem kein Ton und kein Mucks kam.

»O Nina!« flüsterte Almayer, und in seiner Stimme verschmolzen Vorwurf und Liebe in zärtlichem Schmerz. »O Nina! Ich kann's nicht glauben.«

Vom Fluß her wehte ein Windhauch, der das Gras im Hof auf und ab wogen ließ, erreichte die Veranda und strich in unendlich mitleidsvoller Liebkosung über Almayers Stirn. Der Vorhang vor dem Eingang zum Zimmer der Frauen bauschte sich und fiel überraschend hilflos wieder in sich zusammen. Er starrte den flatternden Stoff an.

»Nina!« schrie Almayer. »Wo bist du, Nina?«

Der Wind fuhr mit einem ängstlichen Seufzen zum leeren Haus hinaus, und alles war still wie zuvor.

Almayer verbarg sein Gesicht in den Händen, wie um einen abscheulichen Anblick abzuwehren. Als es leise raschelte, nahm er die Hände von den Augen. Der dunkle Haufen neben der Tür war verschwunden.

Elftes Kapitel

EIN kleiner, hüttenartiger, auf hohen Pfosten hok-
kender Unterstand, inmitten einer rechteckigen,
schattenlosen Fläche aus Reisschößlingen, von
Mondlicht beschienen – daneben ein Stoß Reisig und, vor
den Glutstücken eines Feuers ausgestreckt, ein Mann: all
das wirkte winzig und im blaßgrün irisierenden Licht, das
vom Boden reflektiert wurde, wie verloren. Von den drei
Seiten der Rodung, die in dem trügerischen Licht sehr
weit entfernt schienen, blickten die großen Bäume des
Waldes, die durch die Ranken einer Masse ineinander verschlungenen Lianen vielfach aneinandergefesselt waren,
auf das zu ihren Füßen wuchernde junge Leben hinunter –
schwermütig und resigniert wie Riesen, die das Vertrauen
in ihre Körperkraft verloren haben. Und in ihrer Mitte
wanden sich die unbarmherzigen Schlingpflanzen wie Ka-
belrollen um die mächtigen Stämme, sprangen von Baum
zu Baum, baumelten in dornenbesetzten Girlanden von
den unteren Ästen, trieben zarte Ranken himmelwärts,
damit sich diese noch die kleinsten Zweige suchten, und
brachten ihren Opfern in einem Rausch lautloser Vernichtung Tod und Verderben.

An der vierten Seite, dem leicht gekrümmten Ufer jenes
Seitenarms des Pantai, der den einzigen Zugang zur Rodung bot, lief eine schwarze Reihe junger Bäume, Büsche
und frisch nachgewachsenen Gestrüpps, die nur durch
eine kleine Lücke unterbrochen wurde, die an einer Stelle
mit der Axt herausgehauen worden war. Hier begann der

schmale Fußweg, der vom Ufer bis zu dem Unterschlupf aus Grasmatten führte, den die Nachtwächter zur Zeit der Reife benützten, wenn die Frucht vor den Wildschweinen geschützt werden mußte. Der Pfad endete in einem kreisförmigen Platz, der von Asche und Stücken verkohlten Holzes bedeckt war, unmittelbar zu Füßen der Pfosten, auf denen die Hütte errichtet worden war. In der Mitte dieses Platzes lag Dain am glosenden Feuer.

Mit einem Seufzer der Ungeduld drehte er sich zur Seite und lag, den abgewinkelten Arm als Kopfkissen, das Gesicht dem verlöschenden Feuer zugewandt, still da. Die Glutstücke formten einen kleinen, rötlich leuchtenden Kreis und ließen seine weit offenen Augen aufglühen, und bei jedem tiefen Atemzug stieg vor seinen geöffneten Lippen die feine weiße Asche längst erloschener Feuer in einer lichten Wolke hoch, stieg tanzend von der Glutwärme hinauf ins Mondlicht, das auf Bulangis Rodung herabflutete. Die Strapazen der letzten Tage hatten seinen Körper sehr hergenommen, aber noch mehr galt dies für seinen Kopf, weil ihn das einsame Harren der Dinge, die da kommen sollten, so angestrengt hatte. Noch nie hatte er sich so hilflos gefühlt. Er hatte das Krachen der Bordkanone des Beiboots gehört, und er wußte, daß sein Leben in wenig vertrauenswürdigen Händen lag und seine Feinde bedrohlich nahe waren. Während der trägen Nachmittagsstunden streifte er am Waldrand entlang, oder er hielt, hinter Büschen verborgen, ruhelos Ausschau nach etwaigen Anzeichen von Gefahr auf dem Wasserlauf. Er hatte keine Angst vor dem Tod, und doch empfand er ein brennendes Verlangen nach dem Leben, denn für ihn hieß das Leben Nina. Sie hatte versprochen, zu kommen, ihm zu folgen, mit ihm zu teilen – Gefahren wie Triumphe. Wenn sie an seiner Seite war, so kümmerte ihn keine Gefahr – Triumph und Lebensfreude aber gab es ohne sie nicht. Er verkroch sich in seinem schattigen Versteck, schloß die Augen und versuchte, vor sich das anmutige und zauberhafte Bild der weißen Gestalt erstehen zu lassen, die für ihn Anfang und Ende des Lebens war. Bei fest geschlossenen Augen und fest zusammengebissenen Zähnen versuchte er mit leidenschaftlicher Anstrengung dieses Traumbild höchster Wonne festzuhalten. Umsonst! Es wurde ihm schwer ums Herz, als sich Ninas Gestalt auflöste und nun von einer anderen Vorstellung abgelöst wurde – einer Vorstellung von bewaffneten Männern, zornigen Gesichtern, blitzenden Waffen –, und es war ihm, als hörte er das Summen aufgeregter und frohlockender Stimmen, als man ihn in seinem Versteck aufstöberte. Erschreckt von der Macht seiner Vorstellungskraft, schlug er die Augen auf, und mit einem Satz war er draußen im Sonnenlicht, um seine ziellosen Rundgänge um die Rodung von neuem aufzunehmen. Wenn ihn sein ermüdender Weg am Waldrand entlangführte, warf er hin und wieder einen raschen Blick in dessen dunklen Schatten, der – so sehr er auch mit seiner trügerischen Kühle verlockte – mit seiner undurchdringlichen Dunkelheit abstoßend wirkte und in dem, begraben und der Fäulnis preisgegeben, zahllose Baumgenerationen lagen, deren Nachkommen, in ihrem dunkelgrünen Blattwerk, wie in Trauer riesenhaft und hilflos dastanden und darauf warteten, selbst an die Reihe zu kommen. Einzig die Schmarotzer schienen hier leben zu dürfen und drängten sich schlängelnd empor zu Luft und Sonnenschein, nährten sich von den Toten ebenso wie von den Sterbenden und schmückten ihre Opfer mit rosa und blauen

Blüten, die, obszön und grausam, zwischen den Zwei-
gen durchschimmerten, wie ein schriller und spöttischer
Mißton in der feierlichen Harmonie der todgeweihten
Bäume.

Hier könnte sich ein Mann durchaus verstecken, dachte
Dain, als er an eine Stelle kam, wo jemand einen bogen-
förmigen Durchlaß aus den Schlingpflanzen herausgeris-
sen und -gehackt hatte, hinter dem vielleicht ein Pfad
begann. Als er sich hinunterbeugte, um hindurchzusehen,
ertönte wütendes Grunzen, und ein Rudel Wildschweine
preschte durchs Unterholz davon. Beißender Geruch von
modriger Erde und verrottenden Blättern schnürte ihm
die Kehle zu, und so als hätte ihn der Hauch des Todes
gestreift, fuhr er mit schreckverzerrter Miene zurück. Da
drinnen schien selbst die Luft gestorben zu sein – schwer
und gestockt war sie, vergiftet von der Fäule zahlloser
Jahrhunderte. Er stolperte auf seinem Weg, getrieben von
nervöser Ruhelosigkeit, die ihn ermüdete, ihn aber schon
beim bloßen Gedanken an Untätigkeit und Ruhe mit Widerwillen erfüllte. War er ein Wilder, der sich im Wald
verstecken mußte, damit man ihn dort vielleicht umbrach-
te – im Dunkel, wo nicht genug Raum zum Atmen war?
Er würde auf seine Feinde im Tageslicht warten, wo er den
Himmel sehen und die Brise fühlen konnte. Er wußte, wie
es sich für einen malaiischen Fürsten zu sterben gebührte.
Eine dumpfe und verzweifelte Wut erfaßte ihn – jenes
ganz besondere Erbteil seiner Rasse –, und er schleuderte
wilde Blicke zur Lücke in den Büschen am Fluß, an der
anderen Seite der Rodung. Von dort würden sie kommen.
Er konnte sie sich vorstellen. Er sah die bärtigen Gesichter und die weißen Offiziersjacken, die Lichtreflexe auf
den gegen ihn gerichteten Gewehrläufen. Was bedeutete

schon die Tapferkeit des größten Kriegers angesichts von Feuerwaffen in den Händen eines Sklaven? Er würde ihnen lächelnd entgegentreten, die Hände zum Zeichen seiner Unterwerfung vorgestreckt, bis er ganz nahe bei ihnen wäre. Er würde ein paar freundliche Worte sagen – noch näher kommen – noch näher, so nahe, daß sie ihn mit Händen berühren und gefangennehmen konnten. Und das wäre dann der richtige Augenblick: Mit einem Schrei und einem Sprung wäre er in ihrer Mitte und würde, Kris in der Hand, töten, töten, töten und selbst sterben, das Geschrei seiner Feinde im Ohr, den Anblick ihres warm hervorquellenden Blutes vor Augen.

Er ließ sich von seiner Begeisterung mitreißen, griff nach dem Kris, den er in seinem Sarong verborgen trug, holte tief Atem, sprang vor, hieb auf die leere Luft ein und fiel auf sein Gesicht. Wie betäubt von der Heftigkeit seiner Gefühlsaufwallung blieb er liegen und dachte, daß er – wie ruhmreich sein Tod auch sein mochte – sterben müßte, bevor er Nina sah. Um so besser. Er spürte, daß der Tod zu grausam wäre, wenn er sie wiedersah. Voll Entsetzen mußte er, der Nachfahre von Rajahs und Eroberern, feststellen, daß er an der eigenen Tapferkeit zweifelte. Seine Sehnsucht zu leben bereitete ihm Höllenqualen, und Gewissensbisse peinigten ihn. Er brachte es nicht über sich, auch nur ein Glied zu rühren. Er hatte den Glauben an sich selbst verloren, und so besaß er nichts mehr von dem, was einen Mann zum Mann macht. Das Leiden blieb ihm, denn geschrieben steht, daß es den Körper des Menschen bis zum letzten Atemzug begleiten soll, und die Furcht blieb auch. Undeutlich zeigten sich ihm die Abgründe seiner leidenschaftlichen Liebe, konnte er ihre Stärke erkennen und ihre Schwäche, und Angst befiel ihn.

Langsam ging die Sonne unter. Der Schatten des Waldes im Westen wanderte über die Rodung, deckte die verbrannten Schultern des Mannes mit seinem kühlen Mantel und eilte weiter, um mit den Schatten anderer Wälder im Osten zu verschmelzen. Die Sonne verweilte noch ein wenig im zarten Maßwerk der oberen Äste, so als ließe sie nur freundlich widerstrebend von dem Körper, der ausgestreckt im grünen Reisfeld lag. Dann strömte mit der kühlen abendlichen Brise neues Leben in Dain, er setzte sich auf und blickte um sich. Die Sonne ging hastig unter, so als schämte sie sich, bei dieser Anwandlung von Mitleid ertappt zu werden, und die Rodung, die tagsüber ganz Licht gewesen war, war mit einem Mal ganz Dunkel, in dem das Feuer wie ein Auge strahlte. Dain schlenderte langsam zum Wasserlauf, und als er seinen zerrissenen Sarong, sein einziges Kleidungsstück, abgelegt hatte, tauchte er seinen Fuß vorsichtig ins Wasser. Er hatte schon den ganzen Tag nichts zu essen gehabt und hatte nicht gewagt, bei Tageslicht ans Ufer zu gehen, um Wasser zu trinken. Während er nun lautlos dahinschwamm, nahm er ein paar Schlucke vom Wasser, das ihm um die Lippen leckte. Das tat gut, und mit größerem Vertrauen in sich selbst und andere machte er sich auf den Rückweg zum Feuer. Hätte ihn Lakamba wirklich verraten, wäre alles längst überstanden. Er fachte das Feuer an, daß es auflo-derte, und trocknete sich ab, solange es brannte. Dann legte er sich neben die Glut. Er konnte nicht einschlafen, aber sein ganzer Körper war wie taub. Seine Rastlosigkeit hatte sich gelegt; er war's zufrieden, lag still und maß die Zeit, indem er die Sterne verfolgte, die in endloser Reihe über den Wäldern aufstiegen und deren Licht, das am wolkenlosen Himmel flackerte, von den leichten Windstößen unten zu größerer Helligkeit entfacht zu werden schien. Halb im Traum redete er sich wieder und wieder ein, daß sie kommen würde, bis die Gewißheit allmählich von seinem Herzen Besitz ergriff und ihn mit tiefem Frieden erfüllte. Ja, bei Anbruch des morgigen Tages wären sie auf der großen blauen See vereint, die wie das Leben war, und fern den Wäldern, die wie der Tod waren. Zärtlich lächelnd murmelte er Ninas Namen in das Schweigen des Raums: Das schien den Bann der Stille zu brechen, und weit weg, beim Wasserarm, fing wie zur Antwort ein Frosch laut zu quaken an. Ein Chor aus brüllenden und klagenden Stimmen erhob sich aus dem Schlamm entlang der Buschreihen. Er lachte herzlich; kein Zweifel – das war ihr Liebeslied. Er empfand Zuneigung zu diesen Fröschen und hörte ihnen zu, erfreut über das geräuschvolle Leben in seiner Nähe.

Als der Mond hinter den Bäumen hervorkam, fühlte er wieder die alte Ungeduld und Unrast leise in sich aufkeimen. Weshalb war sie so spät? Es war richtig, für ein einziges Paddel war die Strecke lang. Wie geschickt und wie ausdauernd gingen diese kleinen Hände doch mit einem schweren Paddel um! Es war wirklich ein Wunder – so kleine Hände, so zarte, kleine Handflächen, die seine Wange mit einer Leichtigkeit zu berühren wußten! Sanfter als das Fächeln eines Schmetterlingsflügels. Wunderbar! Er überließ sich ganz den zärtlichen Gedanken an dieses unglaubliche Wunder, und als er wieder zum Mond aufblickte, war dieser eine Handbreit über den Bäumen aufgegangen. Würde sie kommen? Er zwang sich, still liegenzubleiben, und überwand den Drang, aufzustehen und wieder im Kreis um die Rodung zu rennen. Er wälzte sich von einer Seite zur anderen; dann lag er schließlich, zitternd von dieser Anstrengung, auf dem Rücken und erblickte, inmitten der Sterne, ihr Gesicht, das zu ihm heruntersah.

Das Quaken der Frösche verstummte unvermittelt. Mit der Achtsamkeit des Gejagten setzte Dain sich auf und horchte angestrengt; er hörte es ein paarmal auf dem Wasser klatschen, als die Frösche kopfüber in den Flußlauf sprangen. Er wußte, daß irgend etwas sie aufgestört hatte, und erhob sich argwöhnisch und alarmiert. Ein leises Knirschen, dann das trockene Geräusch, wie wenn Holz auf Holz schlägt. Jemand legte gerade an. Er nahm einen Armvoll Reisig, und ohne seinen Blick vom Pfad zu wenden, hielt er ihn über die Glut des Feuers. Er wartete unentschlossen und sah zwischen den Büschen etwas aufleuchten; dann trat eine weiße Gestalt aus dem Schatten und schien in dem blassen Licht zu ihm hinzufließen. Sein Herz tat einen Riesensatz, stand still, fing von neuem zu pochen an und ließ seinen Körper unter rasenden Schlägen erzittern. Er ließ die Zweige auf die glühenden Kohlen fallen, und es war ihm, als brüllte er ihren Namen heraus – als stürzte er hin zu ihr, und doch entrang sich ihm kein Laut, rührte er sich keinen Zoll von der Stelle, sondern stand stumm und reglos, wie in Bronze gegossen, im Mondlicht da, das sich über seine nackten Schultern ergoß. Und während er dastand und nach Atem rang, als würde er vor lauter Glück gleich die Besinnung verlieren, kam sie mit raschen, entschlossenen Schritten zu ihm und warf ihm impulsiv die Arme um den Hals – wie jemand, der im Begriff ist, sich aus gefährlicher Höhe herabzuschwingen. Ein kleines blaues Licht kroch an den trockenen Zweigen empor, und das Knistern des flackernden Feuers war das einzige Geräusch, als sie einander stumm und überwältigt von diesem Wiedersehen gegenüberstanden; dann fing das trockene Holz plötzlich Feuer, eine helle, heiße Flamme loderte bis zu ihren Köpfen empor, und in ihrem Licht sahen sie die Augen des anderen.

Keiner der beiden sagte ein Wort. Ein kaum merkliches Zittern, das durch seinen starren Körper lief und um seine bebenden Lippen spielte, ließ erkennen, daß er wieder zur Besinnung kam. Sie bog ihren Kopf zurück, und mit einem jener langen Blicke, die zu den schrecklichsten Waffen einer Frau gehören, hielt sie den seinen gefangen; es ist ein Blick, der mehr erregt als die intimste Berührung und gefährlicher ist als ein Dolchstoß, denn auch er treibt die Seele aus dem Körper, läßt aber den Körper hilflos am Leben: ein Spielball der launenhaften Stürme von Leidenschaft und Verlangen. Es ist ein Blick, der den ganzen Leib umfaßt, bis in die verborgensten Winkel der Seele dringt und im Siegestaumel über die gelungene Eroberung die grausame Niederlage bereithält. Er bedeutet für den Mann aus den Wäldern oder auf hoher See das gleiche wie für den, der auf den verschlungenen Pfaden der noch gefahrvolleren Wildnis von Häusern und Straßen wandelt. Männer, die in ihrer Brust die schreckliche Wonne eines solchen Blickes verspürt haben, leben einzig dem Augenblick, denn er bedeutet das Paradies; sie vergessen das Gestern – das Leiden hieß; kümmern sich nicht um das Morgen – das Tod und Verderben bringen kann. Sie begehren, auf ewig unter diesem Blick zu leben. Es ist der Blick, der die Hingabe der Frau verheißt.

Er begriff, und so als wäre er mit einem Mal von seinen unsichtbaren Fesseln erlöst, fiel er ihr mit einem Freudenschrei zu Füßen, umschlang ihre Knie mit seinen Armen und barg sein Gesicht unter dem unzusammenhängenden

Gestammel von Dankbarkeit und Liebe in den Falten ihres Gewandes. Noch nie hatte ihn ein solcher Stolz erfüllt wie eben jetzt, zu den Füßen dieser Frau, die halb zu seinen Feinden gehörte. Ihre Finger strichen ihm zerstreut durchs Haar, während sie gedankenversunken dastand. Es war geschehen. Ihre Mutter hatte recht gehabt. Er war ihr Sklave. Sie blickte auf seine kniende Gestalt hinab, und zärtliches Mitleid mit diesem Mann erfüllte sie, den sie – selbst in Gedanken – immer den Gebieter ihres Lebens genannt hatte. Sie hob ihren Blick traurig empor zum Himmel des Südens, unter dem ihr Lebenspfad dahinlief – der Pfad ihres eigenen Lebens und der des Mannes ihr zu Füßen. Hatte er nicht selbst gesagt, sie sei das Licht seines Lebens? Sie würde sein Licht und seine Weisheit sein; sie würde seine Größe und seine Stärke sein; und doch würde sie – für alle anderen verborgen – vor allem seine einzige und immerwährende Schwäche sein. Ein Inbegriff der Frau! Mit dem Eigendünkel ihres Geschlechts malte sie sich jetzt schon aus, wie sie aus dem Lehm zu ihren Füßen einen Gott formen wollte. Einen Gott, den andere anbeten sollten.

Sie war zufrieden, ihn in dieser Verfassung zu sehen und zu spüren, wie ihn die leiseste Berührung ihrer zarten Finger erbeben ließ. Und während ihre Augen traurig zu den Sternen des südlichen Himmels emporblickten, schien ein feines Lächeln um ihre festen Lippen zu spielen. Doch wer konnte das beim unsteten Licht eines Lagerfeuers schon mit Sicherheit feststellen? Es hätte ein Lächeln des Triumphs oder selbstbewußter Stärke sein können, ein Lächeln aus zärtlichem Mitgefühl oder, vielleicht auch, aus Liebe. Sie redete leise auf ihn ein, und er stand auf und legte mit der ruhigen Selbstverständlichkeit, daß sie nun ihm gehörte, den Arm um sie; sie wiederum bettete mit dem Gefühl, im Schutze dieses Arms der ganzen Welt trotzen zu können, den Kopf an seine Schulter. Er gehörte ihr – mitsamt seinen Tugenden und seinen Schwächen. Seine Kraft und sein Mut, seine Dreistigkeit und Verwegenheit, seine naive Weltklugheit und die Verschlagenheit des Wilden – all das gehörte ihr. Als sie nebeneinander aus dem roten Feuerschein in das silberne Mondlicht traten, das wie Regen auf die Rodung niederfiel, neigte er seinen Kopf über ihr Gesicht, und sie sah in seinen Augen die traumbefangene Trunkenheit grenzenlosen Glücks, die die Berührung ihres zarten Körpers bei ihm bewirkte. Ihre Körper wiegten sich rhythmisch hin und her, als sie durch das Licht auf die ausladenden Schatten der Wälder zuschritten, die in feierlicher Reglosigkeit über ihr Glück zu wachen schienen. Ihre Gestalten verschmolzen miteinander in dem Spiel der Lichter und Schatten zu Füßen der großen Bäume, aber das Geflüster von Zärtlichkeiten hing noch eine Weile über der verlassenen Rodung, ebbte ab und erstarb schließlich ganz. Ein Seufzen wie aus tiefstem Kummer ging mit dem letzten Atemholen der ersterbenden Brise über das Land, und in der nun einsetzenden tiefen Stille versanken Erde und Himmel plötzlich stumm in trauervoller Betrachtung menschlicher Liebe und menschlicher Blindheit.

Sie gingen langsam zum Feuer zurück. Er bereitete ihr einen Sitz aus trockenen Zweigen, warf sich ihr zu Füßen, legte seinen Kopf in ihren Schoß und überließ sich ganz dem träumerischen, vergehenden Glück der Stunde. Ihre Stimmen schwollen an und senkten sich, waren abwechselnd zärtlich und lebhaft, wenn sie von ihrer Liebe und

Zukunft sprachen. Dann und wann warf sie geschickt ein paar Worte ein und lenkte so den Fluß seiner Gedanken, und er wiederum ließ – je nach der Stimmung, die sie in ihm weckte – seine Glückseligkeit in einem Redeschwall dahinströmen, einmal leidenschaftlich und zart, dann bedeutungsschwer und drohend. Er sprach zu ihr von seiner eigenen Insel, auf der man keine düsteren Wälder und schlammigen Flüsse kannte. Er erzählte von ihren Reisterrassen, von den klaren, murmelnden Rinnsalen aus glitzerndem Wasser, das an den Flanken mächtiger Berge abwärtsströmte, dem Land Leben und seinen Bauern Freude spendete. Und er sprach auch von dem Berggipfel, der einsam über den Waldgürtel emporragte und die Geheimnisse der dahineilenden Wolken kannte, der die Wohnstatt des okkulten Geistes seines Volkes, des Schutzgeists seines Hauses war. Er sprach von den endlosen Horizonten, über die wütende Stürme hinwegfegten, die hoch über den Gipfeln feuerspeiender Berge sangen. Er sprach von seinen Vorvätern, die die Insel, deren Herrscher er später werden sollte, vor Ewigkeiten erobert hatten. Und als sie dann in wachsendem Interesse ihr Gesicht dem seinen näherte und er ihr sanft über die üppigen Flechten ihres langen Haares strich, verlangte es ihn plötzlich danach, ihr von der See zu erzählen, die er so sehr liebte; und er erzählte von ihrer niemals verstummenden Stimme, der er als Kind gelauscht und über deren verborgene Bedeutung, die noch kein Lebender jemals ergründet hat, er nachgedacht hatte; von ihrem verzaubernden Schimmern; von ihrer besinnungslosen, launenhaften Raserei; davon, wie sich ihre Oberfläche unablässig veränderte und doch immer von neuem betörte, während sie in ihren Tiefen immer die gleiche blieb – kalt, grausam und erfüllt von der

Weisheit vernichteten Lebens. Er erzählte ihr, wie sie Männer lebenslänglich zu Sklaven ihres Zaubers machte, um sie dann – gleichgültig gegen ihre Hingabe – zu verschlingen, wütend über ihre Furcht vor dem Mysterium, das sie nie preisgeben würde, auch jenen nicht, die sie am meisten liebten. Während er sprach, war Ninas Kopf immer tiefer hinabgesunken, und ihr Gesicht berührte nun beinahe das seine. Ihr Haar hing bis zu seinen Augen herab, ihr Atem streifte seine Stirn, ihre Arme umschlangen seinen Leib. Näher konnten zwei Wesen einander nicht sein, und doch erriet sie eher die Bedeutung seiner letzten Worte, als daß sie sie verstand – Worte, die sich ihm nach kurzem Zögern flüsternd entrangen und unmerklich in tiefem und bedeutungsvollem Schweigen verhauchten:
»Ach Nina, die See ist wie das Herz einer Frau.«

Sie verschloß seine Lippen überraschend mit einem Kuß und erwiderte fest:

»Aber den furchtlosen Männern, Herr und Gebieter meines Lebens, ist die See ewig treu.«

Ein Schleier aus dunklen Wolkenfäden, die wie ungeheure Spinnweben unter den Sternen dahintrieben, verdüsterte als Vorbote kommenden Unwetters den Himmel über ihren Köpfen. Von den unsichtbaren Hügeln drang das erste Donnerrollen wie verlängerter Trommelwirbel herüber, der sich, von Hügel zu Hügel geworfen, in den Wäldern des Pantai verlor. Dain und Nina standen auf, und unbehaglich blickte er zum Himmel.

»Jetzt wäre es für Babalatchi allmählich Zeit«, sagte er. »Es ist schon nach Mitternacht. Wir haben einen langen Weg vor uns, und Kugeln fliegen schneller als das schnellste Kanu.«

»Er wird hier sein, bevor der Mond hinter den Wolken

verschwunden ist«, sagte Nina. »Ich habe etwas ins Wasser klatschen gehört«, fügte sie hinzu. »Du auch?«

»Ein Krokodil«, erwiderte Dain kurz und warf einen flüchtigen Blick zum Wasserlauf. »Je finsterer die Nacht«, fuhr er fort, »desto kürzer unser Weg – weil wir uns dann von der Strömung des Flusses treiben lassen können, aber wenn es hell ist – und sei es bloß so hell wie jetzt –, dann müssen wir die kleinen Kanäle nehmen, in denen das Wasser steht und uns nichts beim Paddeln hilft.«

»Dain«, unterbrach ihn Nina eindringlich, »es war kein Krokodil. Ich habe in den Büschen bei der Landestelle etwas rascheln gehört.«

Dain lauschte eine Weile angestrengt. »Du hast recht«, sagte er. »Babalatchi kann das nicht sein – der würde in einem großen Kriegskanu kommen und ohne ein Geheimnis daraus zu machen. Die, die jetzt gerade kommen – wer immer das auch sein mag –, versuchen möglichst wenig Lärm zu machen. Aber *du* hast es doch gehört, und ich kann's jetzt auch sehen«, fuhr er rasch fort. »Das ist bloß ein einzelner Mann. Stell dich hinter mich, Nina. Wenn es ein Freund ist, ist er willkommen; ist es aber ein Feind, so sollst du sehen, wie er stirbt.«

Er legte die Hand auf seinen Kris, um den unerwarteten Besucher in Empfang zu nehmen. Das Feuer war beinahe heruntergebrannt, und kleine Wolken – Vorboten des Gewitters – zogen rasch hintereinander vor dem Mond vorbei, und ihre dahineilenden Schatten verdüsterten die Rodung. Er konnte nicht erkennen, wer dieser Mann wohl sein mochte, aber beim unaufhaltsamen Näherkommen der hochgewachsenen Gestalt, die schweren Schritts den Pfad entlangging, fühlte er sich unbehaglich, und er befahl ihr durch einen Zuruf, stehenzubleiben. Der Mann

226

hielt in einiger Entfernung an, und Dain erwartete, daß er etwas sagen würde, aber alles, was er vernahm, war sein keuchender Atem. Zwischen den dahinziehenden Wolken brach unvermittelt helles Licht durch und flutete über die Rodung. Bevor das Dunkel abermals alles verschluckte, sah Dain eine Hand, die einen blitzenden Gegenstand gegen ihn richtete, hörte er Nina »Vater!« rufen, und schon war das Mädchen zwischen ihm und Almayers Revolver. Ninas Aufschrei weckte das Echo der schlafenden Wälder, und die drei hielten inne, so als warteten sie auf die Rückkehr der Stille, bevor sie ihren unterschiedlichen Gefühlen Ausdruck gaben. Bei Ninas Anblick ließ Almayer seinen Arm sinken und tat einen Schritt vor. Dain schob das Mädchen sanft zur Seite.

»Bin ich ein wildes Tier, Tuan Almayer, daß du mich im Dunkeln überraschst, um mich umzubringen?« brach Dain die angespannte Stille. »Wirf ein paar Zweige aufs Feuer«, sagte er dann zu Nina, »während ich meinen weißen Freund hier im Auge behalte, damit dir und mir kein Leid geschieht, du Wonne meines Herzens!«

Almayer knirschte mit den Zähnen und hob abermals seinen Arm. Mit einem Satz war Dain bei ihm. Im nun folgenden kurzen Handgemenge löste sich aus einer Kammer des Revolvers ein Schuß, der allerdings keinen Schaden anrichtete, dann war die Waffe Almayers Hand entwunden, flog durch die Luft und fiel zwischen die Büsche hinein. Die beiden Männer standen dicht voreinander und keuchten schwer. Das frisch entfachte Feuer warf einen flackernden Lichtkreis und fiel auf das angsterfüllte Gesicht Ninas, die die Hände von sich streckte und die beiden ansah.

»Dain!« rief sie warnend. »Dain!«

Er winkte beschwichtigend ab, wandte sich an Almayer und sagte mit ausgesuchter Höflichkeit:

»Nun können wir miteinander reden, Tuan. Es ist leicht, den Tod auszusenden, aber gelingt es dir in deiner Weisheit auch, Leben zurückzurufen? Sie hätte verletzt werden können«, setzte er hinzu und deutete auf Nina. »Deine Hand zitterte mächtig; um *mich* hatte ich nicht Angst.«

»Nina!« rief Almayer, »komm sofort her. Was soll das – hast du den Verstand verloren? Was ist denn in dich gefahren? Komm sofort zu deinem Vater, und dann wollen wir versuchen, diesen schrecklichen Alptraum zu vergessen.«

Er breitete seine Arme aus in der Gewißheit, daß er sie im nächsten Augenblick an seine Brust drücken würde. Sie rührte sich nicht von der Stelle. Als ihm dämmerte, daß sie ihm nicht gehorchen würde, spürte er, wie eine tödliche Kälte in sein Herz kroch, und in stummer Verzweiflung, die Handflächen fest gegen die Schläfen gepreßt, sah er zu Boden. Dain ergriff Nina am Arm und führte sie zu ihrem Vater.

»Rede zu ihm in der Sprache seines Volkes«, sagte er. »Er leidet sehr – wer aber würde nicht leiden, wenn er dich verliert, meine Perle! Sprich mit deiner Stimme, die süß in seinen Ohren klingen muß, mir aber das Leben bedeutet, sprich die letzten Worte, die er hören soll.«

Er ließ sie los, tat ein paar Schritte aus dem Lichtkreis zurück in die Dunkelheit, wo er stehenblieb, um sie ruhig und aufmerksam zu beobachten. Der Widerschein eines fernen Blitzes ließ die Wolken über ihren Köpfen aufleuchten; nach einer kurzen Pause folgte ein entferntes Donnerrollen, das sich mit Almayers Stimme vermischte, sobald dieser zu reden begann.

»Weißt du denn überhaupt, was du tust? Weißt du, was dich erwartet, wenn du diesem Manne folgst? Hast du denn kein Mitleid mit dir? Ist dir bewußt, daß du für diesen Mann zuerst das Spielzeug, dann eine Sklavin sein wirst, die er verachtet, ein Arbeitsvieh und schließlich die Magd einer neuen Geliebten?«

Sie hob ihre Hand, um ihm Einhalt zu gebieten, wandte ihren Kopf ein wenig zur Seite und sagte: »Du hörst es, Dain! Ist das wahr?«

»Bei allen Göttern!« klang die leidenschaftliche Antwort aus der Dunkelheit – »bei Himmel und Erde, bei meinem und deinem Haupt schwöre ich: Das ist die Lüge eines weißen Mannes. Meine Seele ist auf ewig in deine Hände gelegt. Dein Atem ist mein Atem, deine Augen sind meine Augen, dein Verstand ist mein Verstand, und auf ewig schließe ich dich in mein Herz.«

»Du Dieb!« brüllte Almayer außer sich.

Nach diesem Ausbruch trat tiefe Stille ein, dann erklang neuerlich Dains Stimme.

»Keineswegs, Tuan«, sagte er sanft. »Auch das stimmt nicht. Das Mädchen kam aus freien Stücken her. Alles, was ich tat, war, ihr wie ein Mann meine Liebe zu zeigen; sie hat den Ruf meines Herzens gehört und ist gekommen – und den Kaufpreis zahlte ich der Frau, die du dein Weib nennst.«

Almayer stöhnte auf, ohnmächtig vor Wut und Scham. Nina legte ihm sanft die Hand auf die Schulter, und die Berührung – leicht wie die eines fallenden Blattes – schien ihn zu beruhigen. Er redete schnell, und diesmal auf englisch.

»Sag mir«, sagte er – »sag mir, was sie mit dir angestellt haben, deine Mutter und dieser Mann? Was ist in dich gefahren, daß du dich diesem Wilden auslieferst? Denn er ist ein Wilder. Zwischen ihm und dir ist eine Schranke, die nicht aufgehoben werden kann. In deinen Augen ist der Blick von Menschen, die sich umbringen, wenn sie verrückt geworden sind. Und du bist verrückt. Lach nicht. Mir bricht das Herz. Müßte ich zusehen, wie du vor meinen Augen ertrinkst, und hätte ich nicht die Kraft, dir beizustehen – ich könnte keine schlimmeren Höllenqualen leiden. Hast du vergessen, was man dir in all den Jahren beigebracht hat?«

»Nein«, fiel sie dazwischen, »ich erinnere mich nur zu gut. Und ich erinnere mich auch daran, wie das Ende war. Verachtung gegen Verachtung, Hochmut gegen Hochmut, Haß gegen Haß. Ich gehöre nicht zu deiner Rasse. Auch zwischen deinen Leuten und mir ist eine Schranke, die nicht aufgehoben werden kann. Du willst wissen, warum ich gehen will, und ich will wissen, warum ich bleiben soll.«

Er taumelte, wie ins Gesicht geschlagen, aber mit rasch entschlossenem Griff packte sie ihn und half ihm sein Gleichgewicht wiederfinden.

»Weshalb du bleiben sollst!« wiederholte er langsam, wie benommen. Dann brach er ab, starr vor Staunen über die Vollständigkeit seines Unglücks.

»Gestern hast du zu mir gesagt«, fing sie wieder an, »ich könnte deine Liebe zu mir nicht begreifen und nicht sehen: Genau so ist es. Wie könnte ich auch? Kein Mensch versteht den anderen. Alles, was die Menschen verstehen, ist ihre eigene Stimme. Du wolltest, daß ich deine Träume träume, daß ich deine Sehnsucht teile – die Sehnsucht von einem Leben unter den weißen Gesichtern jener, die mich voll Zorn und Verachtung aus ihrer Mitte ausgestoßen haben. Aber während du redetest, horchte ich auf die Stimme in meinem Inneren. Und dann kam dieser Mann, und alles war still; nur das Flüstern seiner Liebe war da. Ihn nennst du einen Wilden! Und wie nennst du meine Mutter, deine Frau?«

»Nina!« flehte Almayer, »sieh mich nicht so an.«

Sie senkte sogleich den Blick, redete aber weiter, mit einer Stimme, die kaum mehr als ein Flüstern war.

»Und dann«, fuhr sie fort, »redeten unser beider Stimmen, die Stimme dieses Mannes und meine eigene, und sie sagten süße Worte zueinander, die nur für unsere Ohren hörbar waren. Damals, als in unseren Ohren der Gesang unserer Liebe klang, hast du von Gold geredet, und so hörten wir dich nicht. Und dann fand ich heraus, daß jeder von uns beiden mit den Augen des andern sehen konnte; daß wir Dinge sahen, die außer mir und ihm kein andrer sehen konnte. Wir betraten ein Land, in das uns niemand folgen konnte – am allerwenigsten du. Erst damals fing ich an zu leben.«

Sie hielt inne. Almayer seufzte tief. Sie blickte immer noch zu Boden und fing von neuem an.

»Und ich habe vor zu leben. Ich habe vor, ihm zu folgen. Die Weißen haben mich verächtlich abgewiesen – nun bin ich Malaiin! Er hat mich in seine Arme genommen, er hat mir sein Leben zu Füßen gelegt. Er ist tapfer; er wird mächtig sein – und seine Tapferkeit und seine Stärke halte ich in meiner Hand, und ich werde ihn groß machen. Man soll sich seines Namens noch erinnern, wenn unser beider Körper längst zu Staub zerfallen sind. Ich liebe dich nicht weniger als früher, aber ihn verlasse ich nie, denn ohne ihn kann ich nicht leben.«

»Wenn er verstanden hat, was du gesagt hast«, gab

Almayer verächtlich zurück, »dann muß er sich ja höchst geschmeichelt fühlen. Du willst ihn zum Werkzeug irgendeines unbegreiflichen, ehrgeizigen Zieles machen. Genug, Nina. Wenn du nicht augenblicklich zum Fluß hinuntergehst, wo Ali mit meinem Kanu wartet, dann befehle ich ihm, zurückzurudern und die holländischen Offiziere zu holen. Du kommst von dieser Rodung hier nicht fort, weil ich dein Kanu losgebunden habe. Wenn die Holländer deinen Helden hier in die Finger kriegen, dann knüpfen sie ihn auf, so wahr ich hier stehe. Also los.«

Er trat auf seine Tochter zu, packte sie an der Schulter und wies mit der zweiten Hand auf den Pfad, der zum Landeplatz hinunter führte.

»Moment!« rief Dain. »Diese Frau gehört mir.«

Nina machte sich mit einem Ruck frei und blickte starr in Almayers zorniges Gesicht.

»Nein, ich gehe nicht«, bäumte sie sich verzweifelt auf. »Wenn er stirbt, so sterbe ich mit ihm.«

»Du und sterben!« sagte Almayer verächtlich. »Oh nein! Du wirst weiter ein Leben in Lüge und Selbstbetrug leben, bis der nächste Landstreicher daherkommt und – wie nennst du das? – den Gesang der Liebe zu dir singt! Entscheide dich – aber rasch.«

Er wartete eine Weile, dann setzte er bedeutungsvoll hinzu: »Soll ich Ali rufen?«

»Ruf ihn doch«, sagte sie auf malaiisch, »du, der nicht einmal seinen eigenen Landsleuten die Treue halten kann. Erst vor ein paar Tagen hast du Schießpulver zu ihrer Vernichtung verkauft; und jetzt willst du ihnen den Mann ausliefern, von dem du gestern noch behauptet hast, er sei dein Freund. O Dain«, sagte sie zur reglosen, aber aufmerksamen Gestalt im Dunkel, »statt dir Leben zu bringen, bringe ich dir Tod, denn wenn ich dich nicht für immer verlasse, verrät er dich!«

Dain trat in den Lichtkreis, legte Nina den Arm um den Hals und flüsterte in ihr Ohr:

»Ich kann ihn auf der Stelle töten, bevor auch nur ein Laut über seine Lippen kommt. Sag's, und ich tu's. Babalatchi kann jetzt nicht mehr weit sein.«

Er richtete sich auf, nahm den Arm von ihrer Schulter und trat vor Almayer, der die beiden mit dem Ausdruck geballter Wut ansah.

»Nein!« flehte sie und klammerte sich in höchster Angst an Dain. »Nein! Töte *mich*! Vielleicht läßt er dich dann gehen. Du weißt nicht, was im Kopf eines Weißen vorgeht. Lieber sähe er mich tot als hier neben dir. Vergib mir, vergib deiner Sklavin, aber du darfst es nicht.« Sie fiel laut schluchzend zu seinen Füßen nieder und sagte wieder und wieder: »Töte mich. Töte mich.«

»Ich will dich lebend«, sagte Almayer, nun ebenfalls auf malaiisch, mit grimmiger Ruhe. »Du gehst, oder er hängt. Willst du nun folgen?«

Dain schüttelte Nina ab, tat einen überraschenden Satz nach vorn und traf Almayer mit dem Griff seines Kris, dessen Spitze er gegen sich selbst gerichtet hielt, voll auf die Brust.

»Hai, hast du das gesehen? Nichts wäre leichter gewesen, als die Spitze anders herum zu halten«, sagte er mit gelassener Stimme. »Geh, Tuan Putih«, fügte er würdevoll hinzu. »Ich schenke dir dein Leben, meines und ihres. Denn ich bin ein Sklave der Wünsche dieser Frau, und sie wünscht es so.«

Nicht der kleinste Lichtschimmer erhellte jetzt den Himmel, und die Wipfel der Bäume, die sich in den tief über den Wäldern, der Rodung und dem Fluß hängenden Wolkenmassen verloren, waren ebenso dem Blick entzogen wie ihre Stämme. Jeder Umriß war mit der pechschwarzen Dunkelheit verschmolzen, die alles ausgelöscht zu haben schien bis auf den Raum. Nur das Feuer glomm wie ein Stern, vergessen in dieser Verneinung der sichtbaren Welt, und nachdem Dains letzte Worte verklungen waren, war nichts zu hören außer dem Schluchzen Ninas, die er, neben dem Feuer kniend, in seinen Armen hielt. Almayer stand da und blickte düster und nachdenklich auf sie hinab. Er wollte gerade seine Lippen öffnen, um etwas zu sagen, als sie – zuerst ein Warnruf, dann das Klatschen von Paddeln und der Klang von Stimmen am Flußufer auffahren ließ.

»Babalatchi!« brüllte Dain, sprang auf die Beine und riß Nina mit in die Höhe.

»Ada! Ada!« gab der Staatsmann japsend zur Antwort, der den Pfad heraufgerannt kam und schon bei ihnen war. »Lauf zu meinem Kanu«, drängte er Dain aufgeregt, ohne Almayer zu beachten. »Lauf! Wir müssen fort von hier. Dieses Weib hat ihnen alles verraten!«

»Welches Weib?« fragte Dain und sah zu Nina hin. In diesem Augenblick gab es für ihn nur eine einzige Frau auf der Welt.

»Die Hündin mit den weißen Zähnen; diese siebenmal verfluchte Sklavin Bulangis. Sie hat so laut vor Abdullas Tor gebrüllt, daß ganz Sambir aus dem Schlaf gerissen wurde. Jetzt sind die weißen Offiziere unterwegs hierher, und sie und Reshid führen sie. Wenn du am Leben bleiben willst, dann schau nicht lang, sondern verschwinde!«

»Woher weißt du das?« fragte Almayer.

»O Tuan! Was soll's, woher ich das weiß! Ich hab zwar

bloß ein Auge, aber als wir bei Abdulla vorbeipaddelten, sah ich in seinem Haus und seinem Kampong Lichter. Ich habe Ohren, und als wir am Ufer lagen, da hörte ich die Boten, die sie zum Haus der weißen Männer geschickt hatten.«

»Wirst du nun ohne diese Frau fortgehen, die meine Tochter ist?« sagte Almayer zu Dain gewandt, während Babalatchi ungeduldig aufstampfte und murmelte: »Lauf! Lauf jetzt, sofort!«

»Nein«, erwiderte Dain fest. »Ich gehe nicht; ich überlasse diese Frau keinem andern Mann.«

»Dann töte mich und flieh«, wimmerte Nina.

Er drückte sie fest an sich, sah sie zärtlich an und flüsterte: »Wir werden uns niemals trennen, o Nina!«

»Ich bleibe hier keine Minute länger«, fuhr Babalatchi wütend dazwischen. »Das ist eine Riesentorheit. Keine Frau ist das Leben eines Mannes wert. Ich bin ein alter Mann und weiß es.«

Er hob seinen Stab auf, drehte sich um, um zu gehen, und sah Dain an, als böte er ihm damit die letzte Gelegenheit zur Flucht. Aber Dain verbarg sein Gesicht in Ninas schwarzen Flechten, und so sah er diesen letzten flehentlichen Blick nicht.

Babalatchi verschwand in der Dunkelheit. Kurz danach hörten sie, wie das Kriegskanu unter dem Schlag unzähliger, gleichzeitig ins Wasser getauchter Paddel vom Landeplatz ablegte, und beinahe gleichzeitig kam Ali vom Flußufer herauf, auf der Schulter zwei Paddel.

»Unser Boot liegt weiter flußauf im Wasserlauf versteckt, Tuan Almayer«, sagte er, »im dichten Gebüsch, wo der Wald bis ans Wasser herunterreicht. Ich hab's dorthin gebracht, weil mir die Paddler von Babalatchi erzählten, daß die weißen Männer auf dem Weg hierher sind.«

»Warte dort auf mich«, sagte Almayer, »paß aber auf, daß das Kanu versteckt bleibt.«

Er verstummte und horchte Alis Schritten nach – dann wandte er sich an Nina.

»Nina«, sagte er traurig, »hast du kein Mitleid mit mir?«

Sie gab keine Antwort, wandte nicht einmal den Kopf, sondern drückte ihn fest an Dains Brust.

Er machte eine Bewegung, als wollte er von ihnen fort, und hielt inne. Im schwachen Schein des verlöschenden Feuers sah er die beiden reglosen Gestalten. Ihm zugekehrt der Rücken der Frau in dem weißen Gewand, über das das lange schwarze Haar herabfiel, und das unbewegte Gesicht von Dain, der über ihren Kopf hinweg zu ihm herübersah.

»Ich kann nicht«, murmelte er vor sich hin. Er machte eine lange Pause, dann sagte er, noch etwas leiser und mit schwankender Stimme: »Die Schande wäre zu groß. Ich bin ein weißer Mann.« Damit brach er völlig zusammen, und tränenerstickt fuhr er fort: »Ich bin ein weißer Mann und komme aus guter Familie. Aus einer sehr guten Familie«, wiederholte er und weinte bitterlich. »Es wäre eine Schmach . . . auf allen Inseln . . . der einzige Weiße an der Ostküste. Nein, es darf nicht sein . . . weiße Männer, die meine Tochter mit diesem Malaien zusammen träfen. Meine Tochter!« schluchzte er laut und mit verzweifelter Stimme.

Nach einer Weile hatte er sich wieder gefaßt und sagte klar und deutlich:

»Das verzeih ich dir nie, Nina – niemals! Selbst wenn du jetzt zu mir zurückkämest – die Erinnerung an diese Nacht würde mein ganzes Leben vergiften. Ich will versuchen zu vergessen. Ich habe keine Tochter. Es gab früher einmal eine Mischlingsfrau in meinem Haus, doch die ist gerade dabei, mich zu verlassen. Und du Dain – oder wie immer du heißen magst –, ich werde dich und diese Frau persönlich zur Insel in der Flußmündung bringen. Komm mit.«

Er ging den Weg entlang am Ufer bis zum Wald voran. Ali antwortete auf seinen Ruf, und nachdem sie durch das dichte Unterholz gebrochen waren, bestiegen sie unter dem Schutz der überhängenden Äste das Kanu. Dain bettete Nina auf den Boden des Bootes, setzte sich und stützte ihren Kopf mit seinen Knien. Almayer und Ali griffen zu den Paddeln. Eben als sie sich abstoßen wollten, zischte Ali warnend. Sie horchten angestrengt.

In der tiefen Stille vor dem Ausbruch des Gewitters vernahmen sie das regelmäßige Geräusch von Rudern, die sich an Dollen rieben. Das Geräusch kam unaufhaltsam näher, und Dain, der zwischen den Ästen durchblickte, konnte den undeutlichen Umriß eines großen Bootes ausmachen. Eine Frau sagte mit vorsichtig verhaltener Stimme:

»Hier könnt ihr anlegen, weiße Männer. Etwas weiter oben – da!«

Das Boot glitt im schmalen Wasserlauf so nah an ihnen vorüber, daß die Blätter der langen Ruder ihr Kanu beinahe berührten.

»So, das reicht! Alles her und an Land! Er ist allein und unbewaffnet«, lautete der gedämpfte Befehl aus dem Mund eines Mannes auf holländisch.

Jemand anderer flüsterte: »Ich glaube, ich kann hinter den Büschen ein Feuer sehen.« Und dann war das Boot an ihnen vorüber und schon in der Dunkelheit verschwunden.

»Jetzt«, drängte Ali flüsternd, »legen wir ab und sehen wir zu, daß wir weiterkommen.«

Das kleine Kanu schnellte hinaus in den Strom, und als es vom kraftvollen Schlag der Paddel vorwärtsgetrieben davonschoß, hörten sie einen wütenden Schrei.

»Er ist nicht am Feuer. Ausschwärmen, Männer! Sucht ihn!« Blaue Lichter flammten an verschiedenen Stellen auf der Rodung auf, und man hörte die schrille Stimme einer Frau, die vor Zorn und Schmerz aufheulte:

»Zu spät! O ihr hirnlosen weißen Männer! Er ist geflohen!«

Zwölftes Kapitel

IER ist die Stelle«, sagte Dain und wies mit seinem Ruderblatt auf eine kleine Insel, die von dem Kanu noch etwa eine Meile entfernt war – »an dieser Stelle, versprach Babalatchi, würde mich ein Boot von der Prau abholen, wenn die Sonne im Zenit steht. Hier werden wir auf dieses Boot warten.«

Almayer, der das Steuer führte, nickte wortlos, und mit leichtem Paddelschlag dirigierte er den Bug des Kanus in die verlangte Richtung.

Sie verließen soeben den südlichen Mündungsarm des Pantai, der sich hinter ihnen wie eine schnurgerade, lange Schneise glitzernden Wassers zwischen zwei Wällen aus üppigem Grün dehnte, die abwärts und aufeinander zuliefen, bis sie in weiter Ferne ineinander übergingen und miteinander verschmolzen. Die Sonne, die sich über den stillen Wassern der Meerenge erhob, markierte ihren Weg durch einen Lichtstreif, der über das Wasser hinaufglitt und den breiten Flußarm entlangeilte – ein Sendbote des Lichts und Lebens, der nach den düsteren Küstenwäldern strebte. Und in dieser Bahn aus gleißendem Sonnenlicht trieb das schwarze Kanu auf die in Licht getauchte Insel zu, die von einem Streifen gelben Sands umsäumt war, der in den polierten Stahl der reglosen See wie eine Scheibe aus Gold kunstvoll eingelegt war. Weiter nach Norden und Süden erhoben sich andere kleine, mit ihrem leuchtenden Gelb und Grün fröhlich wirkende Inseln, und die Reihe düsterer Mangrovenbüsche an der Küste des Festlands verschmolz im Süden mit den rötlichen Klippen von Tanjong Mirrah, die steil und schattenlos unter dem klaren Licht des frühen Morgens in die See hinausragten.

Der Bug des Kanus knirschte im Sand, als das kleine Boot auflief. Ali sprang an Land und hielt es für den aussteigenden Dain fest, der Nina auf seinen Armen trug, die von den Ereignissen und der langen Fahrt durch die Nacht erschöpft war. Almayer stieg als letzter aus, und gemeinsam mit Ali zog er das Boot weiter an Land. Dann legte sich Ali, der vom langen Paddeln todmüde war, im Schatten des Kanus hin und schlief auf der Stelle ein. Almayer setzte sich seitlich auf den Bootsrand und blickte, die Arme über der Brust verschränkt, nach Süden, hinaus auf die See.

Nachdem er Nina im Schatten der Büsche, die in der Mitte der kleinen Insel wuchsen, niedergelegt hatte, streckte sich Dain neben ihr aus und sah in stummer Besorgnis, wie ihr die Tränen unter den geschlossenen Lidern hervorquollen und im feinen Sand versickerten, auf dem sie mit einander zugekehrten Gesichtern lagen. Diese Tränen und dieser Kummer waren für ihn ein großes und beunruhigendes Geheimnis. Weshalb sollte sie sich nun, da die Gefahr doch vorüber war, grämen? An ihrer Liebe zweifelte er so wenig, wie er an der Tatsache seiner Existenz gezweifelt hätte – aber als er dalag und glutvoll ihr Gesicht betrachtete, ihre Tränen, ihre geöffneten Lippen, ja selbst ihr Atmen, da wurde ihm voll Bangnis bewußt, daß in ihr etwas war, was er nicht begriff. Zweifellos besaß sie die Weisheit vollkommener Wesen. Er seufzte. Er fühlte, daß etwas Unsichtbares zwischen ihnen stand, etwas, was ihn bis an eine bestimmte Grenze an sie herankommen ließ, aber nicht weiter. Kein Verlangen, keine

Sehnsucht, keine Willensanstrengung oder Lebensdauer konnte dieses unbestimmte Gefühl ihrer Verschiedenheit auslöschen. Voll Scheu, aber auch voll Stolz gelangte er zu dem Schluß, daß es an ihrer ureigensten, unvergleichlichen Vollkommenheit lag. Sie gehörte ihm, und doch war sie wie eine Frau von einem anderen Stern. Ihm! Ihm! Er jubelte bei diesem grandiosen Gedanken, dennoch erfüllten ihn die Tränen mit Schmerz.

In einer Anwandlung unbeholfener Zärtlichkeit versuchte er, die Tränen, die auf ihren Wimpern zitterten, mit einer Strähne ihres Haars, die er ehrerbietig-schüchtern in der Hand hielt, abzutrocknen. Sie dankte ihm mit einem flüchtigen Lächeln, das ihr Gesicht für einen Sekundenbruchteil erhellte, bald aber fielen die Tränen schneller denn je, und er konnte es nicht länger ertragen. Er stand auf, trat vor Almayer hin, der noch immer, in Betrachtung der See versunken, dasaß. Es war lange, lange her, daß er die See gesehen hatte – jene See, auf der es überallhin ging, die alles herbeischaffte und so vieles wegnahm. Er hatte beinahe vergessen, weshalb er hier war, und wie in einem Traum erschien ihm sein ganzes vergangenes Leben auf dem glatten, grenzenlosen Spiegel der See, die vor seinen Augen glitzerte.

Die Hand von Dain, die sich ihm auf die Schulter legte, rief ihn jäh aus einem Land zurück, das in der Tat weit weg war. Er wandte sich um, aber seine Augen schienen eher den Platz anzustarren, auf dem Dain stand, als den Mann selbst. Dain fühlte sich unter diesem gedankenverlorenen Blick unbehaglich.

»Was ist?« sagte Almayer.

»Sie weint«, murmelte Dain leise.

»Sie weint! Weshalb?« fragte Almayer gleichgültig.

»Eben das wollte ich dich fragen. Meine Rani lächelt, wenn sie den Mann ansieht, den sie liebt. Es ist die Weiße in ihr, die jetzt weint. Du solltest dich drauf verstehen.«

Almayer zuckte die Achseln und wandte sich wieder ab, der See zu.

»Geh, Tuan Putih«, drängte Dain. »Geh zu ihr; ihre Tränen sind für mich schlimmer als der Zorn der Götter.«

»So, sind sie das? Du wirst sie noch öfter sehen. Sie hat mir erzählt, daß sie ohne dich nicht leben kann«, antwortete Almayer, und er sagte das ohne die geringste Andeutung eines Gesichtsausdrucks, »also ist es an dir, zu ihr zu eilen – sonst stirbt sie dir am Ende noch.«

Er brach in ein schallendes und unangenehmes Gelächter aus, das Dain besorgt zu ihm hinsehen ließ, dann aber erhob er sich von der Bootskante und schlenderte, den Blick im Gehen zur Sonne gerichtet, langsam zu Nina hinüber.

»Und wenn die Sonne im Zenit steht, werdet ihr fahren?«

»Ja, Tuan, dann fahren wir«, antwortete Dain.

»Dann brauch ich nicht mehr lange zu warten«, murmelte Almayer. »Es ist nämlich äußerst wichtig für mich, euch fahren zu sehen. Alle beide. Äußerst wichtig«, wiederholte er, brach ab und fixierte Dain mit seinem Blick.

Er ging noch etwas näher zu Nina, während Dain zurückblieb. Almayer war jetzt dicht bei seiner Tochter, stand da und blickte zu ihr hinab. Sie machte die Augen nicht auf, aber als sie in ihrer Nähe Schritte hörte, murmelte sie, leise schluchzend: »Dain.«

Almayer zögerte einen Augenblick, dann glitt er neben ihr in den Sand. Da sie keine Antwort erhielt, keine Berührung verspürte, schlug sie ihre Augen auf – erblickte ihren Vater und fuhr entsetzt hoch.

»Oh, Vater!« murmelte sie matt, und in diesem Wort drückten sich Bedauern, Angst und ein wenig Hoffnung aus.

»Ich werde dir niemals vergeben, Nina«, sagte Almayer mit leidenschaftsloser Stimme. »Du hast mir das Herz aus dem Leib gerissen, während ich davon träumte, dich glücklich zu sehen. Du hast mich getäuscht und betrogen. Mit jedem Blick haben mich deine Augen, die mir wie die Wahrheit selbst erschienen, belogen – wie lange? Du weißt es selbst am besten. Wenn du mir über die Wange strichst, zähltest du gleichzeitig die Minuten bis zum Sonnenuntergang, denn er war das Zeichen für dein Stelldichein – mit diesem Mann da!«

Er verstummte, und nun saßen beide Seite an Seite da, wortlos und ohne sich anzusehen – die Augen starr auf der unendlich sich dehnenden See. Almayers Worte hatten Ninas Tränen getrocknet, und der Blick, mit dem sie auf die grenzenlose blaue Fläche hinaussah, die unerschütterlich und transparent und reglos wie der Himmel leuchtete, wurde hart. Auch er sah hin, doch aus seinem Gesicht war aller Ausdruck gewichen, und das Leben in seinen Augen schien erloschen. Das Gesicht verriet nichts, war ohne Zeichen der Erregung, des Gefühls, Verstands, ja des Bewußtseins seiner selbst. Jegliche Leidenschaft, Bedauern, Kummer, Hoffnung oder Zorn – alles war fort und von der Hand des Schicksals ausgelöscht, als wäre mit diesem letzten Schlag alles vorbei und so als brauchte es kein Zeugnis der Geschichte mehr. Die wenigen, die Almayer während der kurzen ihm noch verbleibenden Zeit sehen sollten, waren stets vom Anblick dieses Gesichts beeindruckt, das nichts von dem zu wissen schien, was innen drin vorging: wie eine nackte Gefängnismauer, die sich um Sünde, Reue, Schmerzen und vergeudetes Leben schloß – mit der kalten Gleichgültigkeit von Stein und Mörtel.

»Was gibt es da zu vergeben?« fragte Nina, ohne Almayer direkt anzusprechen, sondern eher so, als ginge sie mit sich selbst ins Gericht. »Darf ich mein Leben nicht genauso leben, wie du deines gelebt hast? Der Weg, den ich nach deinem Willen hätte gehen sollen, war mir versperrt, und das war nicht mein Fehler.«

»Du hast es mir nie erzählt«, murmelte Almayer.

»Du hast mich nie gefragt«, gab sie zurück, »also dachte ich, du wärst nicht anders als die anderen und es kümmerte dich nicht. Ich habe die Erinnerung an meine Demütigung allein getragen, und weshalb hätte ich dir erzählen sollen, daß ich sie nur erleben mußte, weil ich deine Tochter bin? Ich wußte, daß du mich nicht würdest rächen können.«

»Und doch habe ich einzig und allein daran gedacht«, unterbrach Almayer, »und ich wollte dir für diesen kurzen Tag, an dem du gelitten hast, Jahre des Glücks schenken. Und ich kannte nur einen einzigen Weg.«

»Ah! Aber es war nicht mein Weg!« antwortete sie. »Konntest du mir Glück geben – ohne Leben? Leben!« wiederholte sie in einer plötzlichen Gefühlsaufwallung, die ihre Worte über der See widerhallen ließen. »Ein Leben, das Macht bedeutet, und Liebe«, fügte sie mit leiser Stimme hinzu.

»Der da!« sagte Almayer und wies mit dem Finger auf Dain, der in ihrer Nähe stand und sie kopfschüttelnd bestaunte.

»Ja, der da!« gab sie zurück, wobei sie ihrem Vater

direkt ins Gesicht sah und erschrocken die Luft einzog, weil sie nun erst die unnatürliche Starre in seinen Zügen wahrnahm.

»Lieber hätte ich dich mit meinen bloßen Händen erwürgt«, sagte Almayer mit ausdrucksloser Stimme, die so sehr im Widerspruch zur verzweifelten Bitterkeit seiner Gefühle stand, daß es auch ihn überraschte. Er fragte sich, wer da eigentlich sprach, und nachdem er langsam in die Runde geblickt hatte, so als erwarte er, jemanden zu sehen, sah er wieder hinaus auf die See.

»Das sagst du, weil du nicht begreifst, wie ich das meine«, sagte sie traurig. »Zwischen dir und meiner Mutter war niemals ein Funken Liebe. Bei der Rückkehr nach Sambir bemerkte ich, daß der Ort, von dem ich gedacht hatte, mein Herz würde in ihm Frieden und Zuflucht finden, erfüllt war von Überdruß und Haß – und von gegenseitiger Verachtung. Ich habe mir deine Meinung angehört und die ihre. Dann sah ich ein, daß du mich nicht verstehen konntest – denn war ich nicht Teil jener Frau? Von ihr, dem bedauerlichen Irrtum und der Schande deines Lebens? Ich mußte mich entscheiden – ich zögerte. Weshalb warst du bloß so blind? Hast du denn nicht gesehen, wie ich unter deinen Augen mit mir gekämpft habe? Aber als *er* dann kam, da verflüchtigten sich all meine Zweifel, und ich sah nur das Licht des blauen und wolkenlosen Himmels –«

»Und ich erzähle dir jetzt den Rest«, fiel Almayer ein: »als dieser Mann kam, da sah auch ich das Blau und den Sonnenschein des Himmels. Ein Blitz ist aus diesem Himmel herabgefahren, und plötzlich ist um mich herum alles auf ewig dunkel und still. Ich werde dir niemals vergeben, Nina; und morgen vergesse ich dich! Ich werde dir niemals vergeben«, wiederholte er, eigensinnig wie ein Automat, während sie mit gesenktem Kopf dasaß, so als hätte sie Angst, ihren Vater anzusehen.

Es schien ihm von höchster Wichtigkeit, daß er ihr nachdrücklich versicherte, er habe die Absicht, ihr niemals zu vergeben. Er war fest davon überzeugt, daß sein Vertrauen in sie das Fundament seiner Hoffnungen gewesen war, die Quelle seiner Kühnheit, seiner Entschlossenheit, zu leben und zu kämpfen und um ihretwillen zu siegen. Und nun war sein Vertrauen dahin – eigenhändig von ihr selbst zerstört; grausam zerstört, meuchlings, im Dunkeln; zerstört im Augenblick des Erfolgs. Und in dem vollständigen Bankrott seiner Liebe und sämtlicher Gefühle, im chaotischen Durcheinander seiner Gedanken, über der verworrenen Empfindung körperlichen Schmerzes, der ihn wie der beißende Schlag einer Peitsche von den Schultern bis zu den Füßen durchfuhr, blieb nur ein Plan klar und unumstößlich – ihr niemals zu vergeben; nur ein einziges starkes Verlangen – sie zu vergessen. Und das mußte ihr klargemacht werden – und ihm selbst ebenso – durch oftmaliges Wiederholen. Das war seine Vorstellung davon, was er sich schuldig war – und seiner Rasse – und seinen angesehenen Bekannten; dem ganzen Universum, das durch diese seine grauenhafte Lebenskatastrophe erschüttert worden war und wankte. Er sah das deutlich und glaubte, ein starker Mann zu sein. Stets hatte er sich seiner unbeugsamen Stärke gebrüstet. Und doch empfand er Angst. Sie war sein ein und alles gewesen. Was, wenn er zuließ, daß die Erinnerung an seine Liebe zu ihr seinen Sinn für Würde schwächte? Sie war eine bemerkenswerte Frau, das war nicht zu leugnen; die ganze geheime Größe seines Wesens – an die er reinen Herzens

246

glaubte – war ins Blut dieser zerbrechlichen mädchenhaften Gestalt übergegangen. Großes konnte vollbracht werden! Was, wenn er sie plötzlich in die Arme schloß, seine Schmach vergaß, den Schmerz, die Wut – und ihr folgte! Was, wenn er seinen Sinn änderte (wenn schon die Änderung der Hautfarbe unmöglich war) und ihr so das Leben zwischen den beiden geliebten Menschen, die sie vor jedem Mißgeschick bewahren würden, leichter machte! Er verging nach ihr. Was, wenn er ihr erklärte, daß seine Liebe zu ihr größer war als . . .

»Ich werde dir niemals vergeben, Nina!« schrie er und sprang auf, wie außer sich aus Angst vor diesem Traum.

Das war das letzte Mal in seinem Leben, daß man ihn seine Stimme erheben hörte. Von nun an sprach er ausschließlich in monotonem Flüsterton – wie ein Instrument, an dem alle Saiten bis auf eine von einem schweren Schlag in einem letzten lauten Mißton zerborsten sind.

Sie stand auf und sah ihn an. Gerade die Heftigkeit seines Schreies war es, die sie beruhigte, weil sie intuitiv erkannte, daß er sie liebte, und sie drückte die jämmerlichen Reste dieser Zuneigung mit der skrupellosen Gier von Frauen an ihre Brust, die sich verzweifelt noch an die letzten Fetzen und Fragmente der Liebe klammern – egal, welcher Art von Liebe – als etwas, was von Rechts wegen ihnen gehört und ihr Lebensatem selber ist. Sie legte ihre Hände auf Almayers Schultern, sah ihn an – halb zärtlich, halb kokett – und sagte:

»So sprichst du nur, weil du mich liebst.«

Almayer schüttelte den Kopf.

»Doch, doch«, sagte sie, sanft beharrend, und nach einer kurzen Pause setzte sie hinzu, »und du wirst mich nie vergessen.«

Almayer schauerte kaum merklich zusammen. Sie hätte ihm nichts Grausameres sagen können.

»Da kommt das Boot«, sagte Dain und wies mit dem ausgestreckten Arm auf einen schwarzen Punkt auf dem Wasser zwischen Küste und Insel.

Alle sahen hin und verharrten schweigend, bis das kleine Kanu leise auflief, ein Mann an Land stieg und auf sie zuhielt. Er blieb in einiger Entfernung zögernd stehen.

»Was ist?« fragte Dain.

»Wir haben in der Nacht und geheim den Befehl erhalten, von dieser Insel einen Mann und eine Frau wegzuschaffen. Ich sehe die Frau, doch welcher von euch beiden ist der Mann?«

»Komm, meine Augenweide«, sagte Dain zu Nina. »Jetzt fahren wir; ab nun ist deine Stimme nur noch für meine Ohren bestimmt. Das waren die letzten Worte, die du zu Tuan Putih, deinem Vater, gesprochen hast. Komm.«

Sie zögerte momentlang, blickte Almayer an, der unverwandt auf die offene See hinaussah, dann berührten ihre Lippen seine Stirn in einem langen Kuß, und eine Träne – eine ihrer Tränen – fiel ihm auf die Wange und lief über sein starres Gesicht.

»Lebwohl«, flüsterte sie und blieb unentschlossen stehen, bis er sie in Dains Arme stieß.

»Wenn du auch nur einen Funken Mitgefühl hast«, murmelte Almayer, so als wiederholte er einen auswendig gelernten Satz, »dann schaff diese Frau von hier fort.«

Er stand kerzengerade da, mit nach hinten gezogenen Schultern und in die Höhe gerecktem Kopf, und blickte ihnen nach, wie sie, die Arme umeinandergelegt, den Strand hinunter zum Kanu gingen. Er starrte auf die

Spur, die ihre Füße im Sand hinterließen. Sein Blick folgte ihren Gestalten, die sich im harten Glanz der mittäglichen Sonne vorwärtsbewegten, in jenem schmerzhaften und zitternden Licht, das an das triumphale Geschmetter von Messingtrompeten erinnert. Er sah die braunen Schultern, den roten Sarong an, der um die Mitte des Mannes geschlungen war; die hohe, schlanke, blendend weiße Gestalt, die er stützte. Er blickte dem weißen Gewand nach, den herabfallenden Massen langen schwarzen Haars. Er sah ihnen nach, als sie das Boot bestiegen, und sah dem Kanu nach, das mit zunehmender Entfernung immer kleiner wurde – in seinem Herzen Zorn, Verzweiflung und Bereuen, auf seinen Zügen der Friede von in Holz geschnittenem Vergessen. Innerlich war er wie in Stücke gerissen, aber Ali, der aus dem Schlaf hochgefahren war, stand neben seinem Herrn und entdeckte in dessen Gesicht nichts als die Ausdrucksleere derer, die ihr Leben in der hoffnungslos-heiteren Gelassenheit verbringen, wie sie nur blinde Augen schenken können.

Das Kanu entschwand, und Almayer blieb bewegungslos stehen, den Blick starr auf das Kielwasser geheftet. Ali hielt seine Hand schützend über die Augen und ließ sie neugierig die Küste entlangwandern. Als die Sonne unterging, erhob sich im Norden eine steife Brise, die mit ihrem Atem Schauer über die gläserne Oberfläche des Wassers jagte.

»Dapat!« jubelte Ali. »Hab sie gefunden, Herr! Hab die Prau! Nicht da! Mehr da hinübersehn, nach Tanah Mirrah Richtung. Aha! Die Richtung da! Du sie sehen, Herr? Jetzt deutlich. Du sehen?«

Lange folgte Almayers Blick vergeblich dem Zeigefinger Alis. Schließlich ortete er ein kleines Dreieck aus gelbem Licht auf dem rötlichen Hintergrund der Klippen von Tanjong Mirrah. Es war das Segel des Prau, in dem sich das Sonnenlicht gefangen hatte und dessen fröhliche Farbe sich deutlich vom dunkelroten Kap abhob. Das gelbe Dreieck schob sich langsam von Klippe zu Klippe vor, bis es den letzten Zipfel Land hinter sich gelassen hatte und einen flüchtigen Augenblick lang auf dem Blau der offenen See aufleuchtete. Dann trug es die Prau nach Süden; das Licht schwand aus dem Segel, und mit einem Mal war das Fahrzeug selbst verschwunden, hatte sich im Schatten der steil aufragenden Landspitze verloren, die geduldig und einsam über die verlassene See wachte.

Almayer rührte sich nicht. Die Luft rund um die kleine Insel war erfüllt vom Schwätzen des plätschernden Wassers. Die kleine, schaumgekrönte Welle rannte unbekümmert, frech und mit der Leichtigkeit der Jugend gegen die Küste an und erstarb schnell, widerstandslos und anmutsvoll in den weiten Bögen durchsichtigen Schaums auf dem gelben Sand. In der Höhe zogen die weißen Wolken hastig südwärts, so als hätten sie die Absicht, jemand zu überholen. Ali schien sich Sorgen zu machen.

»Herr«, sagte er zaghaft, »Zeit zum Hausegehen. Langer Weg paddeln. Alles fixfertig, Sir!«

»Warte«, wisperte Almayer.

Nun, da sie fort war, war es seine Aufgabe, zu vergessen, und er hatte die eigentümliche Vorstellung, daß es systematisch und der Reihe nach zu erfolgen hatte. Zu Alis schierem Entsetzen ging er hinunter auf Hände und Knie, kroch im Sand herum und verwischte mit seiner Hand sorgfältig sämtliche Abdrücke von Ninas Schritten. Er häufte den Sand zu kleinen Hügeln und ließ so eine Reihe von Miniaturgräbern zurück, die geradewegs hinunter zum Wasser führten. Nachdem er den letzten, schwachen Abdruck von Ninas Sandale eingescharrt hatte, erhob er sich, und, das Gesicht in Richtung Landspitze, wo er die Prau zum letztenmal gesehen hatte, nahm er sich zusammen, um ein weiteres Mal seinen festen Entschluß, ihr niemals zu vergeben, hinauszubrüllen. Ali, der ihn mit Unbehagen beobachtete, sah zwar, daß sich seine Lippen bewegten, aber Ton hörte er keinen. Er stampfte mit dem Fuß fest auf den Boden. Er war hart und unnachgiebig – unnachgiebig wie ein Fels. Mochte sie doch gehen. Er hatte nie eine Tochter gehabt. Er würde vergessen. Er war schon auf dem besten Weg.

Ali drang abermals in ihn und bestand auf ihrem sofortigen Aufbruch, und diesmal willigte er ein, und so gingen sie – Almayer voran – zusammen zu ihrem Boot. Trotz all seiner Unnachgiebigkeit wirkte er zutiefst mutlos und jämmerlich, wie er da seine Füße mühselig durch den Sand nachzog, und neben ihm schlich – für Ali unsichtbar – jener böse Hausgeist, dessen besondere Aufgabe es ist, die Erinnerung der Menschen wachzurütteln, auf daß sie nie vergessen, was Ziel, Bedeutung, Sinn des Lebens sind. Er redete flüsternd auf Almayer ein und plagte ihn mit seinem kindischen Gewäsch über längst vergangene Tage. Almayer hielt seinen Kopf geneigt und lauschte seinem unsichtbaren Weggefährten, doch sein Gesicht glich dem eines Mannes, den man hinterrücks erschlagen hat – ein Gesicht, in dem die Hand des unverhofften Todes auf einen Schlag sämtliche Gefühle und allen Ausdruck gelöscht hat.

In dieser Nacht schliefen sie auf dem Fluß, vertäuten ihr Kanu unter den Büschen und legten sich Seite an Seite auf den Boden – in der grenzenlosen Erschöpfung, die in dem übermächtigen Verlangen nach jenem tiefen Schlaf, der wie die vorübergehende Auslöschung des müden Körpers ist, Hunger und Durst, alle Gefühle und Gedanken ersterben läßt. Am nächsten Tag brachen sie auf und kämpften den ganzen Vormittag verbissen gegen die Strömung an, bis sie um die Mittagszeit die Ansiedlung erreichten und ihr kleines Boot am Landesteg von Lingard & Co. festmachten. Almayer ging unverzüglich zum Haus, gefolgt von Ali, der, die Paddel über der Schulter, ans Essen dachte. Als sie den Vorhof überquerten, fiel ihnen auf, wie verlassen der Ort wirkte. Ali blickte in die Unterkünfte der Dienstboten: alles leer. Auch im Hinterhof dieses Fehlen jeglichen Geräusches und allen Lebens. Das Feuer im Küchenschuppen war ausgegangen, die Kohlenstücke waren kalt und schwarz. Ein großer, hagerer Mann stahl sich aus der Bananenplantage und überquerte eilig den offenen Platz, wobei er ihnen aus großen, erschrockenen Augen über seine Schulter hinweg Blicke zuwarf. Ein herrenloser Landstreicher; es gab viele von ihnen in der Siedlung, und Almayer betrachteten sie als ihren Schutzpatron. Sie streiften auf seinem Besitz umher und holten sich alles Lebensnotwendige, in der Gewißheit, daß es schlimmstenfalls ein Donnerwetter geben würde, wenn sie dem weißen Mann über den Weg liefen, dem sie vertrauten und den sie mochten und einen Narren nannten, wenn sie unter sich waren. Das einzige lebende Wesen, auf das Almayers Blick fiel, als er das Haus über die hintere Veranda betrat, war sein Äffchen, das während der letzten beiden Tage hungrig und unbeachtet geblieben war und in der Affensprache zu schreien und zu maulen anfing, sobald es das vertraute Gesicht erblickte. Almayer

beschwichtigte es mit ein paar wenigen Worten und trug
Ali auf, Bananen herbeizuschaffen, und dann, während
Ali sie holen ging, blieb er in der Tür der vorderen Veranda stehen und betrachtete das Chaos aus umgestürzten
Möbelstücken. Schließlich stellte er den Tisch auf die Beine und setzte sich auf ihn, während sich der Affe an seiner
Kette vom Dachbalken herab- und auf seine Schulter niederließ. Als die Bananen da waren, nahmen sie ihr Frühstück gemeinsam ein: beide waren sie hungrig, beide aßen
voll Gier und warfen rücksichtslos mit den Schalen um
sich – im vertrauensvollen Schweigen ungetrübter
Freundschaft. Ali verschwand murrend, um sich Reis zu-
zubereiten, weil sämtliche Frauen aus dem Haus verschwunden waren und er keine Ahnung hatte, wohin.
Almayer schien das nichts auszumachen, und als er mit
dem Essen fertig war, setzte er sich auf den Tisch, ließ
seine Beine baumeln und sah wie gedankenverloren hinaus auf den Fluß.

Nach einer Weile stand er auf und trat an die Tür eines
Zimmers rechts von der Veranda. Es war das Büro. Das
Büro von Lingard & Co. Er betrat es sehr selten. Geschäft
gab es jetzt keines, und er wollte kein Büro. Die Tür war
verschlossen; er stand da, nagte an seiner Unterlippe und
dachte nach, wo er den Schlüssel wohl hingetan haben
mochte. Plötzlich erinnerte er sich wieder: im Zimmer der
Frauen, an einem Nagel. Er ging hinüber zur Türöffnung,
vor der der rote Vorhang in reglosen Falten herabhing,
und zögerte momentlang, bevor er ihn mit der Schulter
zur Seite stieß, so als durchbräche er ein solides Hindernis.
Auf dem Boden ein großer quadratischer Fleck Sonnenlicht, das durchs Fenster fiel. Zur Linken Mrs. Almayers
hölzerne Truhe – leer, der Deckel aufgeschlagen; daneben

funkelten die Messingnägel auf dem Deckel von Ninas Schrankkoffer in großen Lettern – den Initialen N. A. Von Holzstiften hingen ein paar Kleider Ninas, steif – mit dem Ausdruck gekränkter Ehre, weil sie zu Strandgut erklärt worden waren. Er erinnerte sich, daß er diese Stifte selbst angefertigt hatte, und stellte fest, daß es ausgezeichnete Stifte waren. Wo war der Schlüssel? Er sah umher und entdeckte ihn neben der Tür. Er war rot vom Rost. Das ärgerte ihn sehr, und im nächsten Moment staunte er über dieses Gefühl. Was machte es schon? Bald gäbe es keinen Schlüssel – keine Tür – nichts mehr! Er hielt inne, den Schlüssel in der Hand, und fragte sich, ob ihm auch klar war, was er da vorhatte. Er trat wieder hinaus auf die Veranda und blieb nachdenklich neben dem Tisch stehen. Der Affe schwang sich herab, schnappte sich eine Bananenschale und machte sich eifrig daran, sie in kleine Stücke zu reißen.

»Vergiß!« murmelte Almayer, und dieses Wort ließ vor seinem inneren Auge eine Reihe von Geschehnissen ablaufen, ein detailliertes Programm von Vorhaben, die er auszuführen hatte. Er wußte nur zu genau, was das war. Erst das, dann jenes, und danach würde sich das Vergessen mühelos einstellen. Ganz mühelos. Er hatte die fixe Vorstellung, er würde sich bis in alle Ewigkeit erinnern müssen, wenn er nicht vergaß, bevor er starb. Gewisse Dinge mußten aus seinem Leben entfernt, bis zur Unkenntlichkeit zerstampft, getilgt, vergessen werden. Er stand lange in Gedanken verloren da, ausgeliefert an die schreckenerregende Möglichkeit, die Erinnerung könnte unbesiegbar sein, erfüllt von Todes- und Ewigkeitsangst. »Ewigkeit!« sagte er laut, und der Klang des Wortes riß ihn aus seinem Wachtraum. Der Affe zuckte zusammen, ließ die Bananenschale fallen und grinste friedfertig zu ihm hinauf.

Er trat zur Tür des Büros, und es gelang ihm mit Mühe, sie zu öffnen. Sofort war er in eine Staubwolke gehüllt, die er beim Eintreten unter seinen Füßen aufwirbelte. Offene Bücher mit zerrissenen Seiten lagen auf dem Boden verstreut; andere wieder lagen herum – rußig und schwarz, so als wären sie noch niemals aufgeschlagen worden. Rechnungsbücher. In diesen Büchern hatte er vorgehabt, Tag für Tag aufzuzeichnen, wie sich seine Reichtümer mehrten. Lange war's her. Sehr lange. Seit vielen Jahren hatte es in die blau- und rotlinierten Seiten nichts mehr einzutragen gegeben! In der Mitte des Raumes, ein Bein abgebrochen, der große, gekenterte Schreibtisch, der sich wie der Rumpf eines gestrandeten Schiffs zur Seite neigte; der Großteil der Schubladen war herausgefallen und gab den Blick auf Haufen von Papier frei, das gelb von Schmutz und Alter war. Der drehbare Schreibtischsessel stand an seinem Platz, als er ihn aber herumzudrehen versuchte, bemerkte er, daß das Gelenk festsaß. Egal. Er ließ ihn los, und seine Augen wanderten langsam von Gegenstand zu Gegenstand. All das hatte zu seiner Zeit viel Geld gekostet. Der Schreibtisch, das Papier, die zerfetzten Bücher und kaputten Regale, alles unter einer dicken Staubschicht. Buchstäblich Staub und Knochen eines toten, längst verlorenen Gewerbes. Er betrachtete all diese Dinge – die Überreste von so vielen Jahren der Arbeit und des Kampfes, der Mühsal und Entmutigung, die er so viele Male überwunden hatte. Und wozu das alles? Er blieb gedankenvoll stehen und beklagte das verflossene Leben, als ihm aus all dem Gerümpel, Abfall, Strandgut deutlich und klar die Stimme eines Kindes entgegenklang. Eine große Furcht ergriff sein Herz, und er machte sich fieberhaft daran, die Papiere, die auf dem Boden verstreut herumlagen, zusammenzuraffen, er brach den Stuhl in Stücke, machte die Schubladen zu Kleinholz, indem er sie am Tisch zerschlug, und aus all den Trümmern machte er in der Ecke des Raumes einen großen Haufen.

Er trat rasch heraus, schlug die Tür hinter sich zu, drehte den Schlüssel um, zog ihn heraus, lief zum Geländer der Veranda und schleuderte den Schlüssel mit einer weit ausholenden Armbewegung fort, daß er sausend in den Fluß fiel. Als das geschehen war, ging er langsam zurück zum Tisch, rief den Affen zu sich, machte seine Kette los und redete ihm gut zu, sich still in seine offene Jacke zu hocken. Dann setzte er sich wieder auf den Tisch und starrte auf die Tür des Raumes, den er soeben verlassen hatte. Er lauschte angestrengt. Er hörte ein trockenes Knistern; heftiges Knacken wie von dürrem Holz; ein Surren wie von den Flügeln eines Vogels, der sich plötzlich erhebt, und dann sah er einen dünnen Rauchfaden aus dem Schlüsselloch hochsteigen. Der Affe zappelte unter seinem Rock, Ali erschien auf der Bildfläche, die Augen hervorquellend.

»Herr! Haus brennen!« schrie er.

Almayer stand auf, blieb aber neben dem Tisch stehen. Von der Siedlung drang überraschtes und erschrockenes Geschrei an sein Ohr. Ali rang die Hände und lamentierte laut.

»Hör mit diesem Lärm auf, Idiot!« sagte Almayer ruhig, »nimm meine Hängematte und die Decken und schaff sie ins Haus. Marsch!«

Der Rauch quoll zwischen den Türritzen hervor, und Ali nahm, auf den Armen die Hängematte, die Verandatreppe in einem Satz.

»Brennt recht ordentlich«, brummte Almayer vor sich hin. »Schön ruhig, Jack«, setzte er hinzu, als der Affe verzweifelte Anstrengungen machte, sich aus seinem Gefängnis zu befreien.

Die Tür barst der Länge nach, und ein Schwall aus Flammen und Rauch vertrieb Almayer vom Tisch, ans Geländer der Veranda. Dort harrte er aus, bis er über sich ein lautes Brausen hörte und sicher war, daß das Dach in Flammen stand. Dann rannte er, hustend und halb erstickt vom Qualm, der ihn in bläulichen Ringen verfolgte, die sich ihm um den Kopf legten, über die Verandatreppe hinunter.

Jenseits des Grabens, der Almayers Hof von der Ansiedlung trennte, sah eine Ansammlung von Bewohnern Sambirs zum brennenden Haus des weißen Mannes hinüber. Die Flammen schlugen hoch hinauf in die unbewegte Luft – ein blasses Ziegelrot, in das sich im grellen Sonnenlicht hin und wieder ein Violett mischte. Die dünne Rauchsäule stieg schnurgerade und unbeirrbar in die Höhe, bis sie sich im glasklaren Blau des Himmels verlor, und in dem großen, freien Raum zwischen den beiden Häusern konnten die neugierigen Zaungäste die hohe Gestalt des Tuan Putih sehen, der mit geneigtem Kopf und schleppendem Gang langsam vom Feuer weg- und dem Unterstand von »Almayers Luftschloß« zustrebte.

So bezog Almayer sein neues Haus. Er nahm die neue Ruine in Besitz, und in der unverbesserlichen Torheit seines Herzens schickte er sich an, angst- und schmerzerfüllt jenes Vergessens zu harren, das so zögernd kam. Er hatte getan, was ihm möglich war, jede Spur von Ninas Existenz war ausgelöscht worden; und so fragte er sich nun bei jedem Sonnenaufgang, ob das sehnsüchtig erwartete Vergessen wohl noch vor Sonnenuntergang zu ihm käme, ob es wohl kommen würde, bevor er starb? Nur so lange wollte er am Leben bleiben, bis er würde vergessen können, und die Unbarmherzigkeit seiner Erinnerung erfüllte ihn mit Angst und Schrecken vor dem Tod; denn wenn er eintrat, bevor er seinen Lebenszweck erfüllt hatte, dann würde er sich bis in alle Ewigkeit erinnern müssen. Und nach Alleinsein sehnte er sich auch. Allein wollte er sein. Aber er war es nicht. Im Halbdunkel der Zimmer mit ihren geschlossenen Läden, im strahlenden Sonnenschein auf der Veranda, wohin er auch immer ging, welchen Weg er auch einschlug – überall sah er die zarte Gestalt eines kleinen Mädchens mit hübschem, olivfarbigem Gesicht, mit langem schwarzem Haar, ein Mädchen, dem das rosa Kleidchen von der Schulter rutschte und dessen große Augen vertrauensvoll zärtlich wie die eines verwöhnten Kindes zu ihm aufsahen. Ali sah nichts, aber nichtsdestoweniger war ihm die Anwesenheit eines Kindes im Haus bewußt. In langen Unterhaltungen an nächtlichen Feuern in der Siedlung berichtete er seinen engsten Freunden immer wieder von Almayers merkwürdigem Verhalten. Sein Herr sei auf seine alten Tage noch ein Zaubermeister geworden. Ali sagte, oft wenn sich der Tuan Putih für die Nacht auf sein Zimmer zurückgezogen habe, könne er ihn da mit irgendwem reden hören. Ali war der Meinung, es handle sich um einen Geist, der die Gestalt eines Kindes angenommen habe. Aufgrund bestimmter Ausdrücke und Worte, die sein Herr benützte, wüßte er, daß sein Herr mit einem Kind redete. Sein Herr rede dabei auch ein wenig malaiisch, hauptsächlich aber englisch, was er, Ali, verstehe. Manchmal seien die Worte seines Herrn zärtlich, dann wieder würde er wegen des Kindes weinen, es auslachen, mit ihm schimpfen, betteln, es möge doch gehen;

es verfluchen. Es sei ein böser, aufsässiger Geist. Ali meinte, Almayer hätte ihn unbedachterweise beschworen, und nun werde er ihn nicht mehr los. Sein Herr sei unerschrocken; er scheue nicht einmal davor zurück, den Geist in dessen Anwesenheit zu verfluchen, und einmal habe er mit ihm gerungen. Ali hatte in dem Zimmer einen Riesenlärm vernommen – wie von Hinundhergerenne und von Stöhnen. Sein Herr habe gestöhnt. Geister stöhnten nicht. Sein Herr sei unerschrocken, aber töricht. Man kann einen Geist nicht verletzen. Ali habe erwartet, seinen Herrn am nächsten Morgen tot vorzufinden, aber er sei schon ganz früh herausgekommen, habe viel älter ausgesehen als am Tag zuvor und habe den ganzen Tag nichts gegessen.

Das war, was Ali in der Siedlung berichtete. Captain Ford gegenüber war er viel gesprächiger, und das aus gutem Grund, denn Captain Ford besaß die Brieftasche und erteilte Befehle. Bei jedem der monatlichen Besuche Fords in Sambir hatte Ali mit einem Bericht über den Insassen von »Almayers Luftschloß« an Bord zu erscheinen. Bei seinem ersten Besuch nach Ninas Abreise aus Sambir hatte sich Ford der Angelegenheiten Almayers angenommen. Es bedeutete keinen großen Aufwand. Der Lagerschuppen für die Güter war leer, die Boote waren verschwunden, widerrechtlich – meistens des Nachts – von diversen Bürgern Sambirs, die ein Transportmittel benötigten, in Besitz genommen. Während eines großen Hochwassers verabschiedete sich der Landesteg von Lingard & Co. vom Ufer und ließ sich flußabwärts treiben – wahrscheinlich auf der Suche nach einer erfreulicheren Umgebung; selbst die Gänseschar – »die einzigen Gänse entlang der Ostküste« – brach nach fremden Gefilden auf und zog die unbekannten Gefahren des Dschungels der Verwüstung ihrer alten Heimat vor. Zeit verging, und das Gras wuchs über der kohlschwarzen Stelle zu, an der das alte Haus gestanden hatte, und nichts wies mehr auf die Stätte hin, die Almayers frühe Hoffnungen beherbergt hatte, seine lächerlichen Träume einer glänzenden Zukunft, sein Erwachen aus ihnen und sein Verzweifeln.

Oft besuchte Ford Almayer nicht, denn ein Besuch bei Almayer war kein erfreuliches Unterfangen. Anfänglich antwortete er immer lustlos auf die polternden Erkundigungen des alten Seemanns nach seiner Gesundheit; er machte sogar Anläufe zu einer Unterhaltung und fragte, was es Neues gebe – freilich in einem Tonfall, der keinerlei Zweifel daran ließ, daß für ihn keine Neuigkeit dieser Welt von Interesse war. Dann wurde er allmählich immer schweigsamer – nicht aus Trotz, sondern so, als würde er das Sprechen verlernen. Er verkroch sich auch immer in den allerfinstersten Zimmern des Hauses, wo Ford ihn erst unter der Führung des Geschnatters des vor ihm her galoppierenden Affen aufstöbern mußte. Der Affe war stets zur Stelle, um Ford in Empfang zu nehmen und zu seinem Herrn zu geleiten. Das kleine Tier schien diesen völlig zu beherrschen, und wann immer es Almayers Anwesenheit auf der Veranda wünschte, zupfte es so lange an seiner Jacke, bis er pflichtergeben in den Sonnenschein hinaustrat, den er so wenig zu mögen schien.

Eines Morgens fand ihn Ford auf dem Boden der Veranda sitzen, den Rücken an der Wand, die Beine steif von sich gestreckt, die Arme schlaff zu beiden Seiten herabhängend. Mit seinem ausdruckslosen Gesicht, seinen weit aufgerissenen Augen mit den unbeweglichen Pupillen darin und der Starre seiner Körperhaltung sah er wie eine riesige männliche Puppe aus, die zerbrochen und zur Seite geschleudert worden war. Als Ford die Treppe heraufkam, drehte Almayer langsam seinen Kopf.

»Ford«, murmelte er vom Fußboden hinauf. »Ich kann nicht vergessen.«

»Ist das wahr?« fragte Ford unschuldig und bemüht jovial. »Ich wollte, ich könnte das von mir behaupten. Ich bin dabei, mein Gedächtnis zu verlieren – vermutlich eine Frage des Alters, mein Maat hat erst unlängst –«

Er unterbrach sich, weil Almayer aufgestanden war, taumelte und nach dem Arm des Freundes griff, um sein Gleichgewicht wiederzugewinnen.

»Schau an! Sie sind heute besser beisammen. Über kurz oder lang sind Sie wieder ganz auf dem Damm«, sagte Ford gutgelaunt, insgeheim aber verstört.

Almayer ließ seinen Arm fahren und stand kerzengerade da, den Kopf in die Höhe gereckt, Brust voraus, den Blick steinern auf der Unzahl von Sonnen, die ihm aus den Wellen des Flusses entgegenblitzten. In der Brise flatterten ihm die Jacke und die weite Hose um die Glieder.

»Laß sie gehen!« flüsterte er heiser. »Laß sie gehen. Morgen werde ich vergessen. Ich bin ein harter Mann . . . hart wie ein . . . Fels . . . hart und unnachgiebig . . .«

Ford sah in sein Gesicht – und ergriff die Flucht. Der Kapitän selbst war ein hinlänglich harter Mann – wie jene, die mit ihm zur See gingen, bezeugen konnten –, aber Almayers Härte war selbst für seine Standfestigkeit zuviel.

Als der Dampfer Sambir das nächstemal anlief, kam Ali schon früh an Bord, um Klage zu führen. Er beschwerte sich bei Ford, daß sich Jim-Eng, der Chinese, in Almayers Haus eingenistet habe und nun praktisch den ganzen vergangenen Monat darin wohne.

»Und beide rauchen sie«, fügte Ali hinzu.

»Puh – du meinst Opium?«

Ali nickte, und Ford versank in Gedanken; dann murmelte er: »Armer Teufel! Jetzt kann's gar nicht mehr schnell genug gehen.« Am Nachmittag ging er zum Haus hinauf.

»Was machst du da?« fragte er Jim-Eng, der gerade auf der Veranda herumstrolchte.

In schlechtem Malaiisch und mit jener monotonen, teilnahmslosen Stimme des Opiumrauchers, die von weit weg kommt, führte Jim-Eng aus, sein Haus sei alt, das Dach lecke, der Fußboden sei verfault. Also habe er, als langjähriger, guter Freund des Hauses, sein Geld genommen, sein Opium und dazu zwei Pfeifen und sei hergezogen, um in diesem großen Haus zu wohnen.

»Es ist reichlich Platz. Er raucht, und ich lebe hier. Lang wird er nicht mehr rauchen«, sagte er abschließend.

»Wo ist er jetzt?« fragte Ford.

»Drinnen. Er schläft«, antwortete Jim-Eng erschöpft.

Ford warf einen Blick durch die Tür. Im matten Licht des Raumes konnte er den auf dem Rücken liegenden Almayer auf dem Boden ausmachen; er sah den Kopf auf der hölzernen Nackenstütze, den langen, über die Brust ausgebreiteten, wirren Bart, die gelbe Gesichtshaut, die halb geschlossenen Lider, unter denen nur das Weiße der Augen hervorsah . . .

Er schauderte und wandte sich ab. Im Weggehen bemerkte er ein langes Band aus ausgebleichter roter Seide und darauf eine Reihe chinesischer Schriftzeichen, das Jim-Eng soeben an einem Pfosten befestigt hatte.

»Was ist das?« fragte er.

»Das«, sagte Jim-Eng mit seiner klanglosen Stimme,

»das ist der Name des Hauses. Ganz gleich wie mein Haus. Sehr guter Name.«

Ford starrte ihn an, dann ging er weg. Er wußte nicht, was dieses verworrene Labyrinth der chinesischen Inschrift auf der roten Seide zu bedeuten hatte. Hätte er Jim-Eng danach gefragt, dann hätte ihn dieser geduldige Chinese mit gebührendem Stolz aufgeklärt, daß seine Bedeutung »Haus der himmlischen Freuden« sei.

Am Abend dieses Tages stattete Babalatchi Captain Ford einen Besuch ab. Die Tür der Kapitänskajüte ging aufs Deck hinaus auf, und Babalatchi saß mit gespreizten Beinen auf der hohen Türschwelle, während Ford drinnen auf dem Sofa seine Pfeife rauchte. Der Dampfer sollte am nächsten Morgen ablegen, und der alte Staatsmann war wie gewöhnlich zu einem Abschiedsplausch gekommen.

»Wir haben letzten Monat aus Bali Nachricht erhalten«, bemerkte Babalatchi. »Dem alten Rajah wurde ein Enkel geboren, und es herrscht große Freude.«

Ford setzte sich interessiert auf.

»Ja«, fuhr Babalatchi zur Antwort auf Fords Blick fort. »Ich habe es ihm erzählt. Das war, noch ehe er zu rauchen anfing.«

»Und? Was war?« fragte Ford.

»Ich bin gerade noch mit dem Leben davongekommen«, sagte Babalatchi mit würdevollem Ernst, »weil der weiße Mann sehr schwach ist und hinfiel, als er sich auf mich stürzte.« Nach einer Pause setzte er hinzu: »Sie ist ganz verrückt vor Freude.«

»Meinst du Mrs. Almayer?«

»Ja, sie lebt im Haus unseres Rajahs. Die stirbt nicht so bald. Frauen wie sie haben ein langes Leben«, sagte

Babalatchi, in seiner Stimme ein Anflug von Bedauern. »Sie hat Dollars, die sie vergraben hat – aber wir wissen, wo. Wir hatten eine Menge Ärger mit diesen Leuten. Wir mußten eine Geldstrafe zahlen und uns die Drohungen der weißen Männer anhören, und nun müssen wir vorsichtig sein.« Er seufzte und blieb eine Weile stumm. Dann heftig:

»Es wird auf der Insel Kämpfe geben. Der Krieg liegt in der Luft. Werde ich's noch erleben? . . . Ah, Tuan!« fuhr er ruhiger fort, »die alten Zeiten waren doch die besten. Selbst ich bin mit Männern aus Lanun auf See gewesen und habe des Nachts Schiffe geentert, die weiße Segel gesetzt hatten. Das war noch, bevor ein englischer Rajah in Kuching herrschte. Damals haben wir untereinander gekämpft und waren glücklich. Nun, da wir gegen euch kämpfen, müssen wir sterben.«

Er erhob sich, um zu gehen. »Tuan«, sagte er, »erinnerst du dich an das Mädchen, das diesem Bulangi gehörte? Die, die an dem ganzen Ärger schuld ist.«

»Ja«, sagte Ford. »Was ist mit ihr?«

»Sie wurde immer magerer und konnte nicht mehr arbeiten. Da hat sie Bulangi, dieser Dieb und Schweinefleischfresser, um fünfzig Dollar an mich abgetreten. Ich hab sie zu meinen Frauen gesteckt, damit sie wieder fett wird. Ich wollte den Klang ihres Lachens hören, aber sie muß verhext worden sein, und . . . vor zwei Tagen ist sie dann gestorben. Nein, Tuan. Warum sagst du so böse Worte? Ich bin alt – zugegeben –, aber warum sollte ich nicht den Anblick eines jungen Gesichts und den Klang einer jungen Stimme in meinem Haus haben wollen?« Er unterbrach sich, dann fügte er mit einem kleinen traurigen Lächeln hinzu: »Ich bin wie ein weißer Mann, der zu viel von Dingen redet, die in Männergesprächen nichts zu suchen haben.«

Und damit verschwand er – ein trauriger Mann.

Die Menge scharte sich in einem Halbkreis um die Treppe von »Almayers Luftschloß«, wogte schweigend vor und zurück und machte der Gruppe weißgewandeter Männer mit Turban Platz, die durch das Gras auf das Haus zuhielt. Vorneweg ging, an Reshids Arm, Abdulla, in seinem Gefolge sämtliche Araber von Sambir. Als sie durch die Gasse schritten, die ihnen die ehrerbietige Menge aufgetan hatte, hörte man unterdrücktes Stimmengemurmel, in dem einzig das Wort »Mati« deutlich vernehmbar war. Abdulla hielt inne und blickte langsam in die Runde.

»Ist er tot?« fragte er.

»Mögest du leben!« antwortete die Menge in einem einzigen Schrei, auf den atemloses Schweigen folgte.

Abdulla tat ein paar Schritte vor und sah sich ein letztes Mal Angesicht in Angesicht seinem alten Feind gegenüber. Was immer er einstmals gewesen sein mochte – jetzt war er nicht mehr gefährlich, wie er da steif und leblos im ersten zarten Tageslicht vor ihm lag. Der einzige weiße Mann an der Ostküste war tot, und nun stand seine Seele – der Fesseln seiner irdischen Torheit ledig – vor der Allgegenwart der Unendlichen Weisheit. Sein nach oben gerichtetes Gesicht trug jenen heiteren Ausdruck, der der plötzlichen Erlösung von Schmerz und Qualen folgt, gab vor dem wolkenlosen Himmel schweigend Zeugnis davon, daß es dem Mann, der da unter dem Blick aus teilnahmslosen Augen lag, gestattet worden war, zu vergessen, bevor er starb.

Abdulla sah traurig auf diesen Ungläubigen herab, den

er so lange Zeit bekämpft und so viele Male übers Ohr gehauen hatte. Das war der Lohn des Rechtgläubigen. Und doch empfand der Araber in seinem alten Herzen etwas wie Kummer wegen dieses Dings, das nun aus seinem Leben geschieden war. Immer schneller löste er nun Freundschaften und Feindschaften, trennte er sich von Erfolgen und Enttäuschungen – all dem, was ein Leben erst ausmacht; und vor ihm lag nur noch das Ende. Gebete würden den Rest der Tage füllen, die das Schicksal dem wahrhaft Gläubigen noch zugemessen hatte! Er nahm die Perlen in die Hand, die von seinem Gürtel hingen.

»So habe ich ihn heute morgen aufgefunden«, sagte Ali mit leiser, scheuer Stimme.

Abdulla warf noch einen letzten kalten Blick auf das heitere Gesicht.

»Gehen wir«, sagte er zu Reshid.

Und als sie durch die Menge schritten, die sich vor ihnen teilte, klickten die Perlen in Abdullas Hand, während er mit feierlichem Flüstern gottesfürchtig Allahs Namen hauchte – des Gnadenreichen! des Allerbarmers!

ANHANG

Das Ufer des Berau bzw. Pantai River, an dem links das Haus von William Charles Olmejer zu sehen ist, das bei Conrad »Almayer's Folly« heißt.

Anmerkungen

S. 7, Z. 1: »T. B.« – Gemeint ist Conrads Onkel Tadeusz Bobrowski.

S. 9., Z. 7: ». . . eine in der Welt des geschriebenen Wortes hochgeschätzte Dame . . .« – Conrads Lektor Edward Garnett nennt in *Conrad's Prefaces to His Works* eine »Mrs. Meynell«.

S. 11, Z. 1: »Makan« – »Essen«. Wenn nicht anders angegeben, handelt es sich bei fremdsprachlichen Wörtern immer um indonesische, die übersetzt werden und in der heutigen Schreibung in Klammern zitiert werden.

S. 11, Z. 3: »Almayer« – In *A Personal Record* schreibt Conrad: »Aber hätte ich Almayer nicht ziemlich aus der Nähe kennengelernt, es hätte nahezu mit Sicherheit niemals eine gedruckte Zeile von mir gegeben.

Ich nahm damals [seine Einladung zum Dinner] an, und ich zahle immer noch den Preis für meine Klugheit. Der Eigentümer der einzigen Gänseherde entlang der Ostküste ist für die Existenz von bislang etwa vierzehn Büchern verantwortlich.«

An Marguerite Poradowska schreibt Conrad am 2. 5. 1894: »In dem Augenblick, da Sie eine Person wie Wojtek sehen, ist es unmöglich, den Namen abzuändern. Ich verstehe das sehr gut.« (»Du moment que Vous voyez le personnage comme Wojtek il est impossible de changer le nom. Je comprends cela très bien.«) Wie sich an vielen Beispielen nachweisen läßt, behielt Conrad in der Regel die Namen der Vorbilder für seine literarischen Figuren bei. – An J. B. Pinker schreibt er im Oktober 1909: »Salvator mag Ihnen berichtet haben, daß ich Besuch von einem Mann aus dem Malaiischen Archipel hatte [Captain C. M. Morris, dem Conrad später *Twixt Land and Sea* widmete. A. d. Ü.]. Es war wie die Wiederbelebung einer Menge Toter – d. h. *für mich* Toter, denn die meisten von ihnen leben dort unten, lesen sogar meine Bücher und fragen sich, wer zum Teufel sich da wohl umgetan und Aufzeichnungen gemacht haben mag.« (Zitiert nach G. Jean-Aubry, *Joseph Conrad. Life and Letters*, London 1927; I 103)

Die Vorlage für Kaspar Almayer war laut John Dozier Gordan, *Joseph Conrad. The Making of a Novelist*, New York 1963, S. 36 f., der Eurasier William Charles Olmeijer, geb. 1848 in Surabaya, der 1870 an den Pantai kommt, wo er sich als Händler niederläßt; er stirbt am 2. 9. 1900.

Conrad lernte William Charles Olmeijer 1887 als Maat der »Vidar« kennen und berichtet über die erste Begegnung in *A Personal Record*: »Ich hatte ihn zum ersten Mal von ein paar Jahren von der Brücke eines Dampfers aus gesehen, der an einem klapprigen Landesteg etwa vierzig Meilen landeinwärts auf einem bornesischen Fluß vor Anker lag. [. . .] Ich war gerade gähnend aus meiner Kabine gekommen. [. . .] Die tropische Morgendämmerung war kühl. [. . .] Die Wälder am gegenüberliegenden Ufer flußauf und -ab wirkten schwarz und naß; Wasser tropfte von der Takelage auf die straff gespannten Sonnensegel an Deck, ich zitterte vor Kälte und gähnte, als mein Blick auf Almayer fiel.«

S. 11, Z. 16: »Pantai« – Conrad übernimmt die veraltete Variante des Flußnamens Berouw in Ost-Borneo, dessen südlichster Arm auch später Pantai genannt wurde.

S. 12, Z. 7: »Dain« – Vorbild ein Dain Marola of Berouw, der Abstammung nach ein Bugis, der auf Borneo als Agent von Syed Mosin Bin S. Ali Jaffree, dem Eigentümer der »Vidar«, fungiert.

Conrad verwendet »Dain« irrtümlich wie einen Vornamen, während es sich dabei tatsächlich um die Bezeichnung eines Kindes mit reinblütiger Abstammung von malaiischen Freien handelt.

S. 13, Z. 24: »Godon« – (»gudang«) »Speicher«, »Lagerschuppen«.

S. 13, Z. 24: »Hudig« – Vorbild dieses Bankiers, der sowohl Almayer als auch Willems in *An Outcast of the Islands* beschäftigt, war ein Kaufmann und Frächter, dem Conrad in Amsterdam begegnet war, wo er ungeduldig auf die Abfahrt der »Highland Forest« nach Borneo wartete, die wegen des bitterkalten Winters aufgeschoben werden mußte.

S. 15, Z. 14: »Punkah« – »Fächer«.

S. 15, Z. 26: »Bonies« – Gordan stellt fest, daß Conrad das »ponies« des Manuskripts im Typoskript zu »bonies« abgeändert hat. – Möglicherweise eine Anspielung auf Conrads erste Begegnung mit Olmeijer. In *A Personal Record* heißt es an entsprechender Stelle: »Ich beugte mich über die Reeling der Schiffsbrücke und sah Almayer an, der nachdenklich und betrübt auf den Landesteg hinunterblickte. Er scharrte ein wenig mit den Füßen. [...] Almayer hob nun wieder seinen Kopf, und mit dem Tonfall eines Mannes, der schwere Schicksalsschläge gewöhnt ist, fragte er kaum hörbar: ›Ich nehme an, Sie haben nicht zufällig etwas wie ein Pony an Bord?‹

Ich erklärte ihm beinahe flüsternd [...], daß wir in der Tat so etwas wie ein Pony hätten, und ich deutete so zartfühlend wie nur möglich an, daß es uns verdammt im Weg sei [...].«

S. 16, Z. 19: »Tom Lingard« – Laut Frederick Karl ist ein Captain William Lingard, laut Gordan ein Tom Lingard das Vorbild für den Tom Lingard aus *Almayer's Folly* und dem *Outcast*, ein Schotte, auf dessen Schoner auch sein Neffe Jim Lingard, der den Spitznamen »Lord Jim«(!) trug, mitfuhr.

Tom Lingard war laut F. Karl mit einer Cousine oder Nichte Olmeijers, laut Gordan, der sich auf Mrs. Andrew Gray, eine Tochter Olmeijers, beruft, mit dessen Schwester verheiratet. Conrad lernte Tom Lingard, der Olmeijers Vertreter in Berouw gewesen war, bevor Olmeijer dorthin zog, daselbst kennen – daneben aber auch einen weiteren Neffen Lingards, Joshua Lingard, der laut Conrad in dem bereits zitierten Brief an Pinker (s. Anm. zu S. 11, Z. 3) zu Recht vermutete, daß es sich bei dem Verfasser der Romane über die »Pantai-Bande« um Conrad, den Maat auf der »Vidar«, gehandelt haben müsse.

S. 16, Z. 21: »Rajah-Laut« – Tom Lingard wurde von den Malaien so tituliert.

S. 17, Z. 10/11: »... er hat einen Strom entdeckt ...« – Tom Lingard hatte de facto einen schiffbaren Kanal im Berouw entdeckt, der lange offiziell den Namen »Baak van Lingard« trug. L. hütete das Geheimnis dieser Entdeckung eifersüchtig.

S. 19, Z. 12: »... eine jener langen Kreuzfahrten an Bord der *Flash*, auf denen der alte Seemann in der Regel fast alle Inseln des Archipels anlief« – Lingards Schoner kreuzte »zwischen Singapore, Benjarmassin, Cottu,

Belungan und weiteren holländischen Häfen im Norden« (*Life and Letters*, I 97).

S. 22, Z. 18: »Kampong« – (»kampung«) »Dorf«, »Viertel«, »Gut samt Nebengebäuden«.

S. 22, Z. 23: »von seiner [Almayers] Frau« – Gordan berichtet, Mrs. Almayer habe eine entfernte Ähnlichkeit mit Olmeijers Frau in Berouw, gehabt, »einer Malaiin oder Eurasierin« (Gordan 42).

S. 23, Z. 21/22: »Abdulla« – Vorbild dieses ›Feindes‹ von Almayer, als den ihn Conrad in *A Personal Record* apostrophiert, ist der gleichnamige Sohn »eines Arabers namens Syed Mosin Bin S. Ali Jaffree« – vgl. Anm. zu S. 12, Z. 7. »Abdulla« taucht wieder im *Outcast* auf, wo er eine ähnliche Karriere durchläuft wie Syed Reshid, der Neffe Abdullas aus *Almayer's Folly*.

S. 24, Z. 3: »Tuan« – »Herr«, »Fürst«.

S. 24, Z. 20: »Orang Blanda« – »orang«: »Mensch«; »Belanda«: »Holländer«.

S. 24, Z. 29/30: »Lakamba« – Vorbild ist ein Kaufmann aus Donggala, Celebes, dem Conrad 1887 begegnete.

S. 26, Z. 9: »Sambir« – Der Name steht für ursprünglich Belungang, später Berouw, einen Ort am gleichnamigen Fluß, etwa 40 Meilen landeinwärts. Vgl. Anm. zu S. 11, Z. 16; S. 16, Z. 19 und S. 19, Z. 12. Es handelt sich um das heutige Tanjung Redep.

S. 27, Z. 10/11: »Lingard & Co.« – Olmeijer war 1887, als Conrad ihn in Berouw kennenlernte, der Compagnon in Tom Lingards Firma.

S. 28, Z. 16: »Nina« – Laut Auskunft von Olmeijers Tochter, Mrs. Gray, war unter den sechs Töchtern (Olmeijer hatte neben ihnen noch fünf Söhne) und auch in der übrigen Verwandtschaft keine Nina Olmeijer.

S. 31, Z. 3/4: »Dann drohte er der schlafenden Siedlung mit der geballten Faust.« – ». . . da ist einerseits dieser Mann«, heißt es in *A Personal*

Record in Erinnerung an die Lieferung des Ponys, »ein Mann mit Ambitionen, der nach den Sternen greift und ein Pony importiert, und andererseits gab es in der ganzen Siedlung, der er täglich mit seiner schwächlichen Faust drohte, nur einen einzigen Pfad, auf dem man ein Pony überhaupt laufen lassen konnte: von höchstens einer Viertelmeile Länge . . .«

S. 37, Z. 3: »Gold und Diamanten« – Im bereits erwähnten Bericht über sein erstes Zusammentreffen mit Olmeijer schreibt Conrad: »›Sehen Sie‹, unterbrach er sich mit einem ganz eigentümlichen Klang in der Stimme, ›das Schlimmste an diesem Land ist, daß man einfach nichts verwirklichen kann . . ., daß eine Verwirklichung . . . einfach unmöglich ist . . .‹ Seine Stimme senkte sich zu einem matten Gestotter. ›Und wenn man sehr große Vorhaben hat . . . sehr bedeutende Vorhaben . . .‹, schloß er leise, ›flußaufwärts . . .‹«
In ihrer Ausgabe vom 1. 10. 1887 berichten die ›Illustrated London News‹ von bedeutenden Gold- und Diamantenfunden im Tal des Segamah-Flusses im nördlichen Borneo.

S. 37, Z. 30/31: »der alte Rajah« – Taucht auch im *Outcast* wieder auf und trägt hier den Namen Patalolo, wie der Sultan von Donggala, wo die »Vidar« angelegt hatte.

S. 43, Z. 17: »Jim-Eng« – Vorbild ist ein chinesischer Händler, Sing Jimmung aus Singapore, Empfänger von Waren, die auf der »Vidar« verschifft worden waren.

S. 45, Z. 12: »Captain Ford« – Vorbild sei Captain Craig von der »Vidar«, meint Gordan.

S. 47, Z. 16: »Mem Putih . . . Ubat« – »mem«: »Meine Dame«; »putih«: »weiß«; »obat«: »Medizin«, »Zaubertrank«.

S. 48, Z. 32: »British Borneo Company« – Anspielung auf die *British North Borneo Company*, die im Mai 1882 die Nachfolge der *British North Borneo Provisional Association* antrat und der von den Sultanen von Brunei und Sulu sämtliche Rechte zur Ausbeutung und Verwaltung im »State of North Borneo« übertragen wurden.

S. 50, Z. 8/9: ». . . unter der nominellen Oberhoheit Hollands« – Der Verlauf der Grenze zwischen den von den Engländern und jenen von den Holländern verwalteten Teilen Borneos (heute trennt sie den malaysischen Teil Borneos von Kalimantan) wurde am 20. 6. 1891 vertraglich fixiert.

S. 53, Z. 1/2: »Holländer, die mit Malaien illegal Handel mit Schießpulver trieben« – Olmeijers Schwiegersohn, Andrew Gray, berichtet von der Feindseligkeit und dem Mißtrauen der holländischen Behörden, weil Olmeijer gute Kontakte zu den Dayaks hatte. Vgl. Anm. zu S. 56, Z. 28.

S. 53, Z. 9/10: »Dreißig Meilen . . .« – Vgl. Anm. zu S. 24, Z. 9.

S. 53, Z. 25: »Almayers Luftschloß« – Die Bezeichnung »Almayer's Folly« stammt ursprünglich von Captain Craig von der »Vidar« und bezog sich auf Olmeijers Haus in Berouw (*Life & Letters*, I 102, Anm. 1).

S. 56, Z. 16: »Goldminen im Landesinneren« – Vgl. Anm. zu S. 37, Z. 3.

S. 56, Z. 28: »Als Weißer hatte Almayer [. . .] etwas bessere Beziehungen zu den Stämmen flußaufwärts.« – Andrew Gray berichtet, besonders die Dayaks hätten seinen Schwiegervater sehr geschätzt und ihm den Ehrentitel »Rajah-Dyak« verliehen.

S. 57, Z. 2: »Babalatchi« – Das Vorbild sei, wie im Falle Lakambas, ein Kaufmann Babalatchi gewesen, den Conrad in Donggala kennengelernt habe und dessen »bemerkenswerte Erscheinung« bei den Ortsansässigen »sehr angesehen gewesen« sei, berichtet Jean-Aubry.

S. 57, Z. 22/23: »Datu Besar« – »Großer Fürst«, »Häuptling«.

S. 57, Z. 25: »Surat« – »Protokoll«, »Schriftstück«, »Dokument«.

S. 64, Z. 11: »Commissie« – Holl. für »Kommission«.

S. 68, Z. 4/5: »Straits Times« – authentischer Name eines auf dem gesamten Malaiischen Archipel verbreiteten englischen Periodikums.

S. 68, Z. 5: »Krieg in Atjin« – Die Regierung in Batavia (Jakarta) erklärte 1873 nach wiederholten Piratenüberfällen den Atjinesen den Krieg. Atjeh kapitulierte 1874, die Einheimischen führten einen erbitterten Guerillakrieg, wurden aber 1881 von General van der Heyden unterworfen. Es kam in der Folge immer wieder zu Kriegshändeln in diesem nördlichsten Teil Sumatras.

S. 73, Z. 2: »Sirigefäße« – »Siri«: »Betelnuß«.

S. 74, Z. 12: »Chelakka« – (»tjelakka«) sinngem.: »Saukerl«.

S. 91, Z. 8: »Rani« – »Fürstin«, »Herrscherin«.

S. 91, Z. 18: »zu den Inseln im Süden . . ., auf denen sein Vater König ist« – Davor schon (S. 80, Z. 11) heißt es, Dain komme aus Bali, später (S. 224, Z. 6/7 ff.) spricht er zu Nina »von seiner eigenen Insel«, einmal von dem einsamen »Berggipfel«, der dem »okkulten Geist seines Volkes« als Wohnstatt diente (wahrscheinl. Mt. Batur auf Bali), dann wieder über *die* Gipfel »feuerspeiender Berge« (Z. 18). Gordan vermutete schon, daß Conrad unentschieden gewesen sei, ob er Dain zum Sohn des obersten Königs von Bali (vgl. Anm. zu S. 108, Z. 20) oder zu jenem des Königs von Lombok machen sollte, dessen Hauptstadt Ampanam (»Ampenan«) im 9. Kapitel (S. 170, Z. 6) genannt wird, und macht für diese Unentschlossenheit auch Conrads Unkenntnis der Geographie der beiden Inseln mitverantwortlich (Gordan, 49).

S. 99, Z. 23: »Kajang-Matten« – Matten aus Bambusgeflecht.

S. 104, Z. 4: »bitcharra« – (»bitjara«) »sprechen«.

S. 107, Z. 20/21: ». . . steuerte ich die Brigg . . .« – Mit einem ähnlichen Manöver retteten Conrad und Dominic Cervoni, der Kapitän der »Tremolino«, ihre Haut, als sie das Schiff, auf dem sie Waffen für die spanischen Carlisten zu schmuggeln versuchten und das die spanische Küstenwache gerade aufbringen wollte, im Frühjahr 1877 auflaufen ließen und versenkten.

S. 108, Z. 20: »Anak Agong« – (»anak agung«) »Der Sohn der höchsten Majestät«.

S. 111, Z. 29: »Gunong Mas« – (»gunung emas«) »Berg aus Gold«, vgl. auch Anm. zu S. 37, Z. 3.

S. 115, Z. 2: »Ada! Tuan!« – »Ja, Herr!«, »Hier, Herr!«

S. 116, Z. 4/5: ». . . von Poulu Laut bis Tanjong Batu« – 1887 hatte die »Vidar« mit Conrad an Bord die Insel Pulo Laut im Süden Borneos angelaufen. »Tanjong Batu« – möglicherweise Pt. Batou, etwas nördlich von Berouw/Tanjung Redep.

S. 122, Z. 4/5: »Mahmat Banjer« – kommt auch im *Outcast* vor; Vorbild wahrscheinlich der Händler Sahamin Orang Banjar von Berouw.

S. 130, Z. 5: »Hai!« – »He!«, »Sag mal!«

S. 160, Z. 16/17: ». . . die einzigen Gänse entlang der Ostküste« – Bei seiner ersten Begegnung mit Olmeijer rühmte sich dieser gegenüber Conrad seines Besitzes der »einzigen Gänse entlang der Ostküste« und erbot sich, »uns spätestens morgen einen fetten Vogel auszusuchen und an Bord zu schicken«.

S. 170, Z. 6: »Die Prau soll ihn [Dain] nach Ampanam bringen« – Vgl. Anm. zu S. 91, Z. 18.

S. 173, Z. 15: »Amok« – Conrad setzt das Wort im Original unter Anführungszeichen. Das Wort ›amuk‹ ist indon. Herkunft. Dazu bemerkt Frederick Boyle in *Adventures among the Dyaks of Borneo*: »Das vielleicht auffallendste Merkmal des malaiischen Charakters ist die sonderbare, wahnartige Krankheit [›strange madness‹], die man ›Amok‹ nennt . . . Der von ihr Befallene [›madman‹] rächt sich dabei nicht notwendigerweise an demjenigen, der ihn gekränkt oder ihm ein Unrecht getan hat. Er packt die erstbeste Waffe, auf die sein Blick fällt, und stürzt sich auf den nächstbesten, von Menschen überlaufenen Ort, wo er auf jedes lebende Wesen einsticht und einhaut, bis er wie ein toll gewordenes Tier niedergeschossen wird.« Zitiert nach ›Illustrated London News‹ vom 15. 7. 1865.

S. 173, Z. 20: »Madura« – Wahrscheinlich die Surabaya vorgelagerte Insel.

S. 217, Z. 13: »Er ließ sich von seiner Begeisterung mitreißen . . .« – Vgl. Anm. zu S. 173, Z. 15.

S. 224, Z. 6/7: ». . . von seiner eigenen Insel . . .« – Vgl. Anm. S. 91, Z. 18.

S. 249, Z. 27: »Dapat!« – »Gefunden!«

S. 264, Z. 13/14: ». . . ein englischer Rajah in Kuching« – Gemeint ist hier wohl Sir James Brooke, »The Rajah of Sarawak«, der 1836 nach Kuching kommt.

Nachbemerkung des Übersetzers

»Ford shuddered and turned away. As he was leaving he noticed a long strip of faded red silk, with some letters on it, which Jim-Eng had just fastened to one of the pillars.

›What is that?‹ he asked.

›That,‹ said Jim-Eng, in his colourless voice, ›that is the name of the house. Very good name.‹ Ford looked at him for a while and went away. He did not know what the crazy-looking maze of the Chinese inscription on the red silk meant. Had he asked Jim-Eng, that patient Chinaman would have informed him with proper pride that its meaning was: ›House of heavenly delight‹.«

Von jenen fernen Menschen aus Fleisch und Blut, die Joseph Conrad in seiner *Vorbemerkung* aus dem Erscheinungsjahr von *Almayer's Folly* gegen die Überheblichkeit einer Rezensentin verteidigte und denen seine Sympathie galt, schrieb er, sie hätten – nicht anders als wir – den Fluch gegebener Tatsachen gleichermaßen zu ertragen wie den Segen von Illusionen und das bittere Kraut der Weisheit ebenso wie die »trügerischen Tröstungen ihrer Luftschlösser«.

Das letzte Wort dieser Vorbemerkung – *»follies«* – spielt selbstverständlich auf den Titel von Conrads *Geschichte eines östlichen Stroms* an, und in dem hier verwendeten Plural tritt – deutlicher als im Titel – eine andere, ältere Wortbedeutung als jene vielleicht geläufigeren zutage, die das ›Oxford English Dictionary‹ unter *folly*[1-4] anführt *(Schwachsinn, Schlechtigkeit, Geilheit, Wahn)* – eine Bedeutung, in der die französische Wurzel sichtbar wird: »The original meaning seems to have been not *stultitia*, but *delight, favorite abode*« (also: nicht *Albernheit*, sondern *Freude, Lieblingsdomizil*). Viele Häuser, heißt es im Anschluß an diese Bemerkung, tragen in Frankreich noch heute den Namen *La Folie* – zu deutsch vielleicht: Villa Wahn-witz.

Die fünfte Begriffsdefinition von *folly* lautet gemäß OED: »A popular name for any costly structure considered to have shown folly in the builder«, d. i.: »Eine volkstümliche Bezeichnung für ein kostspieliges Bauwerk, dem man die Verrücktheit des Bau-meisters noch anmerkt*«.

Die beiden bisherigen Übersetzungen von Conrads erstem Roman greifen auf den Bedeutungsinhalt von *folly*[4] – *madness, insanity, mania* – zurück: *Tollheit, Wahn(sinn), Manie.* – Natür-lich ist ihr Titel, *Almayers Wahn,* großartig, und zweifellos hat er in jener wahnartigen Besessenheit, mit der Almayer hinter sei-nen Hirngespinsten her ist, seine Berechtigung, aber der An-spielung in Conrads Vorbemerkung, dem in ihr angesprochenen Wahngebäude, wird diese Wortwahl nicht gerecht. *Wahngebäude,* so sehr es auch der englischen Vorlage entsprochen hätte, schied für einen neuen Titel aus. *Luftschloß* hingegen wird beidem ge-recht: dem »folly« von Titel und Vorbemerkung – es enthält »madness« *und* »above« – und dazu noch jenem dritten, dem »delight«.

Almayers Luftschloß also. Conrad überläßt es dem des Eng-lischen (und seiner Etymologien) nur unzureichend mächtigen Opiumraucher (Luftschloßbewohner) Jim-Eng, knapp vor Ende des Romans diese letzte, zusätzliche Bedeutung von *folly* im Irrgarten eines chinesischen Ideogramms zu verstecken, des-sen Rückübersetzung ins Englische er in erbarmungslosem Sarkasmus mit »house of heavenly delight« angibt – das heißt: »Haus der himmlischen Freuden«.

Auf der Veranda dieses neuerbauten und schon von Anfang an dem Verfall preisgegebenen Freuden-Hauses – einer Sparvarian-te des Amsterdamer »Märchenschlosses« aus den bornesischen Jugendträumen des frischvermählten Neuankömmlings –, auf der Veranda seines Luftschlosses also steht Almayer zu Beginn

---

* Der OED definiert hier *folly*[5] (*delight, favorite abode*) mittels *folly*[4] (*madness, insanity, mania*).

des Romans und starrt traumverloren hinaus auf den Pantai, dessen sonst golden schimmernde Oberfläche ihn (wie immer zu Zeiten des Sonnenunterganges) an die riesigen Mengen Gold denken läßt, die er in Kürze an sich zu bringen gedenkt.

Um jeglichem Mißverständnis vorzubeugen, wird dieses Haus, das bald darauf seinen vielsagenden Namen erhalten soll, vom Autor gleich auf der ersten Seite als »der jüngste Mißgriff« des Orang Blanda apostrophiert – und so wenigversprechend dieser spätere Name ist, so wenig verheißungsvoll ist auch die Beschreibung des Hausinneren. Als Almayer mit den holländischen Marineoffizieren, deren Ankunft den Einsturz noch eines Gebäudes von Illusionen besiegelt, eine Hausbegehung macht, mutet der Bau eher wie der Saloon einer verlassenen Goldgräberstadt als wie der Salon eines künftigen Goldbergwerkbesitzers an, dessen Vorhandensein dem Ambiente erst das europäische Flair verleiht: »Und in den großen, leeren Räumen«, heißt es da, »durch deren Fensterhöhlen der laue Wind blies und das Laub und den Staub vieler Tage der Vergessenheit aufwirbelte, stampfte Almayer [. . .] mit dem Fuß auf, um zu demonstrieren, wie solide die sauber verfugten Fußböden seien.«

Der »Gulong Mas« (»Berg aus Gold«), von dem Almayer auf seiner Veranda träumt und der zum Inbegriff seiner eitlen Hoffnungen wird, bleibt für ihn immer »betörende Vision« – eine Luftspiegelung, so unerreichbar wie das Schloß für den Landvermesser: »Die Straße nämlich [. . .] führte nicht zum Schloßberg, sie führte nur nahe heran, dann aber [. . .] bog sie ab, und wenn sie sich auch vom Schloß nicht entfernte, so kam sie ihm doch auch nicht näher.« – Eine Erzählung von Stanislaw Lem, *Die Patrouille*, bringt sich in Erinnerung: da jagt eine Anzahl Piloten – im Glauben, ein feindliches Raumschiff zu verfolgen – einem selbsterzeugten Lichtpunkt auf dem Radarschirm, einer Art optischem Echo des eigenen Fluggeräts über den Rand ihrer Galaxis hinaus in die Unendlichkeit des Raumes nach –; und dann noch die Geschichte des Tantalus.

Tantalus hat seinen Sohn (vielleicht seine Zukunft), in Stücke zerteilt, den Göttern aufgetischt, um sie zu prüfen; dafür muß er (Almayer am Ufer des Pantai?) für alle Zeiten bis zur Brust in einem Fluß stehen, dessen Wasser versiegen, sobald er sich nach ihnen bückt, oder zwischen seinen Fingern verrinnen, wenn er aus ihnen schöpft; die Früchte auf den Ästen, die vor ihm zurückweichen, sind immer zum Greifen nah. – »Nearly within his reach« sind Almayers Luftschlösser. Macht, Reichtum, gesellschaftlicher Glanz, »das alles war zum Greifen nah«, heißt es gleich zu Beginn, und gebannt vom bezaubernden Trugbild der Berge aus Gold und Diamanten, die sich seinem Zugriff unerbittlich entziehen, vom »unbeschreiblichen Glanz«, in dem er in Europa seinen Lebensabend zu verbringen gedenkt, stolpert der närrische Holländer seiner grandiosen Zukunft hinterher – die sich letztlich immer als Scherbenhaufen erweist.

Almayer kann nicht leben; er ist ein Untoter, der Mann ohne Gegenwart. Er besitzt die verhängnisvolle Gabe einer lebhaften Vorstellungskraft: Der Gedanke an das glanzvolle Bankett, das eines Tages ihm und seiner Tochter zu Ehren anläßlich ihrer triumphalen Ankunft in Amsterdam gegeben werden soll (und aus dem selbstredend nie etwas wird), läßt ihn die unerfreuliche Realität der gegenwärtigen Stunde vergessen, in der er mit seinem blechernen Löffel lustlos in einem Teller Reis herumstochert. Ein andermal wieder erfüllt ihn unbändiger Stolz angesichts der Tatsache, »daß die Welt ihm gehörte« – mit der Einschränkung freilich, daß sie »zuerst noch« erobert werden muß. Er ergeht sich in entwürdigendem, infantil-ungehemmtem Optimismus: »Das Vermögen war verloren«, heißt es im ersten Kapitel, »aber die Hoffnung war noch da.« So lange retuschiert Almayer am Bild der Wirklichkeit, bis er »den Trümmerhaufen der Vergangenheit« wieder »in der Morgenröte neuer Hoffnungen« erstrahlen zu sehen meint, aber so hemmungslos er sich seinen Illusionen hingibt, so entsetzlich ist auch das Erwachen aus ihnen.

Was Conrad von den Luftschlössern seines Helden hält, führt er an Hand von *Almayers Folly* vor: Als der Tuan Putih nach der Verwüstung seines alten Domizils umzieht, heißt es vom neuen

Haus, es sei eine »Ruine«, die er da in Besitz genommen habe – die Ruine seiner Hoffnungen, versteht sich. Und als diese zum ersten Mal im Lichterglanz erstrahlt, sind es bezeichnenderweise die Laternen aus den Booten jener Marineoffiziere, die im noch unbewohnten Neubau eine Untersuchung der Begleitumstände vornehmen, die zum vermeintlichen Tod von Dain Maroola führen sollten – ein Todesfall, der für den unwissenden Almayer in diesem Augenblick das Zunichtewerden aller Illusionen bedeutet.

In Dain Maroola hat Conrad ein Gegenstück zur mythischen Figur Almayer geschaffen: Der balinesische Fürst (Antipode des christlichen Kolonialisten), der, eingeschlossen vom undurchdringlichen Dickicht des Dschungels, wilde Blicke nach unsichtbaren Gegnern schleudert und wie toll mit dem Kris auf sie einsticht, bis er vor Erschöpfung umfällt, ist eine Paraphrase auf das Klischee des heidnischen Eingeborenen, dessen Leben von Dämonen bedroht ist*. Maroolas Scheinkampf und sein anschließender, kläglicher Zusammenbruch finden ihr europäisches Pendant, die entsprechende »zivilisierte« Variante im *Herz der Finsternis*: Da erinnert sich Marlow eines französischen Kriegsschiffs, das vor der Küste Afrikas vor Anker lag und aus den langen Rohren seiner Bordkanonen sinnlos in die Bäume feuerte, hinter denen verborgen seine Besatzung das Lager eines obskuren »Feindes« vermutet. »Dort lag es«, heißt es im Text, »in der leeren Unendlichkeit der Erde, des Himmels und des Wassers, unverständlich, und schoß auf einen Kontinent. Pumm! machte hie und da eins der Sechs-Zoll-Geschütze.« – »Über dem Vorgang«, fährt der Erzähler fort, »lag ein Hauch von Wahnsinn, und was man sah, hatte eine klägliche Komik**.«

Maroolas einsamer Amoklauf und die klägliche Knallerei der Franzosen sind Bilder existenzieller Panik, Szenarios der *Angst*, des Wahns, von fremden, feindseligen Mächten umstellt und an das Unbegreifliche ausgeliefert zu sein, der verzweifelte Versuch,

---

* Vgl. Anm. zu S. 173, Z. 15.
** Das Zitat ist der Neuübersetzung von Conrads *Herz der Finsternis* durch Urs Widmer (Zürich: Haffmans 1992) entnommen.

sich das Leben vom Hals zu halten. – Almayers Wahn ist, wie gesagt, anderer Natur. Er ist der Gefangene seiner selbsterbauten Luftschlösser. Als ihm einer der Marineoffiziere droht, er werde ihn unter Hausarrest stellen, sollte er Dain Maroola nicht ausliefern, lacht ihm Almayer ins Gesicht: weil er an diesem »gottverfluchten Ort« doch schon seit zwei Jahrzehnten so gut wie unter Arrest steht und weil er es einfach nicht schafft, von ihm fortzukommen. Hier in Sambir, diesem öden Kaff, erschöpft sich sein Leben in der elendigen Anstrengung, Ansprüche auf ein anderes, ihm vermeintlich angemessenes Leben in glänzender Gesellschaft geltend zu machen – ein Leben, das sich ihm mit der gleichen Hartnäckigkeit verweigert, mit der er nach ihm langt.

Ein Auszug aus Søren Kierkegaards fast fünfzig Jahre älterer Schrift, der *Krankheit zum Tode*, erlaubt Einblick in Almayers Wahn. »Ein Verzweifelnder«, heißt es da im ersten Abschnitt, »verzweifelt über *etwas*. So sieht es einen Augenblick aus, aber das ist nur ein Augenblick; im selben Augenblick zeigt sich die wahre Verzweiflung oder die Verzweiflung in ihrer Wahrheit. Indem er über *etwas* verzweifelte, verzweifelte er eigentlich über *sich selbst* und nun will er sich selbst loswerden. Wenn so der Herrschsüchtige, dessen Losung ist ›entweder Cäsar oder nichts‹, nicht Cäsar wird, dann verzweifelt er darüber. [. . .] Dieses Selbst, das, wenn es Cäsar geworden wäre, seine höchste Lust gewesen wäre, in einem anderen Sinne übrigens ebenso verzweifelt, dieses Selbst ist ihm nun das Unerträglichste von allem. Was ihm das Unerträgliche ist, ist im tieferen Sinne nicht dies, daß er nicht Cäsar wurde, sondern dieses Selbst, das nicht Cäsar wurde, ist ihm das Untragbare.«

Verzweifelt möchte das Selbst, das er ist, das Selbst sein, das er nicht ist – und wie Lems Raumfahrer auf der Jagd nach dem Irrlicht ist jenes bis zu seiner Zerstörung in den Abgründen des Kosmos hinter diesem her. Und ebensowenig wie das eine eingeholt werden kann, läßt sich das andere abschütteln. »Hörst du?« schreit Almayer seine Tochter einmal an: »Ich hatte so gut

wie alles beisammen: so! – Ich brauchte nur noch die Hand
auszustrecken.« Aber die Luftschlösser, zum Greifen nah, bleiben unnahbar wie eh und je. Und so wenig wie Almayer das
Glück zwingen kann, so konsequent es sich seinem gierigen
Zugriff entzieht, so konsequent hat ihn die Welt der Tatsachen
im Griff, so wenig läßt ihn die ewig »unerfreuliche Realität der
gegenwärtigen Stunde« los, die ihm nichts ist – es sei denn der
Katalysator für seine Hoffnungen.

»Es ist ihm unerträglich, daß er sich selbst nicht loswerden
kann«, fährt Kierkegaard an der oben zitierten Stelle fort. »Wenn
er Cäsar geworden wäre, dann wäre er verzweifelt sich selbst
losgeworden; aber nun wurde er nicht Cäsar und kann verzweifelt sich nicht loswerden. Wesentlich ist er ebenso verzweifelt,
denn er hat nicht sein Selbst, er hat nicht sich selbst. Indem er
Cäsar geworden wäre, wäre er doch nicht er selbst geworden,
sondern sich selber losgeworden; und indem er nicht Cäsar wird,
verzweifelt er darüber, daß er sich selbst nicht loswerden kann.«

Aus dem ehemaligen Händler aus Sambir wird kein Nabob.
Als Almayer diese Erkenntnis (anläßlich der Nachricht über den
angeblichen Ertrinkungstod Dain Maroolas) zum ersten Mal
reift, fragt er sich: »Armer, armer Teufel! Warum schneidet er
sich denn nicht die Kehle durch?« Aber die Qual der Verzweiflung, sagt Kierkegaard, ist gerade, nicht sterben zu können:
Nachdem alle Hoffnungen des Zum-Tode-Kranken zunichte geworden sind, wird seine Hoffnungslosigkeit, »daß selbst die
letzte Hoffnung, der Tod, nicht vorhanden ist.« – Almayer sucht
Tod und Vergessen. Als Nina, um deretwillen er alle Enttäuschungen und Erniedrigungen auf sich genommen hat, ihn
verläßt, versucht er vergeblich, Abdruck um Abdruck ihrer
Fußspur zu tilgen, häuft er vergeblich den Sand des Vergessens
zu jenen Miniaturgräbern auf, in denen er sich eigentlich selbst
zu Grabe tragen will. Er kann sich nicht loswerden: »Ford«,
murmelt er eines Tages, auf den Bretterboden seines Luftschlosses hingekrümmt, »ich kann nicht vergessen.« – Wie dem
Tantalus in Samuel Becketts *Akt ohne Worte 1* entwindet sich ihm

nicht nur stets der Ast mit den verheißungsvollen Früchten der Zukunft, sondern auch jener, an dem er sich aufhängen will. »Warum stirbt er denn nicht und macht endlich Schluß mit diesem Leiden?« fragt er sich. Mit dem Leiden nicht Schluß machen zu können ist freilich Teil des Spieles, Teil des Leids.

Um das Ausmaß von diesem Leiden darzustellen, hätte Conrad kein berührenderes Bild finden könne als jenes der »einzigen Gänse entlang der Ostküste«, die es vorziehen, sich eher den unbekannten Gefahren des Dschungels auszusetzen als weiter der Verwüstung ihrer einstigen Heimat zuzusehen. Als Almayer, um Vergessenheit zu erlangen, sein altes Haus in Flammen hat aufgehen lassen, zieht er – mit unbesiegbarem Gedächtnis – in die »neue Ruine« seines Luftschlosses ein: »Nur so lange wollte er am Leben bleiben«, heißt es da, »bis er vergessen hätte können, und die Hartnäckigkeit seiner Erfindung erfüllte ihn mit Angst und Schrecken vor dem Tod; denn wenn er eintrat, bevor er seinen Lebenszweck erfüllt hatte, dann würde er sich bis in alle Ewigkeit erinnern müssen.«

Die neue Ruine, »Almayer's Folly«, ist die Heimstatt seines unglückseligen Selbst. – Wie (laut Duden) alle anderen auch, so wird Almayers »Luftschloß« nicht nur durch die »schöne Vorstellung« definiert, die dieses Selbst (das unbedingt Nabob werden will) sich von sich macht, sondern auch durch den Umstand, daß diese schöne Vorstellung »nicht zur Wirklichkeit werden kann« (daß dieses Selbst verzweifelt sich nicht loswerden kann).

Die Realität seines Luftschlosses ist also – um noch einmal mit Conrads *Vorbemerkung* zu sprechen – der »Fluch der Tatsachen« gleichermaßen wie der »Segen der Illusionen« und die »trügerische Tröstung« ebenso wie die »Bitternis unserer Weisheit«.